# *Nella tana del Leone*

Evershine 2

ISBN-10: 1543088996
ISBN-13: 978-1543088991

# *Nella tana del Leone*

Evershine 2

LINDA KENT

# *Il romanzo*

*Il desiderio che provava per Eleanor era più forte della ragione, del rimpianto e del rimorso. Ma quel desiderio era una condanna, perché se lei avesse scoperto la verità lo avrebbe lasciato per sempre.*

Inghilterra, A.D. 1464
Richard D'Arcy è chiamato il Leone Bianco per il coraggio e la lealtà alla Rosa di York. Gravemente ferito in battaglia e oppresso da un terribile rimorso, rinuncia a sposare Eleanor Lyon nonostante la promessa di matrimonio pronunciata quattro anni prima. Lei però, non è disposta ad accettare il suo rifiuto, e sotto false spoglie si reca al castello di Evershine per comprenderne il motivo. L'attrazione improvvisa che provano l'uno per l'altra è tanto potente quanto negata, ma quando Richard scopre l'identità di quella strana novizia, è troppo tardi per tirarsi indietro. E non c'è alcuna ragione per la quale un'unione consumata all'insegna della passione e dell'amore, non debba rivelarsi felice. Proprio nessuna. Purché Eleanor non scopra mai il suo segreto.

*Nella tana del Leone* è il secondo romanzo della trilogia di *Evershine*, dal nome del favoloso castello assegnato dal conte di Warwick a Lord Richard D'Arcy. I tre romanzi, indipendenti e autoconclusivi, sono ambientati durante la Guerra delle Due Rose, uno dei periodi più drammatici, ma anche più affascinanti della storia inglese.
Gli altri due romanzi della serie Evershine, *Biancospino* e *Nobile Guerriero*, sono disponibili in esclusiva su Amazon.it.

# L'Autrice

Linda Kent è lo pseudonimo che ho scelto in omaggio a mia madre e all'ambientazione anglosassone dei miei romanzi.

Divido la mia vita fra la magica atmosfera di Roma e la campagna toscana, un'oasi di tranquillità nella quale mi rifugio quando la scrittura richiede maggiore concentrazione.

Amo profondamente la letteratura, la poesia e la storia del passato, soprattutto quella del Regno Unito e, non appena mi è possibile, compio lunghi viaggi nei luoghi in cui ambiento i miei romanzi, per poterli descrivere fedelmente ai lettori.

www.lindakentauthor.com
www.facebook.com/lindakentromance
https://twitter.com/lindalindakent
www.instagram.com/linda.lindakent/
www.pinterest.it/lindakent5076/

# *Prologo*

*Inghilterra, castello di Warwick*
*Novembre 1460*

Il cuore in gola e una mano sul fianco, Eleanor Lyon si appoggiò al muro, mentre le voci infantili svanivano in lontananza. Le figlie di Warwick erano vivaci e deliziose e si era divertita a giocare con loro: inseguirle per tutto l'enorme e sconosciuto castello si stava, però, rivelando un'impresa, soprattutto a causa delle suole consunte delle sue scarpe e dell'abito troppo stretto.

Forse, poteva concedere loro ancora qualche minuto di vantaggio e, intanto, riprendere fiato. Si guardò intorno.

La galleria si affacciava sul salone di ricevimento. La ricchezza di lord Neville, conte di Warwick, era evidente, seppure non ostentata: trofei di caccia costellavano le pareti, spesse stuoie coprivano il pavimento di pietra; nel camino ruggiva un fuoco gagliardo ed era facile immaginare una cinquantina di commensali banchettare lautamente intorno al tavolo di quercia.

Un'illusoria scena di pace, in contrasto con le lotte intestine che straziavano l'Inghilterra da cinque anni.

Vagò con lo sguardo sulla parete opposta, oltre le strette finestre. L'Avon scorreva vorticoso ai piedi del castello: l'acqua si polverizzava in una nebbiolina leggera e lattiginosa e inzuppava i servi che stavano calando le nasse per la pesca delle anguille.

Tra loro, Oliver appariva fradicio e felice.

Eleanor piegò le labbra in un sorriso, poi le strinse per l'apprensione: suo fratello era ancora un ragazzo, ma di lì a un paio d'anni, se la guerra non fosse terminata, sarebbe stato chiamato dal re a prestare il proprio servizio. Era considerato un onore, oltre che un dovere, e molti suoi coetanei mordevano il freno, in attesa di partire per una delle infinite battaglie che opponevano le casate di York e Lancaster. Non così Olly: si sottoponeva con obbediente disciplina agli esercizi del maestro d'armi, ma se avesse potuto, avrebbe scelto per sé un destino del tutto diverso.

Lei poteva solo pregare che il loro zio e tutore non lo venisse mai a sapere. Come minimo, l'avrebbe accusata di aver rovinato il giovane barone Lyon con la propria nefasta influenza.

Di certo, l'avrebbe punita.

Il velo di sudore che le imperlava la pelle si congelò in un brivido. Si sforzò di non pensarci: strinse le mani sotto il seno e respirò a fondo per calmarsi. Era ora di riprendere l'inseguimento.

Le porte della sala sottostante si spalancarono in quel momento: in fretta, Eleanor si nascose dietro un pilastro e si sporse un poco, per osservare la scena.

Entrò il padrone di casa: Warwick, il lord più potente e ricco d'Inghilterra, il conte che, a Northampton, aveva osato far prigioniero re Enrico.

Al suo fianco, uno sconosciuto di cui non riuscì a scorgere il volto, nascosto dal cappuccio: un cavaliere, poiché sotto il mantello intravide le lucide piastre d'acciaio del farsetto d'armi.

Per ultimo, zio Geoffrey procedeva a piccoli passi, la veste sbiadita e le calzature che avevano visto giorni migliori. Le spalle curve e le mani che sfregavano l'una contro l'altra, lo facevano apparire assai più vecchio dei suoi cinquant'anni.

Warwick gli indicò le sedie dall'alto schienale, disposte ai lati del camino. «Venite, Lyon. Avvicinatevi al fuoco: sembrate piuttosto infreddolito.»

C'era una punta di disprezzo, anche se mascherata, nella frase cortese? Il cavaliere non disse una parola, ma rimase in piedi, a fianco del suo lord, le gambe appena divaricate.

Suo zio, invece, si affrettò ad accogliere l'invito, il sollievo dipinto in modo evidente sul viso.

Si sedette, allungando le gambe e le mani verso le fiamme. «Servirà un bel po' di legna per riscaldare un ambiente tanto vasto.» Il commento, dettato dalla sua tirchieria, doveva essergli sfuggito. Per tema che sembrasse una critica, si affrettò, infatti, ad aggiungere: «Un castello magnifico, milord. Davvero magnifico.»

«Grazie. Immagino, però, che non siate venuto fin qui per una visita di cortesia, anche se mi ha fatto piacere rivedere il giovane Oliver: è molto cresciuto nell'ultimo anno. E vostra nipote mi ha fatto un'ottima impressione.»

«Eh! Troppo onore, Vostra Signoria. Però, in un certo senso... Insomma, l'ho portata qui per questo. Desideravo parlarvi proprio di lei. E della sua sfortuna.»

Il cuore di Eleanor mancò un battito.

«Sfortuna? Ah, sì. Vi riferite alla morte di Kinghorne, suppongo. Buon Dio! Io non gli avrei sacrificato neppure un'ancella. Come avevate potuto acconsentire a quel fidanzamento?»

«Non è insolito che una moglie sia molto più giovane del marito» ribatté Lyon, in tono di difesa.

«No, certo, ma non alludevo a questo. Non giriamo attorno alle parole: la fama di depravazione di quell'uomo era nota a tutti.»

Suo zio si strinse nelle spalle. «Era un nobile e l'avrebbe sposata senza dote: il patrimonio di mio nipote non sarebbe stato intaccato.»

A quelle parole, il cavaliere avanzò di un passo e si scoprì la testa.

Aveva i capelli biondi, lunghi sul collo. «E lei non era, forse, vostra nipote? Kinghorne aveva seppellito tre spose in cinque anni. Tutte giovani che godevano di ottima salute, prima delle nozze. Persino la Corona meditava un'inchiesta al riguardo.»

Eleanor soffocò un'esclamazione d'orrore.

A questo, dunque, l'avrebbe condotta il matrimonio che il suo tutore si vantava di aver – finalmente! – concluso.

L'aveva venduta a una specie di bestia e destinata a una morte prematura: che cosa aveva fatto per meritare un tale destino?

«Sono solo maldicenze» replicò lui con indifferenza. «Chiacchiere senza fondamento.»

«*Chiacchiere*.» Warwick scandì le sillabe, che crepitarono come grandine. «Capisco. E dunque, sir Geoffrey: qual è il senso di questo colloquio?»

«Be', ecco. La ragazza sa mandare avanti una casa e fare economie. Il lavoro non la spaventa, è forte e sana, ma ha già compiuto diciassette anni e ha un matrimonio mancato alle spalle.»

Tacque, forse aspettando un commento che non venne. Il silenzio si protrasse, a ogni istante più gelido.

«Non la voglio in casa» sbottò alla fine, la voce tagliente.

«Pensate di mandarla in convento? Siete qui per chiedermi di fornirle una dote?»

Lei si portò una mano alla gola. Diventare suora? "Oh, no, Signore!" pregò, per poi interrompersi di colpo, mentre inghiottiva saliva e vergogna. Come poteva essere accolta un'invocazione tanto blasfema?

«Non oserei mai, milord. Piuttosto, potreste prenderla con voi. Forse la contessa ha bisogno di una dama di compagnia o di un'ancella per le vostre bambine. È abbastanza istruita per entrambe le posizioni.»

Warwick scosse il capo.

Le speranze di Eleanor, che per un istante si erano risollevate, precipitarono di nuovo.

«Come serva, allora.» Lyon si mosse a disagio sulla sedia.

«*Serva?*»

L'altro annuì. «Perché no? Di sicuro, in un posto come questo» allargò le mani «ne troverete qualcosa da fare. Oppure...» Esitò un istante, poi proseguì in fretta «potreste servirvene come vostro trastullo: siamo uomini, m'intendete. Non è male, se vi piacciono i capelli rossi.»

Questa volta, Eleanor temette sul serio di vomitare.

«Maledizione, Lyon! Che cosa vi viene in mente? È pur sempre vostro sangue!» Il disgusto del conte divenne evidente in quell'improvvisa perdita di controllo, mentre il cavaliere gettava il mantello oltre la spalla e metteva mano alla spada.

La veemente reazione di Warwick e quella intimidatoria del condottiero le restituirono un filo di speranza. Forse, non tutto era perduto.

«È identica a quella sgualdrina che l'ha generata.» Lyon quasi sputò le parole. Con risentimento.

In quell'istante, Eleanor comprese e tutto le divenne chiaro: le frasi malevole, il disprezzo per il colore dei suoi capelli, le punizioni crudeli che le riservava.

Sì, lei era il ritratto vivente della donna che Geoffrey aveva amato e che, invece, lo aveva rifiutato. Preferendogli, oltretutto, il fratello maggiore.

In tutti quegli anni, lo zio doveva aver accumulato in sé un livore rancoroso nei confronti della coppia, esacerbato dalla felicità della loro unione.

Forse, aveva persino gioito della morte improvvisa che li aveva colti a causa di un'epidemia, e magari aveva meditato di vendicarsi sui due figli ancora piccoli, dei quali aveva assunto la tutela.

Poiché, tuttavia, non si era mai sposato, aveva finito con il considerare Oliver erede anche delle proprie sostanze.

Verso Eleanor, che pure aveva fatto di tutto per compiacerlo, l'indifferenza iniziale si era tramutata dapprima in disprezzo, poi in odio.

Fino a quel momento, se n'era sempre chiesta la ragione.

Ora, invece di sentirsi devastata dalla scoperta, provò un senso infinito di liberazione.

La verità, anche se amara, la affrancava da ogni obbligo nei confronti di quell'uomo che non aveva mai amato, e al quale si era sforzata di portar rispetto in memoria dei suoi genitori.

Non voleva che restasse ad Arrowgate Manor? Lei lo desiderava ancora meno, anche se le sarebbe mancata la sua bella casa sul fiume. No, non aveva più nulla di *suo*. Nulla, tranne l'affetto che la univa a Oliver.

«Capisco» riprese Warwick. Di nuovo pacato, ma gelido quanto una notte di gennaio. «Comunque sia, la ragazza porta il vostro nome. E io non permetterò che queste basse insinuazioni infanghino me e la mia casa. Non lo tollero, è chiaro?»

«Non...» Lyon impallidì e prese a balbettare. «Non intendevo...»

«Io credo di sì, invece» intervenne, all'improvviso, il cavaliere.

La sua voce aveva un timbro cupo e profondo, il brontolio di un tuono lontano o il ruggito di una fiera, anche se imbrigliata e tenuta a freno.

Afferrò sir Geoffrey per il davanti della veste; lo costrinse ad alzarsi e lo scosse, come se fosse un fantoccio di paglia. «Nessuno può prendersi la libertà di denigrare una fanciulla giovane e innocente, soprattutto se non può difendersi. Non davanti a me e senza restare impunito.»

«Ma io...»

«Tacete!»

Warwick fece un cenno. «Lasciatelo andare, D'Arcy.»

A sentire quel nome, Eleanor sussultò, poi prese a mordersi le unghie a sangue.

Persino lei, che aveva condotto una vita quasi da reclusa ad Arrowgate Manor, lo conosceva. Tutti sapevano che Richard D'Arcy era il braccio destro di Warwick; lo chiamavano il "Leone Bianco", un soprannome che si riferiva non soltanto al suo emblema, ma soprattutto al coraggio e alla lealtà che dimostrava da sempre alla candida rosa di York.

Il desiderio di cogliere qualche altro particolare del famoso lord che aveva preso le sue difese senza conoscerla, divenne più forte del timore di essere scoperta. Si sporse ancora un po' e lo osservò con attenzione.

Era più alto di Warwick e persino più imponente. La luce del fuoco gli illuminava il volto dai lineamenti scolpiti, e conferiva ai suoi capelli la tonalità dell'oro brunito. Gli occhi le parvero scuri, ma da quella distanza non era possibile giudicarne il colore.

«Solo perché me lo ordinate, milord.» Senza dissimulare il proprio disprezzo, D'Arcy lasciò andare la presa e sir Geoffrey si accasciò quasi di schianto sulla sedia, strofinandosi il petto. «Per quanto mi riguarda...» Scosse la testa, senza terminare la frase.

Warwick si accarezzò il mento ombreggiato di barba. «Ve la prendete molto a cuore, Richard. No, aspettate» sollevò una mano per impedire all'altro di replicare. «So bene che cosa vi fa parlare e come la pensate in proposito.» Tacque per qualche istante, poi, a un tratto: «Forse, questa potrebbe essere la soluzione.»

«A cosa alludete?» La posa e il tono del cavaliere si fecero rigidi all'istante.

«Il messere, qui, intende disfarsi della nipote.» Sotto l'indice puntato del conte, l'uomo si accartocciò su se stesso. «A voi, invece, occorre una moglie. Non potete negarlo, anche se finora avete ignorato il mio suggerimento. Dunque: credo si possa raggiungere un accordo con soddisfazione di tutti. Voi non l'avete veduta, ma vi posso assicurare che la fanciulla è graziosa e vi darà di sicuro molti figli robusti.»

«Non c'è dote! Non c'è dote!» si affrettò a gracchiare Lyon.

Warwick non lo degnò di uno sguardo.

E neppure D'Arcy.

Certo, ragionò Eleanor, non perché avesse preso in considerazione quella proposta che, per la sorpresa, le aveva tolto il poco fiato rimasto.

«Non è ancora giunta la mia ora» rispose, infatti, il Leone Bianco come se stesse parlando del proprio funerale invece che di un possibile matrimonio. «Devo ricordarvi, milord, che sto per partire alla volta della Scozia? Sapete benissimo che la regina Margaret e il principe di Galles hanno raccolto forze su al nord e si preparano a dare battaglia per liberare re Henry. Lo scontro è nell'aria e potrebbe essere quello decisivo. Di sicuro sarà terribile, e molti rimarranno sul campo. Potrei essere uno di loro. Avete intenzione di creare una vedova prima che abbia avuto il tempo di conoscere suo marito?»

Il conte fece un gesto vago. «Le nozze potranno attendere ancora, ma in qualità di vostra promessa sposa la fanciulla resterà qui, al sicuro: se a voi o a me dovesse accadere il peggio, potrà avvalersi del sostegno dei Neville. Invece, considerate questo: la spada potrebbe guadagnarvi non solo onore, ma un nuovo e più vasto possedimento. E, in quel caso, avrete necessità di una dama al vostro fianco.»

«È una pessima idea» replicò D'Arcy con voce cupa. Scosse il capo. «Mi dispiace, ma non credo affatto che...»

«Quella figliola è un vero affare, milord!» s'intromise Lyon.

Da opportunista qual era, nell'intravedere la possibilità di rafforzare in quel modo l'alleanza con Warwick, non si faceva scrupolo di riaffermare la parentela appena rinnegata.

Eleanor dovette ingoiare un fiotto di bile.

Se prima lord D'Arcy si era mostrato restio, ora di sicuro avrebbe afferrato al volo l'opportunità di rifiutare il legame con un uomo che disprezzava.

La meravigliosa, assurda speranza che si era permessa di accarezzare per la frazione di un istante, divenne un dolore bruciante nel centro del petto.

Chiuse gli occhi, con forza e disperazione, ma quando li riaprì dovette strofinarli, esterrefatta.

Il cavaliere aveva sguainato la spada. Senza che una sola emozione gli trasparisse dal viso, come se avesse calato la celata di un elmo invisibile.

«Fermatevi, Richard.» Warwick gli toccò una spalla. «Rinfoderate quella lama. Non serve: se volete vendicarvi di quest'uomo, avete un modo ben più efficace a vostra disposizione e senza che sia necessario versare una sola goccia di sangue sul mio pavimento. Accettate in moglie la fanciulla e disconoscete i suoi legami con la famiglia.»

«Questo è un sopruso!» si lagnò Lyon. Così smisurata era la sua avidità da dargli il coraggio di replicare, nonostante stesse tremando con tale intensità che si sentivano battere i denti.

«Ah, davvero?» L'ira del conte adesso era palese, persino più letale, proprio perché espressa con un tono di voce contenuto. «Avete detto: "Non la voglio più." Me l'avete offerta come dama di compagnia, serva e persino "trastullo" di piacere, senza curarvi di insultare così l'onore della mia casa. Forse siete troppo sciocco per rendervene conto, ma in quello stesso istante avete rinunciato a vostra nipote. Per sempre.»

«Ma se, adesso, lui...» Alzò appena un dito per indicare D'Arcy.

A Eleanor ricordò il vecchio segugio di Arrowgate Manor, ormai sdentato: non osava farsi avanti quando altri cani più giovani e forti gli contendevano un osso da spolpare, ma continuava a ringhiare in un angolo.

«Andatevene, Lyon. Tornatevene ad Alcester. Adesso, subito. Non rivedrete più madamigella Eleanor: in fondo, era quello che desideravate.»

Sir Geoffrey si alzò, sconfitto, e attraversò di malavoglia la sala. Continuava a voltarsi indietro, come se sperasse di sentirsi richiamare dal padrone di casa.

A ogni suo passo, il cuore di Eleanor batteva un po' più in fretta, la bocca asciutta, le orecchie che ronzavano.

Finalmente, lui raggiunse la porta e l'aprì. Uscì e se la richiuse alle spalle, un tonfo sordo, cui fecero eco attimi di silenzio sospeso.

«La sposerete?» La domanda di Warwick le rimbombò nella testa come il rintocco di una campana a morto.

D'Arcy ripose la spada nel fodero, con una calma esasperante. Poi, all'improvviso, alzò lo sguardo verso la galleria.

Lei si ritrasse con tanta fretta che rischiò di cadere all'indietro.

"Buon Dio! Fa' che non mi abbia notata." Ma era una speranza impossibile, perché aveva incontrato i suoi occhi.

Scuri e profondi come il cielo al calar della sera.

Il cavaliere rimase in silenzio per qualche istante, come se riflettesse, quindi proclamò a voce alta: «La sposerò. Preparate il contratto.»

Eleanor smise di respirare.

# *Capitolo 1*

*Quattro anni dopo*
*Alcester, Arrowgate Manor*
*Settembre 1464*

Eleanor accartocciò la pergamena e la gettò nel fuoco. Le fiamme la lambirono e subito la divorarono, allegre. Congedò lo scudiero con un cenno. «Potete andare.»

«Mia signora, mi è stato ordinato di attendere una risposta.»

«Allora, riferite al vostro padrone che ho bruciato il suo messaggio.»

Il silenzio la sorprese e sollevò lo sguardo. Il ragazzo teneva gli occhi bassi in segno di rispetto, ma non sembrava intenzionato a muoversi. Non doveva avere neppure quindici anni: era alto, pallido e molto magro. Fin troppo. «Come vi chiamate?» domandò d'impulso.

«Jack, milady.»

«Sarete stanco. Ristoratevi un poco, prima di affrontare il viaggio di ritorno. Passate in cucina e dite alla cuoca che vi ho mandato io: fatevi dare una fetta di torta e un boccale di sidro.»

Il colore gli fiorì improvviso sulle guance velate dalla prima barba e i suoi occhi si accesero di una luce golosa.

Lo stesso sguardo di Oliver.

Un nodo di emozione le strinse la gola. A distanza di quasi cinque mesi, lui era sempre nei suoi pensieri, per un motivo o l'altro.

«Posso aspettare, se lo desiderate.»

«No, Jack. Andate, adesso.»

Lo scudiero esitò un solo istante, combattuto fra il dovere e la prospettiva della dolce ricompensa; poi s'inchinò in fretta e si precipitò giù per le scale.

Rimasta sola, Eleanor prese l'attizzatoio e smosse la cenere; faville luminose si alzarono in volo, poi si dissolsero crepitando. Luci effimere e di troppo breve durata perché si potessero apprezzare.

Gli ultimi due anni erano volati nello stesso modo, lo scorrere del tempo accelerato dall'ansia per le sorti dei conflitti che si susseguivano e che chiedevano un continuo tributo di sangue. Aveva sperato, pregato, che suo fratello fosse risparmiato e ancora adesso non voleva rassegnarsi alla sua scomparsa.

Bussarono alla porta: un solo colpo, forte, annunciò la vecchia Nan.

La donna avanzò nella stanza con il suo passo ancora energico, la veste che ondeggiava alle caviglie e un'aria battagliera. Era bassa e tonda e Oliver era solito prenderla in giro col dire che si faceva prima "a saltarla che a girarle intorno". «Sta divorando la vostra torta, lo svergognato! L'avevo fatta cucinare per voi, che siete troppo magra e non mangiate nulla, ma quello ne ha già fatto sparire un buon quarto!»

A Eleanor sfuggì un sorriso. «Suvvia, nutrice! Neppure durante il digiuno quaresimale c'è caso che dimagrisca.»

Sfiorò con lo sguardo il proprio seno abbondante e si passò una mano sui fianchi. «Non devi preoccuparti. Hai avuto un pensiero molto gentile, ma non dispiacerti se condivido con il ragazzo la mia torta preferita.»

«Avete il cuore troppo buono, ecco la verità. E Salford penserà che sia debolezza. Nutrire il suo messaggero con dolci e sidro non è il modo giusto per fargli capire che può andarsene al diavolo con le sue proposte oscene.» Nan schioccò la lingua. «Quel tipo è troppo ostinato, non rinuncerà facilmente alle sue mire su di voi e Arrowgate Manor. Ha iniziato a tormentarvi neppure un mese dopo la morte del povero lord Oliver, sia pace alla sua anima.»

«Non sappiamo se sia morto» puntualizzò lei, esasperata. Non c'era una tomba su cui piangere, perché il corpo di suo fratello non era stato ritrovato fra i caduti nella battaglia di Hedgeley Moor. Purtroppo, questo non significava nulla. Era probabile che non avessero potuto identificarlo, a causa delle ferite o perché sfigurato dai ladri di cadaveri.

«Oh, signora!» La vecchia estrasse un enorme fazzoletto dalla tasca e si soffiò il naso con forza. «Come potrebbe essere altrimenti? Non vi avrebbe mai lasciata da sola a sopportare tutto questo.»

Era vero, anche se lei non riusciva ancora ad ammetterlo a voce alta. Si avvicinò alla finestra.

Arrowgate Manor era la costruzione più importante di Alcester e della zona circostante. Eleanor aveva sempre amato la grande casa fortificata; l'aveva lasciata per il castello di Warwick, ma era stata felice di ritornarvi un paio di anni prima, in seguito alla morte di Geoffrey Lyon.

Oliver l'aveva voluta con sé, in attesa che finisse la guerra e D'Arcy giungesse a reclamarla come sposa. Ma suo fratello non era tornato da Hedgeley Moor e il conflitto continuava a infuriare a dieci anni dal suo inizio.

Il Leone Bianco non si era mai presentato ad Arrowgate Manor e negli ultimi mesi Eleanor si era trovata a far fronte alle mire di sir Mortimer Salford. Sola, mentre le profferte del vicino si trasformavano in minacce, e il rischio di un'azione di forza da parte sua cresceva di giorno in giorno.

«Il ragazzo non era a servizio di Salford. Veniva da Evershine.» La frase le sfuggì a fatica dai denti serrati. «Il messaggio che mi ha recapitato era di lord D'Arcy.

«Vi ha risposto, dunque! Giusto Cielo, era ora. Se l'è presa comoda, non c'è che dire. Uomini!» Nan sbuffò. «Tutti uguali, anche il migliore. Basta, non sta a me criticare. Per lo meno, i vostri patimenti finiranno. Vi sposerà e sistemerà una volta per sempre quell'arrogante del vostro vicino.»

«No.»

«No? Credete che gli lascerà mettere le mani su Arrowgate Manor?»

«Niente nozze. Non mi porterà a Evershine né, tantomeno, combatterà in difesa dei possedimenti di Oliver.»

La nutrice sbarrò gli occhi. «*Niente nozze*? Non è possibile! C'è una promessa di matrimonio, non è vero? Il conte di Warwick...»

Eleanor scoppiò a ridere. Una risata secca e amara, per soffocare la voglia di pianto. «Una promessa, sì. Controfirmata da parte di Sua Signoria. Una promessa che adesso non vale più nulla.»

«Non capisco.» Nan si torse le mani. «Io sono una povera serva e non ho diritto di sapere le vostre cose.»

Lei si voltò. «Non dirlo.» La prese per le spalle e la abbracciò con affetto. «Quante volte mi hai salvata dalle punizioni di Lyon! Mi portavi da mangiare nonostante fosse proibito, mi nascondevi finché non dimenticava di bastonarmi: non fosse stato per te, la mia infanzia sarebbe stata un inferno. Vieni. Ti racconterò cos'è accaduto.» La sospinse con dolcezza e la fece sedere accanto a sé, sulla panca a lato del camino.

Restò in silenzio per qualche istante, fissando le fiamme che ormai iniziavano a languire, quasi potessero aiutarla a far luce nella confusione che le annebbiava la mente. «Lo stesso Warwick aveva stilato l'accordo: di fatto, ero sotto la sua tutela e mi aveva persino assegnato una piccola dote. Da parte sua, D'Arcy prometteva di darmi la protezione del proprio nome e di riconoscere i nostri figli.»

«Ah! E in cambio lui avrebbe guadagnato una sposa giovane e bella. Sì, sì: lo so che la vanità non va incoraggiata, ma voi, agnellino mio, avete tutto ciò che serve per far felice un uomo. Anche se qualche oncia di peso in più non guasterebbe.»

«Nan! Sei incorreggibile! In realtà, lui non desiderava sposarsi. In qualche modo, si trovò costretto.» Prese la destra della nutrice e la accarezzò, sfiorando con i polpastrelli le grosse vene bluastre. «Era in partenza per la Scozia; infatti, non l'ho mai neppure incontrato. Ho visto solo la sua firma sul contratto.» Sentì scottare le guance per l'imbarazzo: le accadeva ogni volta che rammentava quella sera di quattro anni prima e l'attimo in cui i loro sguardi si erano incrociati.

«Maledetta guerra!»

«Hai ragione. Maledetta. Una battaglia dopo l'altra. All'inizio, pensavo che sarebbe tornato dopo qualche mese, invece sono trascorsi quattro anni: dopo Wakefield, è stata la volta di Ferrybridge, Towton e Hedgeley Moor.» La voce le tremò e si spense.

La donna sospirò. «La più disgraziata di tutte. Ma se vostro fratello vi ha perso la vita, almeno il Leone Bianco è sopravvissuto e ha preso possesso di Evershine. Una bella fortuna, secondo me.»

«Non so, Nan. Ha riportato delle ferite, non si sa quanto gravi. Comunque, ho aspettato che passasse la primavera, convinta che sarebbe venuto ad Arrowgate Manor non appena si fosse ripreso. Invece, nulla!»

«Ma voi gli avete scritto! A giugno, non è vero?»

«Sì e poi, di nuovo, il mese successivo. La risposta, però, è giunta solo oggi. Una missiva breve, fredda, con la quale scioglie il fidanzamento, perché "nuove circostanze sconsigliano e rendono di fatto inattuabile" un'unione fra noi. Proprio così.» Chinò la testa. «Non capisco. Qualunque altro, considerata la scomparsa di Oliver, avrebbe colto al volo l'opportunità di mettere le mani su Arrowgate Manor, proprio come intende fare Salford. Oltretutto, lui poteva vantare il diritto di matrimonio. Perché rinunciarci? Cos'è successo, davvero?»

La nutrice si portò una mano alla bocca. «Che sia rimasto storpio o sfigurato? Oppure, il Cielo non voglia, cieco? Questo potrebbe spiegare tutto.»

Eleanor s'irrigidì. «Una notizia del genere sarebbe trapelata, non credi? Evershine, in fondo, non è così lontano.»

«Non è detto. Il castello è molto grande, è vero, ma venne abbandonato dopo la fuga e la morte dell'ultimo Fortescue. Una brutta storia, quella.» Scosse la testa. «Il Leone Bianco avrà avuto il suo bel daffare a rimetterlo in sesto e in questi pochi mesi, la gente non ha avuto tempo da perdere, di andare per fiere e mercati. È lì che circolano le notizie, lo sapete.»

"Sfigurato." "Cieco".

Quella sera di novembre, nella Sala Grande di Warwick, D'Arcy le era apparso alto, imponente. Coraggioso e cavaliere fino al midollo, al punto di prendere le difese di una fanciulla che neppure conosceva. E bello. I capelli d'oro brunito, gli occhi scuri e profondi. Rabbrividì.

«Non voglio crederlo. Anche se, certo, si potrebbe pensarlo.» Scattò in piedi, all'improvviso. «Nan! Ti prego, corri a richiamare lo scudiero. Si chiama Jack: di certo, potrà dirci qualcosa.»

«Avete ragione, signora! Vado subito.» Nonostante la mole, attraversò rapida la stanza. E sebbene avesse, poco prima, criticato il ragazzo per la sua ingordigia, la sentì borbottare: «Speriamo che sia ancora in cucina a finire la torta.»

# *Capitolo 2*

*Evershine*

D'Arcy curvò le labbra in una smorfia di disappunto. «Mi domando se Warwick sapesse in che condizioni fosse il castello quando me ne ha assegnato la proprietà.»

«Certo che sì. Credi che gli sfugga mai qualcosa?» ribatté Ralph con un sorriso ironico.

Richard non commentò. Anche se non approvava del tutto la politica del conte, aveva giurato fedeltà a lui e alla casa di York e un D'Arcy non mutava stendardo. In silenzio, riprese a studiare l'elenco che il cugino gli aveva sottoposto. Puntò l'indice in un punto della pagina. «Avevamo proprio bisogno di un cardatore e di due donne per la follatura della lana? E di una terza, addetta alla tintura delle stoffe?»

«Come minimo. Servono ancora coperte e stuoie, tende e cortine per i letti. Per non parlare degli abiti: qualche livrea è indispensabile o questo posto sembrerà un covo di straccioni.»

«Hai ragione.» Si fidava di Ralph Vernon come di se stesso: l'aveva nominato suo luogotenente ed era certo che nessuno fosse più scrupoloso di lui. «So bene che non mi proponi nulla di superfluo. Però le spese sembrano non aver fine.»

«Purtroppo. E sarà così fino alla prossima estate: allora, con il ricavato dalla vendita del bestiame e del raccolto, il castello tornerà a diventare produttivo. Riprenderanno anche gli scambi commerciali, se la guerra lo permetterà: ti ho parlato della fiera di primavera, vero? Un evento di cui Evershine è sempre andata orgogliosa, anche se negli ultimi anni si è interrotta a causa del malgoverno di Elmar Fortescue.»

Pronunciò quel nome con noncuranza, nonostante il suocero meritasse ben più che disprezzo. Ma ormai era morto, una fine cruenta nella quale aveva trascinato tanta gente innocente.

«Una fiera!» Richard sollevò il capo di scatto. «Sul serio, mi meraviglio come tu e, soprattutto, la tua sposa, abbiate ancora il desiderio di riempire il castello di gente estranea. Ancora non mi sono ripreso da quanto è accaduto durante la festa di Mezza Estate.»

Suo cugino si fece serio. «Nessuno dei due lo ha dimenticato, credimi, anche se Fleur dice che da quando ha scoperto di essere in attesa di nostro figlio gli incubi non sono più tornati a tormentarla. Al contrario dei miei, anche se mi guardo bene dal dirglielo. Quando penso a quel che sarebbe potuto succedere!» Strinse i pugni, livido in volto.

Non c'era bisogno che continuasse. Il ricordo della trappola ordita dal vile Davenant per impadronirsi di Evershine era ancora troppo vivido nella mente di entrambi.

«Dunque, niente fiera. Perché turbarla?»

Vernon sorrise. «È lei la prima a desiderare di riprendere la tradizione. Sai bene come la pensa in proposito. Ha già in mente una quantità impressionante di iniziative: dalla vendita del miele a quella del vino di trifoglio; oltre, naturalmente, ai suoi distillati di erbe curative. Quest'inverno, ha intenzione di coinvolgere le donne nella loro preparazione: sarà un modo per far passare più in fretta le lunghe sere noiose e, nel contempo, avvantaggiarsi. A fine marzo, il mio piccolo fiore avrà ben altro da fare.»

Non vi era alcun dubbio che Ralph fosse innamorato della giovane moglie: ne ripeteva il nome di continuo, al punto che, a furia di sentire tutti quei "Fleur", Richard a volte aveva l'impressione di trovarsi in un maledetto giardino. E gli occhi chiari di suo cugino brillavano di orgoglio a malapena contenuto da quando lei gli aveva annunciato che sarebbe diventato padre. Del resto, come non comprenderlo? Era proprio una splendida notizia. Una delle poche, in quel momento buio. Deglutì in fretta e tornò a osservare nomi e cifre. Almeno, ci provò per qualche minuto.

«Basta!» Richiuse il registro e lo spinse via. «Recluta pure tutte le persone di cui abbiamo bisogno. Spero solo che l'impresa di riportare in vita Evershine non prosciughi tutte le mie sostanze. Se solo quel buono a nulla di Fortescue non fosse fuggito al nord, e non avesse ridotto il castello a un guscio vuoto!»

«In quel caso, Warwick non te lo avrebbe assegnato. E di sicuro, io non avrei mai conosciuto Fleur. Il destino ha le sue vie.»

«Da quando sei diventato filosofo?» Aveva inteso essere sarcastico, ma non riuscì a impedire all'amarezza di trapelare. Strinse le mani a pugno, mentre aspettava la replica di Ralph. Ma poiché il silenzio si prolungava, alzò lo sguardo.

Ogni volta che si fermava a osservarlo, rimaneva sorpreso dalla somiglianza che li univa: erano pressappoco della stessa statura, avevano entrambi i capelli biondi e gli occhi blu.

Da ragazzi, li avevano spesso scambiati per fratelli. Tuttavia, pur uguali nel fisico, possedevano caratteri del tutto diversi e nel passaggio dall'adolescenza all'età adulta la spensieratezza dell'uno e la severità dell'altro sembravano aver influito sul loro aspetto. Così, mentre Ralph aveva finito per assomigliare a un arcangelo dallo sguardo limpido e dalla chioma dorata, i suoi colori si erano scuriti e i tratti del volto avevano preso una diversa spigolosità.

Qualcuno li avrebbe definiti particolari di poco conto, ma Richard sapeva che non era così.

Erano differenti come il giorno e la notte, e nessuno poteva dubitare che fosse lui il più cupo dei due, dal momento che gli anni passati a forgiare il proprio destino lo avevano assai indurito.

«Richard.»

Solo il suo nome, ma pronunciato con dolente fermezza. Anche Ralph sapeva essere serio, se occorreva. E in battaglia non sembrava certo un messaggero celeste quando brandiva la spada coperta di sangue o caricava il nemico con la lunga lancia. Era leale e sincero. Il suo migliore amico: l'unico che lo conosceva a fondo e che discuteva con lui di tutto.

In quel momento, però, Richard non aveva affatto voglia di sentirsi rammentare quanto, dopo tutto, fosse stato fortunato.

«Lascia perdere, Vernon.» Usò il tono formale con deliberata freddezza, sperando che servisse a scoraggiarlo dal proseguire.

«No, non questa volta.» L'espressione determinata sul viso del cugino gli ricordò quanto potesse essere tenace. «Qualcuno deve pur riuscire a farti ragionare.»

«E lo farai tu? Andiamo, sai benissimo che è inutile.»

«Non so proprio nulla, invece. Come non lo sai tu. E non lo sa nessuno. E Fleur è la prima a non escludere che...»

Lo interruppe, con un gesto annoiato. «Ah, certo. Proprio così. La tua sposa è una dama gentile, oltre che una bravissima guaritrice. E io le sono molto grato. Sul serio. Se lei, unica dei Fortescue, non fosse rimasta a Evershine, a quest'ora avrei perso la gamba. Forse, anche la vita.» Si alzò e mosse qualche passo nella stanza.

Talvolta capitava che zoppicasse ancora, soprattutto se restava seduto a lungo o se cavalcava per troppo tempo. Era un evento sempre più raro e, comunque, quasi non si notava; ma lui ne era consapevole e non perché si curasse del proprio aspetto. Non gli importava per niente, a dire il vero, al punto che se lo scontro di Hedgeley Moor gli avesse causato solo quel disagio, si sarebbe ritenuto sul serio fortunato. Invece, aveva lasciato molto di più su quel campo di battaglia. E la cicatrice che gli attraversava la coscia non gli consentiva di dimenticarsene.

«Fleur ti ha curato con le sue erbe» precisò Vernon «ma è stata la tua forza di volontà che ti ha permesso di reagire. Hai sopportato l'inferno con quella ferita e, in alcuni momenti, è sembrato che la febbre ti portasse via. Ma tu non hai mai smesso di lottare e alla fine ti sei ripreso. Ci sei riuscito, non si sa come.»

«La protezione divina?» alzò le sopracciglia, beffardo. «O diabolica?»

Ralph non sorrise.

Si avvicinò al cugino e gli strinse una spalla. «A me non interessa. Ciò che conta è che tu sia vivo. Questo, però, dovrebbe farti riflettere: chi può dire che cosa ti riserverà il futuro? Magari ti sorprenderà.»

«Smettila, maledizione!» D'Arcy si sottrasse di scatto alla sua presa e si avvicinò alla finestra. A gambe divaricate, le braccia distese lungo i fianchi e i pugni serrati, gli voltò le spalle.

Sapeva che Richard stava cercando di ricomporsi e non turbò quegli istanti di difficile silenzio. E di sofferenza. L'aveva vista affiorare nel suo volto pallido, nell'incupirsi degli occhi, al punto che il blu delle iridi quasi non si distingueva dalla pupilla.

Lo amava come un fratello, lo rispettava come suo lord e signore. Erano arrivati a Evershine quattro mesi prima: Richard, ferito a una gamba da una lama Lancaster, era stato in pericolo di vita per molti giorni e soltanto grazie alle cure di Fleur e alla sua incredibile forza d'animo, aveva iniziato a ristabilirsi. Non appena la febbre lo aveva abbandonato, era tornato a prendersi cura del castello: era montato in sella per un lungo giro di ricognizione dei possedimenti; aveva ripreso ad amministrare la giustizia e chiesto che gli venissero fatte presenti tutte le necessità più pressanti, al fine di migliorare la sicurezza e la vita della sua gente. E aveva svolto un ruolo essenziale nella lotta contro Davenant, il cognato di Fleur, l'usurpatore. Il dovere e l'onore avevano sempre avuto il primo posto nell'esistenza di D'Arcy. Costituivano la sua vera armatura, molto più di quella d'acciaio che, in battaglia, lo ricopriva dall'elmo alle soprascarpe. Eppure, lui intuiva che il colpo ricevuto a Hedgeley Moor e ancor più l'esito della ferita, l'avevano incrinata. Non poteva esservi un altro motivo se, nonostante fosse ormai guarito, non si era ancora recato a reclamare la propria sposa.

Sebbene molto incuriosito in proposito, Ralph non aveva insistito con le domande durante il difficile periodo della convalescenza, certo che tutto, alla fine, si sarebbe risolto. Le settimane, invece, si erano succedute, erano diventate mesi. E l'umore di Richard, che non aveva mai tralasciato di onorare la sua parola, era peggiorato di conseguenza.

No, non poteva continuare così. Alcune ferite non guarivano se non venivano cauterizzate e toccava a lui intervenire, anche se la semplice idea gli procurava la nausea. Avrebbe preferito dover affrontare un manipolo di pazzi Lancaster.

Si schiarì la voce. «Devi andare ad Arrowfield, o come diavolo si chiama quella proprietà. Prendere madamigella Lyon e portarla qui. Sposarla e poi si vedrà.»

«No.»

«Richie!» Esasperato, usò il diminutivo che l'altro non tollerava, senza neppure rendersene conto. «È rimasta sola, lo sai. E ti sta aspettando da quattro anni.»

«No.»

«Hai firmato un contratto» insistette. «Non puoi far finta di niente.»

«In questo, hai ragione.» D'Arcy si voltò all'improvviso. La mascella era contratta, l'espressione determinata.

Ralph tirò un sospiro di sollievo. «Finalmente! Inizi a ragionare. Era ora. Quando partiamo per Alcester?»

«Non partiamo.»

«Vuoi dire che andrai da solo?» Scosse la testa. «So che puoi farlo, ma ti sembra opportuno? Non sarebbe meglio predisporre un piccolo corteo nuziale? Fleur sarà felice di accompagnarci per mettere a proprio agio la tua futura moglie.»

«Niente corteo. E nessuna moglie.»

Ralph trattenne a stento un lamento. Si passò una mano fra i capelli. «Non capisco. Hai appena detto di essere d'accordo.»

«Certo. Sul fatto che ho ignorato anche troppo a lungo il problema. Ma non preoccuparti, ormai è risolto.»

«E come? Giuro, Richard, mi stai facendo impazzire con tutto questo mistero. Vuoi dirmi una buona volta cosa intendi fare?»

«Fare? Niente, adesso. Ah, d'accordo.» Fece un cenno vago. «Vedo che non hai intenzione di smettere l'interrogatorio. Ho scritto a madamigella Lyon e l'ho sciolta dalla promessa di matrimonio. E prima che tu me lo chieda, me ne sono assunto la colpa. Le ho spiegato che gravi motivi sconsigliano la nostra unione e mi sono persino scusato. Soddisfatto?»

Ralph ingoiò la bile che gli risaliva nella gola. «Maledizione! Cosa ti è venuto in mente? Perché non mi hai detto nulla? Quella promessa aveva il sigillo di Warwick, te ne sei scordato?» Si accorse di aver alzato la voce e si affrettò a riabbassarla. «Che dirà il conte? E lei?»

«Non posso sposarla!» ruggì, quasi, D'Arcy.

«Perché non avrete figli? Quante coppie ne hanno, ma poi li perdono ancora in culla o prima che diventino uomini e donne? Capita ogni giorno e a tutti, persino ai re! Chi sei, tu, per opporti al destino?» Scosse la testa, infuriato e dolente. «Non sei Dio, D'Arcy.»

«Non ho mai pensato di esserlo.»

C'era una profonda rassegnazione in quella risposta, un accento che gli congelò la replica che si stava formando sulle labbra e che lo fece pentire per quello scoppio d'ira. Sospirò. «E dunque?» chiese ancora.

«Non la sposerò» gli ripeté. «E adesso, per favore, lasciami solo.»

Ralph chinò la testa. Non gli avrebbe detto altro, lo sapeva bene. Né poteva insistere ancora. Afferrò il registro che era stato dimenticato sul tavolo e uscì dalla stanza.

Richard si lasciò cadere sulla sedia. Cercò di calmarsi e, più per abitudine che per necessità, prese a massaggiarsi la coscia. Quando se ne rese conto, si alzò di scatto. Raddrizzò la sedia che aveva rischiato di capovolgersi, afferrò il mantello e se lo gettò sulle spalle.

Per l'inferno! Non si sarebbe comportato da invalido, né sarebbe restato a rimuginare sulle decisioni che aveva preso. Scese le scale in fretta e uscì dal mastio. La corte sembrava un alveare, perché da quando si era diffusa la notizia che Evershine aveva finalmente un nuovo signore, molti erano quelli accorsi a cercare rifugio fra le sue mura. Li aveva accolti, perché un castello di quelle dimensioni aveva bisogno di braccia. E perché l'onore di cavaliere gli imponeva di prendersi cura dei più deboli.

L'onore!

Masticò un'imprecazione e si avviò verso il corpo di guardia; rispose al saluto delle sentinelle, a quello più formale del loro capo, e prese a salire gli infiniti gradini della torre. Un esercizio faticoso, anche se non come nei primi tempi; eppure, avrebbe sopportato di buon grado un dolore molto più intenso se gli avesse evitato di pensare.

Era inutile, lo sapeva.

Dal cammino di ronda, il suo sguardo sfiorò il barbacane, attraversò il ponte levatoio e si perse nella campagna fino al limitare del bosco.

Guardava e non vedeva. Sentiva, ma non ascoltava. Il rimorso era il più fedele e il peggiore dei compagni e poiché non poteva sfuggirlo in cima alla torre più di quanto gli riuscisse nella propria camera, decise di affrontarlo. Per lasciarselo alle spalle una volta per tutte.

"L'onore è la mia legge" e "Fa' ciò che dev'essere fatto" erano i motti che si leggevano sul suo stemma, erano quelli incisi nel suo cuore. Fino a quel momento, gli avevano indicato senza ombra di dubbio la via da seguire e, per quanto impervia, non aveva mai esitato a intraprenderla.

Al ritorno da Hedgeley Moor, invece, i dubbi lo avevano sfinito ben più della ferita. Qual era la mossa onorevole da compiere? Adempiere la parola data e sposare Eleanor Lyon o lasciarla libera, assumendosi la colpa di un rifiuto che, lo sapeva, sarebbe stato considerato una macchia d'infamia anche per lei? Cos'era ciò che "doveva essere fatto", nel suo caso?

Per giorni e giorni era stato tormentato dal dubbio; per notti e notti aveva fissato, insonne, il cielo del baldacchino. Poteva sposarla e non dirle nulla; lasciare che l'oblio ricoprisse ogni cosa e sperare che la verità non emergesse. Oppure, trovare un motivo inoppugnabile per sfuggire al matrimonio.

Alla fine, era stata proprio Fleur Fortescue, ora *madame* Vernon, a fornirgli la scusa perfetta. Quella piccola bellezza dai capelli scuri lo aveva curato senza battere ciglio, nonostante le sue condizioni fossero tali da dare la nausea persino a lui. Non si era mai tirata indietro: sicura ed efficiente, non aveva mostrato esitazioni né, per pietà, gli aveva nascosto il vero. "Il vostro sangue è avvelenato, purtroppo. E la ferita ha suppurato in un punto troppo delicato". Era solo arrossita un poco, poi aveva proseguito, seria: "Mi dispiace, milord, ma è probabile che il vostro seme si sia indebolito. Difficilmente potrete generare un figlio".

"Sarà *difficile?"*, le aveva chiesto con tranquillità, "o, piuttosto, *impossibile*?".

A quello, naturalmente, lei non aveva saputo o voluto rispondere.

Certo, era una brutta notizia, ma non tanto quanto gli altri potevano pensare. Ammesso che, alla sua morte, ci fosse ancora qualcosa da ereditare, avrebbe volentieri lasciato tutto ai rampolli di Ralph e Fleur. Non dubitava che ne avrebbero avuti molti, considerata la loro evidente prolificità.

I cugini erano convinti che non si desse pace per il fatto di non poter procreare, invece lui aveva intuito che la sua possibile, se non certa, sterilità, gli offriva la ragione migliore per ricusare le nozze. E se n'era sentito immensamente sollevato.

Così aveva scritto un freddo messaggio e l'aveva affidato al suo scudiero, perché lo portasse ad Arrowgate Manor. La distanza fra Evershine e Alcester non era molta, nemmeno una giornata a cavallo. Per Jack sarebbe stata poco più che una passeggiata, se non avesse dovuto attraversare quella maledetta foresta.

Inquieto, frugò con lo sguardo il fronte compatto e scuro formato dagli alberi, sapendo che essi offrivano il covo perfetto per malfattori e fuorilegge che, isolati o raggruppati in bande, sarebbero potuti uscire di notte, per razziare il bestiame o assalire qualche fattoria isolata. Non significava nulla che, fino a quel momento, non fosse ancora accaduto. Quanto al ragazzo, portava i suoi colori e tutti sapevano che il Leone Bianco non avrebbe lasciato impunito chiunque avesse osato attaccarlo o derubarlo del cavallo. Ma la fame e la miseria potevano spingere gli uomini agli atti più disperati.

Una notte era già trascorsa, un'altra si stava avvicinando.

Il suo pugno si abbatté e le nocche scorticate lasciarono qualche stilla di sangue sulla pietra.

«Dove sei?» gridò.

Un corvo si alzò in volo, gracchiando la sua protesta per essere stato disturbato. Lo seguì con gli occhi, le ali nere che planavano contro il cielo striato di amaranto.

E poi, un attimo prima che il chiarore del giorno svanisse, vide la sagoma di un cavaliere staccarsi dalle lunghe ombre degli alberi.

«Dio sia lodato!» mormorò a fior di labbra. Il sollievo gli riscaldò il cuore e in fretta si accinse a tornare nelle sue stanze. Non vedeva l'ora che Jack gli raccontasse il motivo di quel ritardo. Soprattutto, era molto curioso di sapere come Eleanor Lyon avesse accolto il suo messaggio.

No, non era curiosità quella che provava. Piuttosto, preoccupazione. E un lieve dolore.

Ah, il rimorso!

# Capitolo 3

«Ha letto il messaggio. Più di una volta, credo, e di sicuro con molta attenzione. Alla fine, l'ha gettato nel fuoco e ha aspettato che divenisse cenere.» Il ragazzo si era tolto il berretto, ma continuava a rigirarlo fra le mani.

Richard tamburellò con le dita sul piano della scrivania. «Dovevi attendere che scrivesse una risposta.»

«L'ho fatto, milord. Come mi avevate ordinato, ma la signora ha detto di riferirvi che non ve ne sarebbe stata alcuna. E poi, mi ha congedato.»

«Mhmm.» Cercò di nascondere il proprio disappunto. Si era aspettato quantomeno una nota che gli consentisse di capire la sua reazione.

Lo scudiero gli aveva esposto i fatti, ma quel racconto era stato troppo conciso, mentre lui era interessato a sapere di più. Molto di più. Com'era diventata Eleanor Lyon?

A ventuno o ventidue anni, non poteva più essere considerata una fanciulla in fiore, tuttavia alcune dame sembravano raggiungere l'acme del proprio fascino in età matura.

Era il caso di Elizabeth Woodville, vedova di un cavaliere Lancaster e madre di due figli, che si diceva avesse stregato re Edward. Si mormorava che l'avesse persino sposata in segreto, anche se questo gli pareva impossibile, poiché Warwick stava negoziando da mesi le nozze di Sua Maestà con una principessa francese, al fine di ottenere un'importante alleanza.

Era però vero che le cose potevano cambiare e certo non toccava proprio a lui meravigliarsene, visto che aveva appena annullato un accordo matrimoniale.

«E non ti ha detto altro?» insistette.

«No, milord.»

Richard si strofinò il mento, pensieroso.

Di solito, Jack era assai più loquace e lui aveva contato su questo per avere risposte alle tante domande che gli agitavano la mente.

Invece, il ragazzo aveva l'aria di non veder l'ora che quel colloquio terminasse: spostava il peso del corpo da una gamba all'altra e poi di nuovo. Era imbarazzato o agitato.

Probabilmente stanco e di certo affamato, a giudicare da come il suo sguardo correva al vassoio con la cena che si era fatto portare nello studio e che non aveva ancora toccato.

A volte dimenticava quanto, a quell'età, la fame fosse insaziabile.

Magari il suo scudiero sarebbe stato più prodigo di particolari dopo essersi rifocillato. «Siediti» lo invitò con un gesto.

Quello sgranò gli occhi, ma ubbidì. Gli spinse davanti il tagliere e indicò il pane, il formaggio e la carne di cervo affumicata.

«Serviti pure. Non è un'impresa da poco aver attraversato la foresta. Vorrei un resoconto preciso del viaggio. In verità, non vedendoti tornare, temevo che i fuorilegge ti avessero aggredito o che si fossero impadroniti del tuo cavallo. Hai scoperto dove si nasconde l'*Allegra Brigata* di Thornwood?»

Forse Jack si era aspettato quelle domande, perché parve subito più rilassato. Tuttavia, si limitò ad annuire, perché aveva già la bocca troppo piena per parlare.

Allora gli allungò il boccale di birra e attese che i lunghi sorsi gli spegnessero la sete.

«Sissignore. Ho tenuto gli occhi aperti, come mi avevate detto di fare.» Fece per prendere un'altra striscia di carne, poi ritirò la mano. «Thornwood non è un bosco da sottovalutare. Avete presente la canzone di Jude, il menestrello itinerante?» Si mise la mano sul petto e canticchiò, ispirato:

*"La damigella – la –la,*
*fresca e bella – la – la,*
*nel bosco saltella*
*e coglie i suoi fior.*
*La fresca erbetta..."*

«Ho capito» Richard lo interruppe, mentre soffocava un sorriso. «Continua.»

L'altro assentì con entusiasmo, poi si fece serio.

«Bene, Thornwood non è per niente così, milord. Proprio per niente. È fitto, intricato, buio, e il sentiero che lo attraversa è niente più che un viottolo buono a malapena per le capre. Ross aveva le orecchie dritte per la paura; tremava, povera bestia. C'è un punto, però, all'incirca a metà strada fra Evershine e Alcester, in cui si apre una radura. Le querce fanno corona all'Arrow e si riesce a vedere di nuovo il cielo. Lì, è vero, ti aspetti che all'improvviso salti fuori la donzella di Jude, ma io» si sporse un po' sul tavolo, e puntò l'indice sul proprio petto «non mi sono fatto ingannare. "Jack", mi sono detto, "è proprio qui che devi tenere gli occhi aperti".»

«Sei stato saggio» lo lodò. «E furbo. Dimmi: hai incontrato i briganti?»

Le orecchie del ragazzo divennero di brace. «No, signore. Anche perché avevo pagato il pedaggio, come mi avevate ordinato: sei monete lasciate ai piedi della grande quercia all'ingresso del bosco.»

Era chiaro che quell'ammissione gli costava un po', perché se da una parte gli aveva consentito di evitare un pericolo, dall'altra non poteva vantarsi di qualche impresa coraggiosa.

Nondimeno, rialzò il mento e proseguì con un certo orgoglio:

«Però, ho capito dove si nascondono, nonostante i loro rifugi siano praticamente invisibili. È inutile cercare tracce sul sentiero: per scovarli, bisogna guardare per aria.»

«Che cosa vuoi dire?»

«Sugli alberi, signore. Hanno costruito piattaforme robuste, le hanno camuffate con le fronde e si sono accampati lì in cima, come falchi pronti a calare sulla preda. Non me ne sarei accorto se un ramo, credo indebolito dall'opera di un picchio, non fosse caduto davanti alle zampe di Ross. Si è impennato e ho faticato per calmarlo, ma in quegli istanti ho sollevato lo sguardo e, per un attimo, ho visto e capito.»

«Dovrò decidermi a organizzare una battuta» rifletté Richard a voce alta. «È pur vero che, finora, non si sono azzardati a darci noia e si accontentano di riscuotere il loro balzello, ma sono gli ignari viandanti diretti a nord a farne le spese. Comunque, in questo modo rendono difficili i nostri contatti con Alcester.»

«Proprio così. Anche i pellegrini diretti al convento di Santa Etheldreda o al Priorato di San Martin spesso preferiscono compiere un lungo giro pur di non passare per Thornwood.»

«E questo isola alquanto Evershine.» Sospirò. «Dovrò affrontare il problema prima dell'inverno. Quando hai finito con la tua cena, dirai a sir Ralph di raggiungermi: lo troverai nella Sala Grande.»

Jack si alzò di scatto.

«No, aspetta» lo trattenne, e attese che tornasse a sedersi.

«Prima, parlami di Arrowgate Manor: qual è stata la tua impressione? Si avverte la mancanza di lord Oliver?»

Lo scudiero corrugò la fronte e si concentrò sulla risposta.

«Direi di no. È una specie di castelletto, con tanto di ponte levatoio sul fiume Arrow. Gli uomini sugli spalti sono vigili e anche la guardia all'interno è ben organizzata. Non mi ha dato affatto l'idea di una proprietà abbandonata.»

«Bene. È una buona notizia.» Dunque, lei si era rimboccata le maniche dopo la morte del fratello. E, in un modo o nell'altro, sembrava che la sua gente la ascoltasse.

«Se mi è permesso, signore, direi che lo è fino a un certo segno.»

«Perché?» Incuriosito, socchiuse le palpebre. «Spiegati.»

«Ho sentito delle voci; sembra che un vicino abbia delle mire su quella proprietà. In molti sono preoccupati che possa tentare qualche colpo di mano.»

«Il suo nome?»

«Sir Mortimer Salford.»

D'Arcy imprecò fra i denti.

Per un attimo, la notizia che madamigella Lyon riuscisse a governare Arrowgate Manor gli aveva addolcito il senso di colpa. Avrebbe potuto parlarne a Warwick e ottenere che il dominio le fosse assegnato in eredità; questo le avrebbe garantito una rendita rispettabile, un discreto patrimonio oppure una dote, nel caso avesse preso in considerazione un altro matrimonio.

Salford, tuttavia, non era di quelli che si limitavano a proporsi come possibili mariti, né tantomeno si sarebbe accontentato di un rifiuto. «Te ne ha parlato lei?»

«*Lei*, milord?»

«Madamigella Eleanor. Chi altri?» Non era più il momento di girare intorno alla questione. Si alzò, appoggiò le mani sulla scrivania e si sporse fin quasi a sfiorare la fronte dello scudiero.

Jack fu costretto a deglutire.

In fretta e più volte, per ingoiare la saliva.

La voce profonda del suo lord incuteva, di per se stessa, soggezione.

Accompagnata dall'espressione decisa, quasi feroce, che gli scuriva gli occhi e gli induriva i lineamenti, richiedeva un'immediata obbedienza, alla quale non ci si poteva sottrarre. Né lui si sarebbe mai sognato altrimenti. D'Arcy era un cavaliere giusto e onorevole, che non si era conquistato il nome di Leone Bianco per nulla. «Ne ha fatto cenno, sì» ammise.

«Dunque, avete parlato ancora un po'. Ora mi dirai tutto, ragazzo. E non tralascerai neppure il più piccolo particolare. Intesi?»

Lui si affrettò ad assentire.

Diavolo, la figura imponente del suo signore avrebbe intimidito chiunque: le braccia, tese sotto il proprio naso, erano muscolose e forti per il costante esercizio delle armi.

Le mani poi, piantate a dita aperte sul tavolo, avrebbero potuto afferrare per il farsetto un uomo ben più alto e robusto di lui e tenerlo sollevato da terra a mezza altezza.

«Allora? Sto aspettando.»

«Ecco, sì.» Si schiarì la voce. «In verità, milady è stata molto gentile. "Sarai stanco", mi ha detto, "riposati un poco prima di ripartire".»

«La piccola volpe!» esclamò D'Arcy. Poi scosse la testa. «Non importa, prosegui.»

«Mi ha invitato a presentarmi alla cuoca.»

«Che ti ha rimpinzato di cibo, immagino. Al punto che hai dovuto aspettare il giorno dopo per riprendere la strada di Evershine. È questa, dunque, la causa del tuo ritardo.»

«No, milord. In cucina, è vero, mi hanno offerto un boccale di sidro e una fetta di torta. E anche piuttosto grande» aggiunse, determinato a mostrarsi scrupoloso. «Però non mi sono attardato; tutt'altro, perché la sera si stava avvicinando. Ma, poco prima che ripartissi, la signora mi ha mandato di nuovo a chiamare.»

Si fece coraggio e fissò il Leone Bianco dritto in quei suoi occhi color della notte. «Ha domandato di voi. Voleva sapere.»

Quest'ultima affermazione parve restare sospesa nell'aria.

Richard nascose un sorriso.

Quella giovane donna sembrava ragionare nel suo stesso modo: pur avendolo appena conosciuto, aveva intuito subito che la gola era il punto debole di Jack e se n'era servita. Ciò significava che doveva essere intuitiva e intelligente. Curiosa, almeno quanto lui. «Che cosa? Che cosa, esattamente, voleva sapere?»

«Mi ha chiesto se fossero vere alcune voci che aveva udito sul vostro conto.»

«*Voci*?»

Nel collo lungo e magro dello scudiero, il pomo d'Adamo salì e scese in modo convulso.

Qualche goccia di sudore gli imperlò il labbro superiore, ornato di una peluria rada. «Aveva saputo che eravate stato ferito in battaglia. Si domandava se foste rimasto cieco. O sfigurato.» Un accesso di tosse gli impedì di finire la frase.

«Ah!» Certo, aveva un senso.

Si era fatta delle domande e aveva cercato delle risposte.

Come aveva potuto pensare che si sarebbe accontentata del suo fumoso benservito? Se la prese con se stesso e abbatté il pugno sulla scrivania.

«E tu?» ringhiò, senza rendersene conto. Ma il pallore comparso sulle guance del ragazzo lo indusse a mitigare il tono. «Che cosa le hai detto?»

«La verità, mio signore: il vostro volto e gli occhi non sono offesi da alcuna ferita.»

«"Tuttavia", avrai aggiunto, "lord D'Arcy è diventato zoppo."»

«*Zoppo*? Proprio no, milord.» Jack scosse la testa con fervore e una certa sorpresa. «Ho precisato che soffrite ancora per i postumi di una ferita alla gamba, ma che ciò non ha modificato in alcun modo il vostro vigore.»

Quell'ultima frase lo fece sobbalzare e, per un attimo, la vista gli si offuscò. Per schiarirsi la mente, serrò la mascella con tanta forza che i denti stridettero fra loro; alla fine, lasciò andare il fiato e riprese a respirare. «E qual è stata la reazione di milady?»

«Mi è parsa sollevata e un po' stupita. Però, non ha formulato alcun commento.»

«Mhmm. E poi?»

«Si è informata su Evershine. Quale fosse la situazione, se vi stavate organizzando per tornare a combattere. Se il conte di Warwick fosse mai venuto in visita al castello. Cose senza grande importanza, milord, ve lo giuro. Domande innocue, così come lo sono state le mie risposte.»

Allargò le mani, in un gesto di scusa. «Nel frattempo, però, è scesa la sera e dall'Arrow si è alzata una nebbia fitta come caligine. Così, madamigella Lyon ha insistito perché rimanessi fino a quando non si fosse diradata. Per questo sono riuscito a partire soltanto oggi, sull'ora del mezzogiorno. Mi dispiace molto, milord.»

«Hai fatto bene.» Richard troncò deciso quelle giustificazioni. «Attraversare Thornwood in condizioni simili sarebbe stato folle. Vai, ora.»

«Grazie, milord.» Il ragazzo sospirò di sollievo, poi spinse indietro la sedia e si alzò.

«Aspetta. Un'ultima cosa.»

"Dimmi com'è diventata", avrebbe voluto chiedere.

I suoi capelli erano davvero una corona di fiamma come gli erano apparsi per un attimo fugace?

Rammentò quella sera di quattro anni prima, la luce grigia di un tramonto e quella più calda del fuoco: le oscene affermazioni di Lyon che gli avevano gelato l'anima e il desiderio cieco di ricacciargliele in gola con la punta della spada.

Nessuno meglio di lui sapeva che cosa significasse essere rifiutati dal proprio sangue: non aveva neppure sei anni quando il padre lo aveva ceduto al conte di Salisbury, in riscatto di ingenti debiti.

Chissà cosa ne sarebbe stato di lui se il giovane Neville, figlio di Sua Signoria, non avesse deciso di prenderlo sotto la propria ala: il futuro lord Warwick gli aveva restituito l'onore e una ragione per vivere, per questo Richard avrebbe sempre combattuto al suo fianco come il più fedele degli alleati.

Quella poverina, invece, avrebbe dovuto affrontare ben altro destino.

L'indignazione lo aveva infiammato fino a fargli dimenticare dove si trovava e, a quel punto, lo scaltro conte aveva avuto buon gioco nel condurlo dove voleva: da qualche mese, infatti, insisteva con il proporgli candidate al ruolo di moglie. Peccato che lui non avesse alcuna intenzione di sposarsi; ma, un attimo prima di ribadire con fermezza e una volta per tutte il proprio pensiero, aveva avvertito una strana sensazione e il suo sguardo era stato attirato verso l'alto.

Una fanciulla si sporgeva dalla galleria superiore, intenta ad ascoltare ogni loro parola. Nel vedersi scoperta, si era ritratta di scatto; era caduta all'addietro, come una cerva colpita da una freccia. Quegli istanti gli erano bastati per notare una folta chioma infuocata e l'espressione di paura e dolore impressa sul viso pallidissimo.

Di certo, doveva essere la giovane Eleanor.

"La sposerò": la promessa gli era sfuggita dalle labbra prima di riuscire a fermarla.

Senza sapere, allora, che non avrebbe potuto tenervi fede. Un'onta che lo avrebbe perseguitato per sempre, un giogo al quale non poteva sottrarsi. Eppure, preferiva far ricadere l'infamia su di sé piuttosto che lei sapesse la verità.

«Signore?» chiese lo scudiero, strusciando le suole sul pavimento.

Richard non aveva alcun diritto di chiedere, nessun motivo che giustificasse la propria curiosità. Vi aveva rinunciato nello stesso istante in cui aveva scritto quel maledetto messaggio. Tagliò l'aria con una mano, così come avrebbe voluto tagliare per sempre il rimorso che lo feriva. «Va bene, Jack; non c'è altro. Puoi andare. E non cercare sir Ralph: si è fatto tardi e si sarà già ritirato per la notte.»

Il ragazzo annuì e sorrise. «Lady Fleur ve ne sarà grata, milord.» Chinò il capo in un cenno di commiato e uscì in fretta, forse per tema di essere richiamato.

«Impudente!» mormorò lui fra sé a fior di labbra, mentre l'immagine di una dolce intimità coniugale gli si formava nella mente e subito svaniva.

Gli lasciò un'amarezza di fiele e la consapevolezza di avervi rinunciato per sempre.

# *Capitolo 4*

«Il Cielo ve ne scampi! Non potete parlare sul serio» ansimò Nan.

Eleanor la strinse in un abbraccio. Per confortarla e perché così la nutrice non avrebbe potuto leggerle l'ansia negli occhi.

Temeva che la tradissero, proprio nel momento in cui aveva più bisogno di mostrarsi determinata e di credere che il coraggio non l'avrebbe abbandonata.

Portare a termine il suo piano richiedeva anche una buona dose d'incoscienza, per questo aveva deciso di attuarlo più in fretta possibile, prima che i mostri generati della paura le facessero tremare il cuore e la convincessero a desistere.

L'idea di sgattaiolare di nascosto da Arrowgate Manor l'aveva allettata per un attimo, ma sarebbe stata vigliaccheria e, alla fine, avrebbe indebolito la sua forza d'animo: come poteva sperare di ottenere qualche successo in quell'impresa se, fin da subito, si fosse mostrata codarda?

La povera Nan, poi, avrebbe pensato chissà cosa e si sarebbe torturata per la preoccupazione. La amava quasi come una figlia e lei non avrebbe ripagato quella tenerezza con l'indifferenza.

«Andrà tutto bene» la rassicurò, sperando che la voce risultasse ferma e convincente. «E poi non sarò sola: Ailith mi accompagnerà.»

«Oh, quale scorta!» Il largo petto della donna sussultò per il respiro affannoso. «È pur sempre una femmina, anche se quello scomunicato dell'armaiolo le permette di vestirsi come il figlio che non gli è mai nato. In che modo potrebbe aiutarvi o difendervi?»

«Ailith ci sa fare con le lame.»

«Solo perché aiuta il padre a temprarle.»

«Tira frecce meglio di un arciere del re» aggiunse con dolcezza.

«Di bene in meglio. Quando sarete a Evershine, a cosa vi servirà una compagna tanto singolare? Alla vostra reputazione non ci badate?»

«Ailith è un'amica. E sai bene che, all'occorrenza, è in grado di comportarsi come una perfetta damigella.»

«Bah! Una *damigella* in calzebraghe e con i capelli corti come quelli di un maschio. Mi sono sempre domandata che senso abbia.» Scosse la testa. «Ma è per voi che sono preoccupata, non per lei.»

«Via, Nan!» Eleanor prese a strofinarle le spalle con l'intento di tranquillizzarla e di evitarle una delle crisi che la lasciavano senza fiato. «Mi vedi ancora come una ragazzina, ma sai bene che non lo sono. E so badare a me stessa.»

«Nossignora, che non lo sapete! Non vi verrebbero idee tanto balzane. Ragionate, vi prego: se proprio avete deciso di andare a Evershine, fatelo come si conviene a una signora del vostro rango. Prendete almeno uno dei cavalli di lord Oliver e una scorta di guardie.»

Lei sospirò. «La mia non è una visita di cortesia: non posso recarmi lì dopo il messaggio che ho ricevuto da lord D'Arcy, lo capisci?»

«Ma è vostro diritto rivolgervi al Leone Bianco! Ha rotto una promessa di matrimonio, ma questo non lo esime dal sostenervi contro le minacce di Salford. Tutto il contrario, anzi! E non c'è una vera ragione per cui dovrebbe tirarsi indietro: non fisica, almeno, se il suo scudiero ha detto la verità. È un cavaliere e l'onore gli impone di proteggere i più deboli dagli oppressori, di difendere chi gli chiede aiuto. Tanto più voi, perché siete una donna e vi ha fatto torto.»

«Basta, Nan» la interruppe con dolcezza.

La sospinse verso la strombatura sotto la finestra e la costrinse a sedersi. Prese due cuscini e glieli sprimacciò dietro la schiena. «Respira per bene» la esortò.

Attese che un po' di rosa tornasse sulle guance della nutrice, poi riprese. «Non è così semplice. Chiedergli di venire ad Arrowgate Manor per difenderlo da sir Mortimer potrebbe risolversi in un rimedio peggiore del male. Se lui fosse stato il mio sposo, sarebbe stato diverso, ma così? E se Salford decidesse di non attaccare? O se Oliver tornasse, all'improvviso? No, non dirlo.» Si portò le mani alle orecchie. «Per favore, non voglio sentire di nuovo che è un evento impossibile. Ciò che desidero sul serio, è scoprire quali sono le "circostanze" che hanno reso "inattuabile" questo matrimonio: quelle vere, non due righe di patetiche scuse scritte per farmi mettermi l'anima in pace. Se mi avesse conosciuto, avrebbe saputo quanto assurda fosse una simile idea.»

«Pensate di riuscire a farvelo dire? E come?»

Lei sollevò le spalle. «Certo, non sono tanto sprovveduta da interrogarlo in modo diretto. In un grande castello, però, c'è sempre qualcuno che ne sa più degli altri e che ha voglia di chiacchierare. Soprattutto con un'innocua pellegrina di passaggio.»

«E poi?»

«Dipende da ciò che verrò a sapere. A quel punto, valuterò se proporgli di intervenire o decidere che non ne vale la pena e appellarmi invece a Warwick.»

«Ecco, questo sarebbe sensato! Perché non lo fate fin d'ora? Il conte lo obbligherebbe a mantenere la sua parola.»

Eleanor si morse un labbro.

Non voleva che D'Arcy la sposasse per forza, era già tanto quello che gli doveva. Quattro anni prima, era stata sul punto di essere "venduta" e non avrebbe mai dimenticato l'orrore che l'aveva pervasa nel comprendere quale sarebbe stato il suo destino. Warwick l'aveva difesa, ma era stato il Leone Bianco che aveva accettato di sposarla e, di fatto, l'aveva resa libera.

In forza di quella promessa, era stata ospitata al castello del conte come futura moglie del suo fedele braccio destro. Aveva trascorso due anni fra agi neppure mai sognati e poi, alla morte di Lyon, era tornata ad Arrowgate Manor. Il contratto che la legava a D'Arcy le aveva, alla fine, regalato un lungo periodo sereno, mentre lui combatteva per York e per l'Inghilterra e rischiava la vita sui campi di battaglia.

No, non avrebbe cercato di costringerlo a un matrimonio che sembrava aborrire.

Desiderava, tuttavia, conoscere il motivo di quel rifiuto. I dubbi che la arrovellavano erano ancora senza risposta: era colpa sua? Eppure, sia a Warwick sia ad Arrowgate Manor aveva condotto un'esistenza irreprensibile e quindi non potevano essere nati pettegolezzi tali da averlo disgustato.

E se, invece, fosse dipeso da lui? Forse, i postumi della ferita riportata in battaglia erano più gravi di quanto Jack avesse affermato.

Oppure si era invaghito di una donna più giovane e bella di lei, magari anche ricca. Sì, questo era decisamente possibile, né l'avrebbe considerata una colpa; si sarebbe fatta da parte, ma, in quel caso, avrebbe chiesto il suo intervento per salvare Arrowgate Manor. Basta, era inutile fare congetture: doveva solo scoprire la verità.

«Vedremo, Nan. Tutto a suo tempo.»

La nutrice singhiozzò piano. «È una follia. Dovrete attraversare Thornwood. E come sfuggirete all'*Allegra Brigata?* Vi depredéranno e, Dio non voglia...» Cinerea in volto, si fece il segno della croce.

«Sono fuorilegge "onesti", non assassini. Tutti lo sanno; basta pagare un pedaggio, poiché considerano la foresta il loro territorio, e non si avranno noie di sorta.»

«Santa ingenuità! Come fate a esserne sicura? Sono maschi e voi siete una giovane donna.» Le puntò contro l'indice, quasi accusandola dell'ovvio. «E molto attraente.»

Lei scosse il capo. «*Appariscente*, vuoi dire, il che non è per niente la stessa cosa. È solo colpa dei capelli, ma non preoccuparti: ho già trovato il rimedio.»

«Non vorrete tagliarli!» inorridì l'altra.

Eleanor arrossì.

Nonostante le sue chiome fossero state uno dei motivi principali per i quali Geoffrey Lyon l'aveva odiata, punendola spesso con cattiveria, a lei piacevano.

Forse, ancora di più proprio per questo motivo: erano eredità della sua mamma, l'unica cosa che rammentasse di lei. E poi, erano allegri: riuscivano a rendere vivaci anche le vesti più sbiadite.

Per il resto, sapeva di essere del tutto banale: occhi chiari, carnagione imperfetta a causa delle lentiggini, bocca troppo grande; la statura era nella media e le curve del seno e dei fianchi più che generose. I suoi capelli, invece... No, l'idea di tagliarli non le aveva neppure sfiorato la mente. «Non ne avrò bisogno; li legherò per bene e li nasconderò con un velo da novizia e poi sotto il cappuccio. Da lontano, nessuno si accorgerà che sono una donna.»

«Questo sì che è un sollievo!» replicò, ironica, la nutrice. «E da vicino?»

«Stai tranquilla.» E poiché vide che sgranava gli occhi dubbiosi, si rassegnò a spiegarle il suo piano.

Ancora meglio, pensò di mostrarle ciò che aveva in mente. «Ailith!» chiamò. «Sei riuscita a procurarti ciò che ti avevo chiesto?»

La ragazza doveva essere proprio dietro l'uscio, perché si affacciò subito sulla soglia.

Annuì e si fece avanti, fra le braccia un voluminoso fagotto scuro, che depose sul letto. «Sì, signora. Tutto come avete ordinato.»

Alta e statuaria nonostante la giovane età, capelli chiarissimi che non arrivavano alle spalle e occhi azzurro ghiaccio, era facile intuire che nelle sue vene scorresse in abbondanza il sangue temerario di antenati vichinghi. In vesti femminili avrebbe fatto sospirare più di un cuore, eppure, indossava sempre e solo le calzebraghe sotto una corta tunica maschile.

«Bene. Grazie, mia cara.» Eleanor si avvicinò, scelse un mantello, lo esaminò con attenzione e lo indossò, calando il grande cappuccio oltre la fronte.

Era di pesante lana scura, del tipo che usavano i penitenti per recarsi in pellegrinaggio al santuario di *Nostra Signora di Walsingham*. Alzò le braccia e le batté come ali. «Uh! Guarda: non ti sembro un grosso pipistrello? Ailith, poi, è tanto alta e robusta da apparire minacciosa: chi sospetterà che siamo solo due donne?»

«Non ne sono convinta» ribatté la nutrice. «Quella è gente molto scaltra.»

«E noi lo siamo più di loro. Ti dico che non oseranno neppure avvicinarsi. Sta' a vedere: il mio bordone, Ailith, per favore.»

La giovane le porse il bastone ricurvo, fedele compagno di ogni pellegrino. Eleanor lo prese e vi si appoggiò con forza. Con un'andatura incerta e affaticata, mosse alcuni passi e prese a cantilenare:

«*A Santa Etheldreda penitente vado,*
*perché mi liberi dal male che ho meritato.*
*Pentitevi fratelli e non fate peccato.*»

Lo scosse e un tintinnio acuto si diffuse nella stanza.

«Buon Signore!» Nan congiunse le mani, sconvolta. «Che significa? Non si scherza con queste cose!» Si segnò in fretta.

Lei scostò il cappuccio. «È solo qualche campanello! Una piccola recita innocente, ma sono sicura che terrà alla larga i briganti come l'acqua santa fa con il diavolo. Nessuno si avvicinerà, perché avranno paura che si tratti di lebbra. E anche il mio caro confratello, qui» indicò Ailith con uno sguardo d'intesa «potrebbe essere stato contagiato dal morbo. Pertanto, vedi, non c'è nulla da temere. Comunque, ormai ho deciso e non cambierò idea.»

Si sfilò il mantello e si sforzò di mostrarsi tranquilla. «Prenderemo con noi solo qualche provvista; un paio di fiasche di birra chiara, pane e un po' di formaggio. Non è un lungo viaggio: partiremo domani all'alba e prima di sera raggiungeremo Evershine.»

«Se il cielo lo vorrà» aggiunse Nan, cupa.

«Se il cielo lo vorrà» ripeté lei.

E sorrise.

"Sto fuggendo da casa mia come farebbe un ladro", pensò Eleanor.

Si fermò a osservare la sagoma di Arrowgate Manor, appena delineata contro il cielo che non accennava a schiarirsi. La fiamma di una candela brillò nell'orbita buia di una finestra come l'occhio di una civetta, rimase immobile per qualche istante poi si spense. "Cara Nan!", mormorò a fior di labbra, inviandole un pensiero affettuoso.

Tutto taceva, con l'eccezione del chiacchiericcio quieto del fiume. Respirò profondamente e inalò l'aria fredda e dolciastra, mentre si stringeva nel mantello, cercando di fermare l'improvviso tremore che la scuoteva.

"Tornerò presto", promise a se stessa.

"Con le risposte che cerco o quantomeno con un aiuto per la mia gente. Non ho paura del destino, né mi farò intimidire dalla mia condizione di donna, perché supplirò con la forza della volontà alla debolezza del fisico: spada e lancia sono armi letali in battaglia o in un torneo ma, alla lunga, le nostre lacrime o i sorrisi possono colpire un cuore quanto una lama affilata. E, se sarà necessario, non risparmierò né le une né gli altri. Ti sfido lealmente, lord D'Arcy, signore di Evershine: se onore e giustizia sono davvero la tua legge, non ritornerò a mani vuote da questa avventura".

«L'alba, mia signora.» La voce di Ailith, per quanto poco più di un sospiro, interruppe i suoi pensieri. Sollevò il capo: a oriente, la debole opalescenza del cielo s'infiammò all'improvviso di porpora, mentre il silenzio trovava la propria voce nel canto degli uccelli.

Un attimo sospeso, intriso di magia: non più notte, non ancora mattino.

Era solo attesa.

E una promessa.

«Andiamo.» Voltò le spalle al fiume e, senza guardarsi indietro, si diresse verso il fronte cupo degli alberi.

La foresta di Thornwood la stava aspettando.

# *Capitolo 5*

«Che il diavolo vi porti, uccellacci! C'è tanta poca luce che non si riuscirebbe a distinguere un sasso da un uovo di piccione e già cantate a squarciagola, svegliando i poveri cristiani. Certo non parlo per voi, sir Christopher, anche se non riesco a spiegarmi come sia possibile che dormiate così poco.»

Lui imprecò sottovoce. «Per San Dustano, Jude! Quante volte devo dirti di non chiamarmi così?»

«Ma se non c'è nessuno!»

«Tu fa' silenzio lo stesso. Gli alberi hanno occhi e orecchie in questa foresta, lo sai bene. I compagni dell'*Allegra Brigata* non devono sapere il mio vero nome.»

«La fiducia è una bella cosa» borbottò, ironico, il menestrello.

«Non quanto la prudenza. Chi non sa non può tradire. Non metto il destino in altre mani che non siano le mie» gli rispose, severo. «E per tutti, qui, sono...»

«... Robin di Redesdale, detto *Aggiustatutto*.» Jude gli strizzò un occhio, perché a volte la sua natura giullaresca prendeva il sopravvento su quella di musico itinerante. In forza di questa, più che per l'amicizia che li legava fin da ragazzi, si permetteva di parlargli con una franchezza che rasentava l'impudenza. «Non potevate, almeno, farvi chiamare in un modo più originale? Dai tempi di quel pazzo di Hood, non c'è brigante che non prenda a prestito il nome del famoso "pettirosso".»

«E dunque ti sei risposto da solo, poiché il mio scopo è proprio quello di guadagnarmi il rispetto di questa *onesta marmaglia*. Comunque, puoi sempre chiamarmi Rob: oltretutto, lo preferisco.»

«Il mondo si è capovolto, ecco la verità» commentò l'altro con una smorfia.

«Smettila di brontolare e vieni piuttosto a dare un'occhiata. Che razza di sentinella è uno che dorme come un ghiro invece di vegliare?»

«Vi ricordo che ho cantato tutta la sera a Evershine. E che ho tenuto gli occhi aperti per capire come andassero le cose, proprio come mi avevate comandato» ribatté piccato. Però gli si avvicinò, dopo aver attraversato con cautela la rozza piattaforma edificata fra i rami della vecchia quercia.

Robin scostò appena qualche fronda e gli indicò ciò che aveva attirato la propria attenzione. «Che ti sembra?» sussurrò.

«Per il drago di Sockburn!»

L'esclamazione lo fece sussultare. «Smettila, Jude. Vuoi per caso che qualcuno capisca chi sono? Lascia perdere le leggende di famiglia.»

«Scusate, è l'abitudine.» Si strofinò gli occhi con i pugni e riprese a osservare con attenzione. «Sembrano pellegrini. Certo, è piuttosto strano: di solito, procedono in comitiva ed evitano con cura di attraversare Thornwood in un'ora così incerta.»

«È quello che ho pensato anch'io. Pure, devono aver pagato il pedaggio e non aver insospettito il Guercio, giù all'ingresso: altrimenti non li avrebbe fatti passare o mi avrebbe già avvisato. Eppure, c'è qualcosa in loro che non mi convince, anche se non saprei dire di che si tratta.»

Appuntò lo sguardo. I raggi del sole creavano un alone opalescente attorno all'erba rorida di rugiada notturna; ancora troppo obliqui per penetrare la fitta cortina di alberi che circondava la radura, non gli consentivano di distinguere bene i particolari. Il sentiero appariva come un nastro di terra umida e scura, dal quale si levavano sottili volute di nebbia azzurrina.

Proprio nel mezzo, due uomini procedevano a passo lento ma costante, tenendosi a un buon braccio di distanza l'uno dall'altro. Entrambi erano avvolti da capo a piedi nei bruni mantelli dei frati o dei penitenti, portavano una bisaccia di sacco sulla spalla sinistra e tenevano nella mano destra il bastone lungo e ricurvo con il quale scandivano il cammino: eppure, erano tanto diversi che non era possibile confonderli.

«Non mi meraviglio che quel vecchio chierico abbia avuto il coraggio di attraversare Thornwood, nonostante quest'ora infame. Neppure io tremerei se avessi come scorta un simile confratello» commentò Jude, nell'indicare prima il pellegrino più esile e basso, poi quello più alto e robusto. «Se appare così da quassù, figuriamoci da vicino: non per dir nulla, sir... *mastro Rob*, ma credo sarebbe pane per i vostri denti. All'incirca, mi sembrate della medesima stazza.»

«Mhmm. Tu dici?» Si strofinò la barba che gli ricopriva il mento. Ruvida e nera com'era, gli conferiva un aspetto consono alla versione boschereccia che intendeva offrire di sé ai ragazzi dell'*Allegra Brigata*, un orso a suo agio in una foresta più di quanto non sarebbe apparso il gentiluomo in farsetto di velluto e brache di morbido panno che fino a poco tempo prima risiedeva nel castello di Hornby. «Mi fai quasi venir voglia di scendere da quassù per andare a vedere.»

Afferrò la scaletta di corda della quale si serviva per arrivare fino ai rami più bassi e fece per srotolarla, ma un suono argentino e l'immediata quanto violenta imprecazione di Jude lo fecero voltare indietro. «Che succede?»

«Per amor del Cielo, lasciate perdere, padrone.» La voce del menestrello tremava almeno quanto il dito che puntava in direzione dei pellegrini.

Era tanto spaventato che Rob evitò di rimproverarlo per l'ennesimo lapsus e gli si avvicinò, incuriosito. «Campanelli? Sarebbero dunque buffoni e non penitenti?»

«Macché, macché!» Jude lo tirò per la manica, obbligandolo a curvarsi. «È un lebbroso, secondo me: sentite cosa sta blaterando.»

Lui tese le orecchie: il canto, o meglio la nenia lamentosa, si faceva più chiara a mano a mano che si approssimava.

*"A Santa Etheldreda, penitente vado,*
*perché mi liberi dal male che ho meritato..."*

Lebbra!

Istintivamente, Rob si tirò indietro.

L'infame morbo, diffusosi in Inghilterra al seguito di coloro che tornavano dal Santo Sepolcro, era una piaga temuta per l'anima e per il corpo; non aveva provocato tante morti quanto la terribile pestilenza del secolo precedente, ma poteva colpire all'improvviso, senza riguardo per giovani o vecchi, ricchi o poveri: lo stesso re Henry Bolingbroke ne era stato contagiato. Anche se, negli ultimi anni, il numero degli ammalati si era assai ridotto e alcuni lebbrosari erano stati convertiti in ospizi per i poveri, esisteva sempre il pericolo di una nuova epidemia.

«Buon Dio, liberaci dal male!» Jude si segnò in fretta, tre volte di seguito. «Accidenti al Guercio! Al suo posto, io non li avrei fatti passare, pedaggio o non pedaggio: bisognerà avvertirlo, anzi, di non toccare in nessun modo i loro denari, se prima non li avrà lavati con l'aceto. »

Rob annuì. «Sarà più prudente, sì. Muovi quelle tue gambe da trampoliere e vedi di raggiungerlo in fretta.» Strizzò le palpebre, per concentrarsi su qualcosa che tentava invece di sfuggirli, poi scosse la testa. «Io cercherò di seguirli, anche se mi terrò a distanza. Voglio vederci chiaro.»

Un lieve fruscio di foglie smosse gli disse che Jude era già scomparso: il buon diavolo possedeva sette spiriti come i gatti e un numero di abilità persino maggiore. Aveva una voce armoniosa che faceva sospirare le ragazze, divertiva gli uomini per la prontezza delle battute salaci, incantava tutti per la capacità di improvvisare piacevoli ballate e per la maestria con la quale suonava il liuto. Rob ne ammirava il talento, ma soprattutto apprezzava la lealtà e la fedeltà che gli aveva dimostrato, seguendolo di propria volontà in quell'avventura dall'esito incerto che Warwick aveva definito una *missione*.

I Conyers erano fedeli al conte da lungo tempo e avevano guadagnato la custodia di Hornby in virtù della solerzia con la quale i membri della famiglia rispondevano a ogni sua chiamata; John, il fratello maggiore, aveva decretato che questa volta toccasse a Chris: rientrato da poco in patria, dopo lunghi anni trascorsi in Normandia, era la persona più adatta a ricoprire quel ruolo nel quale l'anonimato era di fondamentale importanza. Chi mai lo avrebbe riconosciuto? E lui, anima inquieta e tormentata, aveva accettato l'incarico di buon grado.

E così, sir Christopher Conyers di Hornby Castle, discendente del prode uccisore del mitico drago di Sockburn, era diventato Robin di Redesdale, detto *Rob Aggiustatutto;* aveva reclutato un pugno di uomini e dato vita all'*Allegra Brigata.* Una masnada come un'altra, per nulla insolita di quei tempi, al punto che i viandanti si sarebbero meravigliati di attraversare un bosco senza dover pagare il pedaggio o tremare per la paura di essere malmenati e uccisi. In realtà, i briganti di Thornwood non si erano mai macchiati di simili delitti, anche se lui aveva badato a diffondere la fama sinistra delle loro imprese.

In questo, Jude era stato utilissimo; oltretutto, sveglio com'era, riusciva a raccogliere una quantità di informazioni preziose che lo tenevano costantemente aggiornato su quel che accadeva a nord e sud di Thornwood, nella cittadina di Alcester o nel castello di Evershine.

Tuttavia, Rob agiva spesso di persona, servendosi magari di qualche travestimento. Per quanto facesse affidamento su Jude, alcune cose voleva verificarle con i propri occhi. Come in quel momento: non ignorava mai il brivido leggero che gli increspava la nuca e poi scendeva giù, attraversandogli la schiena. Si fidava di quella sensazione ancor più di ciò che poteva toccare con mano, dato che molte volte lo aveva salvato dal pericolo.

Lanciò un ultimo sguardo alle due figure incappucciate e prese la sua decisione.

Aggirò la piattaforma che costituiva la sua dimora aerea: scese di un ramo, risalì su un altro e continuò così, spostandosi di albero in albero. Seguì il percorso tracciato dai compagni dell'*Allegra Brigata*, reso più agevole da brevi tratti di corda che gli consentivano di attraversare la foresta senza bisogno di scendere fino a terra e, soprattutto, senza essere visto. Il verso di un uccello e un leggero ondeggiare di foglie tradirono la presenza dei suoi uomini; lui rispose modulando piano il fischio di un merlo, a indicare che stava seguendo i pellegrini e che non aveva bisogno di aiuto. Assai prima che i penitenti avessero attraversato del tutto la radura, giunse all'ultima quercia, quella che segnava l'ingresso del bosco in prossimità di Evershine. Si calò ancora un poco e si accovacciò su una biforcazione del tronco. Da lì, godeva di un'ottima visuale; il sole, ormai alto nel cielo, era alle sue spalle e gli forniva un'ulteriore protezione, mentre avrebbe colpito in pieno il volto dei due. Staccò una ghianda e prese a rotolarla fra le dita, disponendosi ad aspettare.

*"Pentitevi fratelli e non fate peccato."*

Ah, eccoli. Si stavano avvicinando. Ancora non riusciva a vederli, ma sentiva il suono dei campanelli e la voce portata dal vento. Più sottile, ora, di quanto prima gli fosse parsa. Corrugò la fronte, teso e concentrato nello sforzo di non farsi sfuggire neppure una parola e scostò qualche foglia. Scorse per primo il bastone munito di sonagli, poi l'orlo di un mantello, tanto lungo da strusciare nella polvere e nascondere la punta delle scarpe.

Un poco, ancora un poco.

Maniche ampie che arrivavano alle mani, coperte da rozzi guanti di lana. Il chierico più minuto e anziano oltrepassò la quercia e Rob si sorprese a spiare l'arrivo dell'altro confratello.

Vicino, più vicino.

Ampie spalle, statura notevole.

Eppure.

La curiosità vinse la prudenza: si protese, afferrò un ramoscello importuno e lo torse, ma quello si spezzò con un rumore secco. La ghianda gli scivolò dalle dita. Con la precisione di una freccia, si fece strada all'ingiù e rimbalzò sulla testa del pellegrino.

Che, con una mossa improvvisa, sollevò la fronte.

Il cappuccio scivolò all'indietro.

«Per l'inferno!» Rob ingoiò l'imprecazione che gli era salita alle labbra. Quello non era il volto di un frate e nessuna macchia deturpava la carnagione perfetta.

Un raggio di sole scese a baciare labbra sbiancate dall'ansia, ma soffici come petali; delineò la curva gentile di guance lisce e quella dritta e decisa del naso. Accese di un azzurro luminoso gli occhi chiarissimi e giocò fra ciocche corte e bionde come le spighe del lino.

Una donna, maledizione! La più incredibile e affascinante che gli fosse capitato di incontrare. L'attimo di stupore lo colpì con la forza di una saetta e lo inchiodò alla ruvida corteccia.

Un istante, forse due. Non di più.

Lei sollevò una mano e calò di nuovo il cappuccio. Poi allungò il passo e raggiunse il compagno. L'afferrò per il braccio e quasi lo sospinse, di corsa, oltre il limitare della foresta.

Rob comprese allora che si trattava di un'altra femmina e che quel travestimento da lebbrosi era stata solo un'intelligente mascherata.

Peccato che non avesse ormai modo di fermarle.

Né, forse, avrebbe mai più rivisto quella splendida vichinga. Chissà quali gambe lunghissime nascondeva sotto quel mantello! Gambe che potevano circondare senza sforzo i fianchi di un uomo.

Innervosito da quei pensieri inopportuni, si passò una mano fra i capelli. Lasciò andare un lungo sibilo di frustrazione, senza decidersi a riprendere la via del ritorno. Lanciò un ultimo sguardo alle due false pellegrine e subito si fece più attento.

«Stanno andando a Evershine.» Si batté la coscia e scoppiò a ridere. «Evershine!» ripeté soddisfatto. «Jude, ragazzo, preparati a ritornare al castello.» Si voltò in fretta e scomparve fra il fogliame.

«Ailith!» Eleanor si fermò, la mano premuta con forza contro il fianco. «Aspetta» ansimò. «Per l'amor del Cielo!» Prese alcuni respiri profondi, mentre cercava di riprendersi. La testa le girava e le sembrava che l'aria fosse pervasa da una leggera nebbia. Chiuse gli occhi e li riaprì. «Ormai avevamo superato Thornwood e nessuno ci inseguiva. Che ti è preso per iniziare a correre in quel modo?» le chiese quando ebbe ritrovato il fiato.

Nessuna risposta.

«Allora?» la sollecitò.

«C'era un uomo. Sull'albero, fra le foglie.»

Eleanor si morse un labbro. Far parlare Ailith era sempre un'impresa: anche se la interrogavano, rispondeva con il minor numero possibile di parole, organizzandole in frasi semplici e spezzate. A lei di solito non importava, ma prima o poi immaginava di dover tornare ad Alcester e per farlo avrebbero dovuto riattraversare Thornwood. Era quindi importante capire che cosa fosse successo e se la loro piccola mascherata fosse stata definitivamente scoperta.

«Un uomo, dici. E ti ha visto? Ha capito che noi... insomma, che non eravamo pellegrini?»

«Sì, signora.»

«Ne sei sicura? Camminavo davanti a te, non mi sono accorta di nulla fino a quando non mi hai afferrato per il gomito e trascinata in una corsa folle, come se fossimo inseguite da un branco di lupi. Eppure» indicò la foresta «non c'è proprio nessuno dietro di noi.»

«Lui c'era» insistette. E gli occhi le brillarono di una luce determinata. Sollevò un lembo del mantello e corse con la mano all'impugnatura del pugnale che portava alla cintura. «Grande, grosso e nero» precisò.

«*Nero*?»

«Scuro, allora.» Rialzò le spalle, come a dire che le parole non facevano alcuna differenza. «Avevo la testa scoperta e mi ha vista.»

Eleanor rifletté un istante.

«L'*Allegra Brigata*, senza dubbio. Dunque, non potremo più utilizzare questo travestimento, ma è comunque una fortuna che quell'orso non abbia deciso di fermarci.» Sciolse il laccio sotto la gola, sospinse il cappuccio all'indietro, socchiuse le palpebre e offrì il viso alla carezza del sole. «Bene, ormai è fatta. Siamo arrivate fin qui e non abbiamo più nulla da temere. O almeno, non dai briganti della foresta. Sediamoci su quelle pietre, facciamo un po' di colazione e poi riprendiamo il cammino. A Dio piacendo, arriveremo alla meta prima di sera. Non vedo l'ora di togliermi questo mantello dalle spalle.»

«Sì, signora.»

Riaprì gli occhi, stupita dal tono della voce di Ailith. «Che cosa c'è? Hai avuto paura?»

«Paura? Io?» La ragazza ricambiò lo sguardo. Sdegnata, l'espressione corrucciata e forse offesa.

Eppure, era un po' pallida.

Forse, pensò Eleanor, era la sua immaginazione. Perché, di sicuro, lei era spaventata dal piano che aveva deciso di attuare.

Ad Arrowgate Manor era sembrato semplice, ma ora non se ne sentiva più così sicura. E il Leone Bianco la intimidiva assai più di qualunque fuorilegge nella foresta di Thornwood.

Tremava soltanto all'idea. Basta! Lo aveva già incontrato, no? Anche se lo aveva visto per poco tempo e ben quattro anni prima, le era bastato per comprendere che si trattava di un uomo coraggioso.

Leale e sincero. Un cavaliere dai capelli biondi e con gli occhi scuri. Non doveva averne timore. E invece, proprio per questo, le sue gambe diventavano di burro. Si raddrizzò e spinse in fuori il mento. Era il suo destino a essere in gioco e non era arrivata fin lì per tornarsene indietro a mani vuote. Si passò una mano sul viso.

«La recita *vera* sta per iniziare. Non abbiamo ingannato l'uomo sull'albero, ma dovremmo fare di meglio con lord D'Arcy. Stavolta, però, sarà più facile: non dobbiamo fingerci né uomini né lebbrosi. E tuttavia, nessuno deve sospettare la nostra identità: per il momento, siamo solo due pellegrine dirette a Santa Etheldreda per adempire a un voto.»

«Due deboli donne che chiedono l'ospitalità di Evershine per riprendersi dalle fatiche del viaggio» terminò l'altra, per dimostrarle che rammentava la lezione.

«Proprio così, Ailith. Proprio così.»

# *Capitolo 6*

«Un po' di vino, mio signore?» Fleur fece un cenno e il coppiere si avvicinò subito al tavolo, la brocca già inclinata nell'atto di riempirgli il boccale.

D'Arcy scosse la testa e il servo si ritirò in buon ordine dietro la sedia dall'alto schienale. «Grazie, milady, ma no.»

«Ha un ottimo sapore» insistette lei. «E un uso moderato...»

Lui la interruppe con un gesto, un sorriso ironico a malapena trattenuto. «È più forte di voi, non è vero? Non dimenticate mai di essere una guaritrice. Chissà che faccia farebbe Warwick se vi sentisse parlare del nettare di cui va tanto fiero alla stregua di un medicinale. No, non preoccupatevi» aggiunse in fretta accorgendosi che Ralph si era già irrigidito, pronto a prendere le difese della moglie. «Non ho alcuna intenzione di dirglielo.»

Fleur, però, anche se giovane, non era tipo da lasciarsi intimidire, soprattutto quando si trattava di qualcosa che le stava a cuore. Pertanto, riprese a esporre il proprio pensiero proprio come se lui non avesse neppure aperto bocca. «Sono sicura che un uso moderato della bevanda vi darebbe giovamento.»

Richard si chinò in avanti e avvicinò il proprio viso a quello minuto e delizioso di lei, fino a fissarla negli occhi grandi e lucidi. La gravidanza aveva accentuato la tonalità dorata delle iridi e conferito un'intensità liquida al suo sguardo, ma ombre viola che prima non aveva notato risaltavano livide contro la pelle troppo pallida. «E a voi non pensate? La vostra condizione è ben più delicata della mia.»

«Oh, no, milord!»

«Oh, sì!» Le rifece il verso. «E forse sarebbe il caso di smetterla con tutta questa formalità. Per lo meno quando siamo in famiglia. Che ne dite, cugina?»

Lei lanciò un rapido sguardo al marito, che le strizzò l'occhio in risposta e le indirizzò un sorriso d'incoraggiamento. «Ci proverò» concluse. «Ma solo se berrete un goccio di vino*, cugino.*»

Ralph, che a sua volta aveva portato il calice alle labbra, quasi si strozzò. Lo posò in fretta e dovette tossire prima di ritrovare la voce. «Ah! Hai trovato pane per i tuoi denti. Il piccolo fiore è tenace almeno quanto il vecchio leone. Anche se» il tono si velò di emozione «devi ammettere che non c'è paragone quanto a bellezza. E a questo punto, un brindisi mi pare d'obbligo. Così sarete costretti a bere entrambi. Magari alla salute di nostra figlia.»

Fleur corrugò le sopracciglia. «Chi ti assicura che sarà una bambina? Il fatto che mia madre abbia dato alla luce solo femmine non significa che sia lo stesso per me. Anzi: le nausee mattutine sono abbastanza fastidiose, il che significa che si tratterà di un maschio. Ne sono certa.»

Lo sguardo di Richard saettò dall'espressione divertita di Ralph al cipiglio determinato della giovane moglie. Sorrise, seguito da entrambi gli sposi dopo solo un attimo di esitazione.

«Bene!» La giovane lady si asciugò le labbra. «Avevamo tutti bisogno di un po' di buonumore, non è vero?»

Richard ritornò serio, ma annuì. «Avete ragione» concesse. E si accorse di pensarlo per davvero. A volte aveva l'impressione che, con il trascorrere degli anni, una patina di nerofumo gli si fosse posata sul cuore. All'inizio forse solo un velo, e non erano mancate le occasioni per soffiarlo via, ma dopo quanto era accaduto a Hedgeley Moor temeva che fosse divenuto uno strato pesante e difficile da rimuovere. In realtà, fino a quel momento non aveva neppure desiderato provarci. Tuttavia, sentiva che era giunta l'ora di reagire e lasciarsi il passato alle spalle; per la sua gente, se non per se stesso. In fondo, aveva risolto la questione con madamigella Eleanor Lyon, e una volta per tutte. Se solo non si fosse sentito un verme per il modo al quale aveva fatto ricorso!

Una mano, piccola e fresca, sfiorò la sua. «Perdonatemi, cugino. A volte, date l'impressione di rinchiudervi in un luogo lontano, dove nessuno può raggiungervi. Io vi comprendo, credetemi, ma vi prego: non dimenticate mai che non siete solo. E che noi... vi amiamo» aggiunse dopo solo una piccolissima esitazione.

Lui le baciò le nocche. «Sapevo di poter contare sulla lealtà di quel brigante di vostro marito, mia signora, ma non avrei mai sperato che la sua fortuna nell'avervi incontrata divenisse poi anche la mia.»

«Be', sì. Vacci piano, però» brontolò Ralph con un tono burbero, di finta gelosia.

«Sicuro!» Doveva cambiare argomento, oppure la commozione che provava per quell'inaspettata dimostrazione d'affetto avrebbe finito per renderlo simile a una pecora piuttosto che a un leone. Si guardò intorno. «Che fine ha fatto quel bravo menestrello? Era divertente sentirlo improvvisare ballate e canzoni sui temi più disparati.»

«Se n'è andato ieri mattina. Ha detto di essere uno spirito libero. O qualcosa del genere» Ralph, cui non mancava l'appetito, fece onore al pasticcio di piccioni. Finì di masticare con calma, e ripulì le labbra. «Ma sono sicuro che tornerà di nuovo, uno di questi giorni. L'indipendenza è una bella cosa, ma non quanto la generosità di un lord tuo pari. E per arrivare a Warwick o a Kenilworth, la strada è piuttosto lunga. Senza considerare l'impiccio rappresentato da Thornwood.»

Al sentir nominare la foresta, Richard si fece subito serio. «Dobbiamo deciderci a prendere in mano la situazione. Prima dell'inverno, quando i briganti si disperderanno: proprio come le foglie.»

«Già. Peccato che poi finiscano sempre per ritornare all'inizio della primavera: sono un male di stagione. Hai ragione; bisogna fare qualcosa se vogliamo che alla prossima fiera di Evershine la gente accorra numerosa dai villaggi e dai castelli vicini. Ne hai parlato con Warwick?»

«Non ancora, ma è quello che mi riprometto di fare al più presto.» Allontanò il piatto e strofinò, pensoso, la mascella.

«Quando?»

«Ho inviato Jack al castello, con una richiesta di colloquio sull'argomento. Spero che il conte abbia un po' di tempo per affrontare il problema e che condivida il nostro punto di vista. La fama dell'*Allegra Brigata* si sta espandendo, purtroppo: nessuno è mai riuscito a fermare il loro capo, un certo Robin di Redesdale, ammesso che esista e non sia una specie di leggenda, proprio com'è successo con Hood ai suoi tempi.»

«Non mi piace.»

«Neppure a me, perché è troppo vicino a Evershine. Ho intenzione d'intervenire, anche a costo di dovermene occupare da solo.»

«*Da solo?*» Ralph ammiccò.

Richard sorrise. Stava per rispondergli, ma la sua attenzione fu attirata da Burton. Il capo dei famigli era un gigante dai capelli e dalla barba di fuoco: assunto da Ralph, aveva già dimostrato di saper gestire la servitù con ammirabile fermezza, senza per questo dover ricorrere al pugno di ferro. E aveva dato prova di lealtà e spirito d'iniziativa nel corso delle ricerche seguite al rapimento di Fleur.

L'uomo attraversò la sala, salì sulla pedana che ospitava il tavolo padronale e chinò la testa in attesa che gli fosse dato il permesso di parlare.

«Che succede?» domandò Richard.

«Due pellegrine, mio signore. Hanno risalito il barbacane poco fa; al corpo di guardia hanno detto di essere dirette al monastero di Santa Etheldreda.»

«Va bene. Falle entrare: non sia mai detto che Evershine si guadagni la fama d'inospitalità. Trova una sistemazione nella foresteria e fa' portare loro del cibo.»

«Che abbiano attraversato Thornwood?» chiese Fleur. «In quel caso, avrebbero dimostrato un bel coraggio.»

«Difficile, ma non impossibile» concordò Ralph. «Soprattutto se provengono da nord.»

*Da nord.*

Alcester era la prima cittadina che si trovava oltre la foresta. Non era detto che arrivassero da lì, eppure Richard avvertì un brivido attraversargli la nuca. Forse, quelle donne rappresentavano la risposta alle domande che il buon Jack aveva lasciato insoddisfatte. «Burton, aspetta. Voglio vederle. Che vengano qui.»

«*Qui,* milord?» L'uomo parve stupito.

In effetti, di solito riceveva visitatori e postulanti nella sala del mastio riservata alle udienze, né mai aveva voluto che alcuno venisse a turbare il momento della cena. Che lo giudicassero pure antiquato, lui non intendeva rinunciare alle abitudini dei buoni tempi andati. Inoltre, poiché si era insediato da poco al castello, aveva sentito l'esigenza di stabilire un contatto con quella gente che gli era ancora sconosciuta, di formare con loro un legame che, giorno dopo giorno, si sarebbe rafforzato e sarebbe diventato lealtà.

Consumare il pasto insieme era certo il modo migliore per familiarizzare: perciò, tutte le sere, prima che calasse il sole, la Sala Grande che i Fortescue avevano destinato a ospitare i banchetti più importanti e le cerimonie di rappresentanza, brulicava come un alveare; ai piedi della pedana venivano allestiti lunghi tavoli sui cavalletti e si trasportavano le panche. Poco affollata nei primi tempi, ora, grazie all'attenta gestione di Ralph, accoglieva il gruppo nutrito degli uomini e delle donne che vivevano e lavoravano a Evershine.

I prevedibili momenti d'imbarazzo iniziale erano stati superati in fretta e, a distanza di quattro mesi dal suo arrivo, il clima si era fatto disteso, quasi festoso. Merito del vitto abbondante, senza dubbio: nei taglieri di legno lo stufato galleggiava nel sugo, il pane non mancava e i boccali traboccavano di birra; il brusio di sottofondo era spesso interrotto da risate e dal cicaleccio dei bambini più piccoli.

«Sì. Qui. Di sicuro avranno bisogno di rifocillarsi.»

«Molto bene, signore.» Il servitore s'inchinò e con un'agilità quasi incredibile per la sua mole, si affrettò per eseguire l'ordine.

«Be'. Sono curioso anch'io, lo ammetto.» Ralph scelse un grappolo d'uva da una ciotola, tolse gli acini più belli e li mise su un piatto che spinse davanti alla moglie, un chiaro invito nello sguardo. «E se venissero da Warwick? Forse è stato il conte a indirizzarle da te.»

«Non credo. Evershine è un po' fuori mano e significherebbe allungare la strada. Comunque, è inutile fare supposizioni, fra poco lo sapremo. Guarda: stanno arrivando.»

All'ingresso delle penitenti, la sala piombò nel silenzio. Chi era seduto ai tavoli aveva smesso di mangiare e dava di gomito al vicino, i servi si erano arrestati a mezza via fra la cucina e la sala, con i vassoi e le brocche fra le mani. Molti erano rimasti a bocca aperta.

«Che mi venga un...» Ralph s'interruppe appena in tempo. «Quel ragazzo sarebbe una femmina?» balbettò in modo incoerente.

Richard non rispose.

Il suo sguardo, come quello di tutti gli altri, era stato subito colpito dalla giovane donna in abiti maschili e dal fisico di un guerriero. Subito dopo, però, era scivolato verso la compagna.

Anche se non era per nulla di bassa statura, affiancata a quella sorta di gigantessa gli parve poco più che una bambina. Indossava un abito largo, un velo e un soggolo, cosicché, al più, sarebbe riuscito a scorgerne le mani e il viso. Le prime, però, sparivano nelle maniche ampie e del volto non poteva dir nulla fintantoché non avesse alzato la testa.

Era abbigliata come la postulante di un convento, eppure c'era in lei qualcosa di straordinario, che gli fece prudere le dita dal desiderio di strapparle di dosso tutti quegli insensati strati di stoffa, ruvida e cinerina, per vedere la persona che nascondevano.

Forse, dipendeva dal suo incedere. Non che avesse frequentato molte monache, ma era sicuro che nessuna di loro camminasse in quel modo. In realtà, neppure le dame di sua conoscenza potevano vantare la stessa elegante leggerezza; avanzava come un cigno sull'acqua e sembrava appena sfiorare il pavimento.

Senza neppure rendersene conto, scattò in piedi; le sarebbe andato incontro se Fleur non lo avesse trattenuto per una manica. «Aspettate» gli sussurrò.

Lui si fermò, il cuore che batteva un po' più rapido del solito. E non sapeva perché.

Le due donne, intanto, erano giunte ai piedi della pedana. Fecero entrambe una rapida riverenza, tanto aggraziata nell'una, quanto quasi ridicola nell'altra.

Ralph si schiarì la gola con intenzione, il che lo riscosse da quella strana emozione e gli rammentò ciò che ci si aspettava da lui.

«Benvenute a Evershine, mie signore. Le porte del castello sono sempre aperte per i viandanti in pellegrinaggio. Chi siete? Da dove venite? Dove siete dirette?»

Troppe domande e tutte insieme: non aveva neppure presentato Ralph o Fleur. La curiosità era diventata un fuoco che bruciava ogni altro pensiero. Doveva, assolutamente, sapere.

Finalmente, quella specie di novizia sollevò il capo.

Il respiro gli si bloccò nel petto. Prese a scrutarla, avido quanto un assetato che s'imbatta all'improvviso in una fonte; stupito e un po' diffidente della sua limpidezza, ma nello stesso tempo consapevole che nulla potrebbe trattenerlo dal bere.

La fronte era alta e liscia, bianca fino a confondersi con la benda di lino che non lasciava intravedere l'attaccatura dei capelli. Le sopracciglia, brune ali arcuate, spiccavano in tutto quel cremoso candore.

E gli occhi...

L'Avon che scorreva sotto il castello di Warwick si acquietava, in un punto, a formare una piccola ansa. Lungo la riva, i salici piangenti protendevano le loro lunghe chiome nell'acqua limpida che, in primavera, rifletteva il colore delle foglie nuove. Le sue iridi erano di quello stesso verde, chiarissimo e altrettanto trasparente, esaltato da un sottile bordo più scuro.

Richard a fatica ne distolse lo sguardo e lo fissò sulla bocca. Un errore che il suo corpo ripagò con un fremito di desiderio. Del resto, la vista di labbra così morbide e piene avrebbe risvegliato anche un uomo in punto di morte.

Le guance e gli zigomi della donna si tinsero di rosa sotto il suo esame e rivelarono una spruzzata impertinente di lentiggini sul naso piccolo e dritto. Era giovane, più di quanto avesse sospettato.

«Sono Lennie, milord. E la mia compagna è Ailith. Veniamo da nord ed è nostra intenzione visitare la tomba di Santa Etheldreda.»

Corrugò la fronte. Aveva risposto alle sue domande, ma in modo piuttosto impreciso. «E il nome della vostra famiglia, *madame*?»

Lei abbassò le palpebre e le ciglia ricurve disegnarono due ombre a forma di mezzaluna. Subito dopo, però, tornò a fissarlo con quegli occhi incredibili. «Non posso dirlo, mio signore. Non per mancanza di rispetto» aggiunse in fretta. Il suo sguardo, per la prima volta, si posò su Ralph. E, più a lungo, su Fleur: la guardò con una sorta di diffidenza iniziale poi, come se qualcosa l'avesse tranquillizzata, si rivolse proprio a lei, forse confidando nella comprensione femminile. «Fa parte del voto, vedete.»

Dunque, *Lennie*.

E nient'altro. Un nome insolito, che oltretutto non svelava quasi nulla: poteva essere il diminutivo di Léonie, o forse no. Così come la sua provenienza poteva essere Coughton o Plowster. O Alcester.

Non cambiava molto, dopotutto. Purché lei tornasse a guardarlo: era il primo a non comprendere la ragione di un bisogno tanto irrazionale, ma voleva che fosse concentrata su di lui.

Solo su di lui.

«Non importa, sedete.» Si accorse che l'invito suonava piuttosto come un ordine e cercò di porvi rimedio. «Sarete di certo stanche e affamate. Burton!» chiamò a gran voce.

«Perdonate, D'Arcy» s'intromise sua cugina. «Penso che le nostre ospiti desiderino piuttosto ritirarsi e riprendersi dalla fatica del viaggio.»

«Oh sì, milady!» Il sollievo era tanto evidente nella voce della pellegrina, quanto nella posa assunta dalla sua bionda amica che non aveva ancora pronunciato parola. La guardò appena e stavolta gli parve un po' meno maestosa. «Vi ringraziamo molto per la vostra generosità, lord D'Arcy, ma davvero preferiremmo ritirarci.»

«Sia come volete.» Strinse le labbra, perché non poteva certo manifestare il proprio disappunto. La sua insistenza sarebbe stata tanto scortese quanto inspiegabile. Lui stesso, del resto, non sapeva cosa gli fosse preso per comportarsi in quel modo. «Provvedi alle esigenze delle nostre ospiti» ordinò al servitore.

Poi rispose con un inchino del capo alla riverenza accennata dalle due donne e finse di non guardarle mentre si allontanavano al seguito di Burton, ma, naturalmente, non gli sfuggì un solo passo della piccola dama in grigio. E prima che oltrepassasse la soglia, si trovò a richiamarla.

«Signora!»

Lei si voltò.

«Domani, onorerete questa tavola della vostra presenza» proclamò.

Subito si morse la lingua: da quando i suoi modi erano divenuti così rozzi?

Gli parve che fosse impallidita e sperò che fosse un'impressione dovuta alla luce, sempre più obliqua, che pioveva dalle alte finestre. Comunque, lei annuì, e gli concesse un sorriso.

Piccolo, stentato quasi invisibile. Eppure, gli perforò il petto come la lama del pugnale più affilato.

# *Capitolo 7*

«L'abbiamo scampata bella, mia signora!»

Eleanor sussultò. «Taci, per amor del Cielo. Mi chiamo Lennie, rammenti?»

«Ma voi siete...»

«*Lennie*» ripeté. Poi, con maggior convinzione: «E basta. Non vorrai che mi scoprano.»

«Io credevo che aveste intenzione di rivelare il vostro nome a lord D'Arcy.»

«Lo farò. Certo che lo farò, ma non subito. Non prima, almeno, di aver capito ciò che mi preme. E in un posto come questo, potrebbero esserci molte orecchie indiscrete.»

«Spie?» Ailith inorridì. «Mi sono sembrati tutti molto gentili.»

Lei si guardò all'intorno.

La stanzetta della foresteria che le era stata assegnata era poco più grande di una cella, ma pulita e asciutta: sui giacigli di paglia fresca erano stese coperte nuove di telaio, sul tavolo una servetta dall'aria sveglia aveva appoggiato un vassoio con pane, sidro e carne fredda. Grazie al catino e alla brocca posti su un treppiede, potevano anche rinfrescarsi un poco.

«Niente male. Neppure il convento offrirebbe una sistemazione migliore di questa. La prudenza, però, non è mai troppa.»

Ailith le si avvicinò. «Venite, *Lennie*. Lasciate che vi sciolga la veste e i capelli.»

La pelle le prudeva a causa della stoffa ruvida e le sembrava che la testa fosse diventata un puntaspilli; non era abituata a intrecciare le chiome così strettamente né a nasconderle sotto una cuffia.

Non aveva mai neppure posseduto un *hennin*, come quello, delizioso, indossato dalla giovane lady al fianco di D'Arcy.

Proprio quel copricapo, un tronco di cono dal quale partiva un sottile velo traslucido, le aveva fatto comprendere che si trattava di una donna sposata.

Il cuore le era allora balzato in gola, al pensiero che "l'impedimento" cui aveva accennato D'Arcy nel suo messaggio fosse, in realtà, il matrimonio già avvenuto con un'altra donna. Un'eventualità che, fino a quel momento, non aveva contemplato.

Poi, la mano del secondo uomo presente al tavolo si era posata sul fianco della piccola signora bruna, in un gesto inequivocabile di possesso. Aveva ripreso a respirare.

«Il Cielo ti benedica, amica mia!» Sospirò di piacere, mentre la ragazza le massaggiava la cute e le allargava i capelli sulle spalle. Scivolò fuori da quella sorta di saio informe e rimase con la sola camicia; rabbrividì un poco, ma la sensazione dell'aria fresca sulla pelle arrossata era troppo gradevole per rinunciarci. «E tu? Non senti il bisogno di spogliarti?»

Ailith si strinse nelle spalle. «No. Gli indumenti maschili sono molti comodi. E vi sono così abituata che non riuscirei a vestire i panni femminili, se non con gran sacrificio.»

«Eppure, saresti bellissima. T'immagino con un abito di broccato blu e oro: faresti voltare la testa a tutti gli uomini presenti.»

«Non ne dubito.» Un sorriso sarcastico le incurvò le labbra. «Ma questo accade già ora, non vedete? Con la mia statura, non c'è rischio di passare inosservata.» Scosse la testa. «Grazie, ma preferisco la tunica e le calzebraghe. Almeno, mi sento a mio agio.»

Non che Eleanor dubitasse di quell'affermazione, eppure vi colse un'ombra sottile di rimpianto.

Osservò con nuova attenzione la compagna, poiché l'avventura che stava vivendo le offriva una percezione diversa. Si rese conto di aver dato troppe cose per scontate, concentrata com'era nello sforzo di trovare una soluzione ai propri problemi.

«Mi piacerebbe conoscere la tua storia. Non ora» si affrettò a precisare nel vedere lo sconcerto dipingersi sul viso dell'altra. «Quando e se ti andrà di parlarmene.» Le tese una mano. «Vorrei che tu mi considerassi tua amica. Basta distanze tra noi, almeno quando siamo sole.»

«Non c'è nulla da raccontare. Sul serio» si schermì Ailith. «Mi fate onore: non sono che la figlia dell'armaiolo, mentre voi siete...» Si fermò in tempo, un sorriso malizioso sulle labbra «*Lennie*.»

«Brava, ben detto!» Scoppiò a ridere. «Togliamoci la polvere del viaggio e facciamo onore alla cena.»

«Se non era fame questa!» Eleanor mise le ultime briciole sul palmo della mano e le raccolse con la lingua.

«*Appetito*, sì. *Fame*, no. Scusate, non voglio sembrarvi maleducata, ma *aver fame* è un'altra cosa.»

Lei si rabbuiò un poco: quelle erano parole dettate dall'esperienza. Un armaiolo era di solito un artigiano molto ricercato e ben remunerato, né le risultava che ad Arrowgate Manor qualcuno soffrisse per la mancanza di cibo.

Tuttavia, era stata lontana due anni e poteva solo immaginare che danni avesse causato l'avarizia e la cattiva gestione di Geoffrey Lyon. Se mai fosse toccato a lei amministrare la proprietà, se ne sarebbe ricordata. «Hai ragione, invece.»

Nondimeno, l'amica parve imbarazzata per essersi lasciata sfuggire quelle parole. Abbassò gli occhi e rimase in silenzio per qualche istante, forse cercando un altro argomento.

«Se non sono troppo indiscreta» disse, infatti «posso chiedervi come vi è venuto in mente di inventare il nome *Lennie*? E con che disinvoltura! Non siete neppure arrossita, proprio come se fosse la verità.»

«Disinvolta, io? A mentire? Se ne sarebbero accorti! Come minimo, sarei divenuta scarlatta. No, no. Non era una bugia.» Eleanor si mordicchiò un'unghia. «Mio fratello mi chiamava così quando era piccolo. Non riusciva a dire "Nellie": invertiva, chissà perché, le sillabe.»

«Ora capisco.» Ailith abbassò la voce in un sussurro. «Lui vi manca molto, non è vero?»

«Oliver è l'unico che io abbia amato con tutto il cuore. E che mi abbia mai amata sul serio. Mi mancherà sempre. E dopo ancora.» All'improvviso, si nascose il viso fra le mani.

«Non fate così» si preoccupò l'altra. Le passò un braccio sulle spalle. «Che succede?»

Eleanor respirò con forza, cercando di acquietare il desiderio di pianto. «È che, per la prima volta, ne ho parlato come se... come se... Mio Dio! Non *volevo*, non *voglio* accettare l'idea che sia morto. In quella stupida battaglia, per mano di un ancora più stupido nemico. Inglese come lui, come me e te. Solo il pensiero mi fa rabbrividire di orrore.»

«È questa guerra fra cugini che è folle. Chissà quanti valorosi come sir Oliver sono già caduti da quando è iniziata.»

«Ma lui era così giovane! E inesperto. Nessuno aveva il diritto di ucciderlo!» Un singhiozzo le spezzò la voce. «Scusami, non avrei dovuto dire una frase così sciocca.»

«Shh. Va tutto bene, siete solo stanca. Venite, cercate di riposare. Avete bisogno di recuperare le forze per far fronte a ciò che vi aspetterà domani. Anche questa, in fondo, sarà una battaglia: ma io sarò con voi e vi aiuterò, se me lo permetterete.»

Eleanor avrebbe voluto sorridere, ma non riuscì che a stirare le labbra in una smorfia stentata.

«Hai ragione» si limitò ad assentire. S'infilò sotto la coperta, attese che Ailith facesse altrettanto e soffiò sulla candela. «Buonanotte.»

«Buonanotte, Lennie.»

«Grazie di tutto.» Si voltò sul fianco destro. Si rimise supina. Girò di nuovo, questa volta a sinistra. La mano sotto la testa, le ginocchia flesse. «Dormi bene» mormorò.

L'amica non rispose a parole, ma un lieve russare le disse che non aveva affatto bisogno d'incoraggiamento.

"Oh, Ailith! Anch'io voglio addormentarmi così e non pensare a nulla. Ecco, ora chiuderò gli occhi e fra un attimo sarà già mattino."

Il sonno però, nonostante la stanchezza, sembrava deciso a ignorarla. Era troppo tesa, questa era la verità. E non riusciva a lasciarsi andare.

Era forte, abituata a sopportare, ma gli ultimi mesi erano stati così difficili!

La scomparsa di Oliver, la minaccia rappresentata da sir Mortimer.

La delusione provata in seguito alla rottura del fidanzamento.

Da ultimo, quella pazza fuga: il travestimento da reietta, l'ansia di attraversare Thornwood, l'emozione nello scorgere Evershine, il batticuore al pensiero di essere ammessa alla *sua* presenza.

Il Leone Bianco.

Lord D'Arcy.

Richard.

Imponente come lo ricordava. Più affascinante, da vicino, di quanto le fosse sembrato quella sera di quattro anni prima. Capelli d'oro scuro, il viso affilato. La piega severa della bocca, contornata da piccole rughe che parlavano di stanchezza, forse di sofferenza.

E niente avrebbe potuto sconcertarla più dei suoi occhi. Quello sguardo profondo come l'acqua di un pozzo non era né lontano, né gelido. Tutt'altro.

Se n'era sentita attirata e subito dopo risucchiata. Aveva fatto fatica a rimanere ferma dov'era, a resistere contro la tentazione, o meglio, il bisogno di andargli più vicino. Per scaldarsi, o forse bruciarsi, al blu rovente delle iridi.

E poi, il fuoco di fila delle sue domande. Come se sospettasse.

Si era concentrata sulle risposte da dargli, per sottrarsi all'imprevisto, inesplicabile impulso che la trascinava verso la pedana e le suggeriva di proclamare davanti a tutti: "Sono Eleanor Lyon, la tua promessa sposa".

Aveva resistito appellandosi alla giovane lady, lo sguardo fisso su di lei come a uno scoglio di salvezza. La "quasi bugia" del voto le era affiorata alle labbra e le aveva permesso di ritirarsi, indenne.

Per quella sera, almeno.

Non aveva dubbi che, proprio come aveva detto Ailith, l'indomani avrebbe dovuto affrontare un attacco assai più mirato. E senza poter più contare sull'effetto sorpresa, forse neppure sulla solidarietà della minuscola bellezza dai capelli scuri.

Tuttavia, anche lei sarebbe stata meno vulnerabile. La mente più agile e sveglia, avrebbe non solo evitato le domande pericolose, ma con un po' di fortuna avrebbe potuto acquisire le informazioni che desiderava.

La verità, finalmente.

"A noi due, D'Arcy".

Era un pensiero molto piacevole. Rassicurante.

Senza accorgersene, finalmente scivolò nel sonno.

Che cosa avevano messo in quel maledetto materasso? Cardi secchi invece di piume? L'indomani, avrebbe tirato ben bene le orecchie a qualcuno. A che cosa serviva assumere tutte quelle donne se poi nessuna di loro era in grado di sistemargli il letto a dovere?

Richard si girò con tanta forza da spuntare le lenzuola.

Domani? No, oggi stesso, perché l'alba non era più tanto lontana. Si tirò la coperta fin sul mento, ma ottenne solo di scoprire le dita dei piedi. Si alzò per rincalzarla, mentre imprecava come il più rozzo degli stallieri. Il che, purtroppo, non gli diede alcuna soddisfazione.

Rabbrividì.

Faceva un freddo del diavolo per essere settembre, ma era meglio così. Nudo e scalzo com'era, si avvicinò alla finestra e lasciò che lo sguardo vagasse nell'oscurità, punteggiata solo da qualche fiaccola, laggiù, al posto di guardia.

Non aveva alcuna intenzione di rammollirsi prima del tempo.

Negli ultimi mesi aveva intrapreso una china pericolosa, con il permettere a se stesso di credere in quelle che erano solo scuse: la necessità di guarire dalla ferita, l'importanza di conoscere più a fondo sia la struttura sia la gente di Evershine, il mettere riparo ai guasti apportati da Fortescue al castello.

Bene! Aveva fatto quel che ci si aspettava da un nuovo lord e ora poteva lasciare tutto nelle mani capaci e sicure del suo luogotenente. Ralph avrebbe gestito ogni evenienza come e meglio di lui.

Altri erano i compiti che lo attendevano.

In giornata sarebbe partito per Warwick, così da incontrare il conte e ricevere da lui istruzioni per la prossima campagna. Il dovere primario del Leone Bianco era combattere per la causa di York; nonostante il momento sembrasse abbastanza tranquillo, bisognava tenere sotto controllo la minaccia delle rivolte e la situazione ai confini con la Scozia.

Era la cosa giusta da fare. Lealtà e onore glielo imponevano.

Già.

E lui era un pessimo bugiardo, che non riusciva a mentire neppure a se stesso.

La guerra non gli faceva paura. L'idea di morire non lo spaventava per nulla: era inevitabile, un destino forse migliore di altri, poiché reputava più onorevole perdere la vita sul campo di battaglia che non languire in un letto, in preda a qualche viscido morbo.

I rimorsi, quelli sì, lo atterrivano.

E l'attrazione strana, inspiegabile, per una donna sconosciuta.

Gli pareva che i suoi pensieri fossero legati a una coppia di cavalli bizzarri, che galoppavano in direzioni opposte: da un lato, non vedeva l'ora di incontrarla di nuovo, di scoprire tutti i segreti celati da quell'aspetto troppo tranquillo e dimesso; dall'altro, provava un desiderio folle di correre giù nelle stalle, saltare in groppa a Raziel e cavalcarlo a pelo come un povero pazzo, per mettere più distanza possibile fra sé e quegli occhi verdi che continuavano a tormentarlo.

Quella storia non prometteva nulla di buono. Si strofinò la coscia.

Aveva rifiutato le nozze con Eleanor e giurato a se stesso che non le avrebbe arrecato ulteriore scorno scegliendo un'altra moglie.

Forse a lei non sarebbe importato, ma doveva farlo per acquietare, almeno un poco, la propria coscienza. Il che, certo, non significava che sarebbe rimasto casto per tutto il resto della sua vita.

Non aveva davvero le aspirazioni di un monaco, ma si sarebbe limitato a cercare il piacere di uno sfogo fisico, ricorrendo, magari, a qualche vedova compiacente, perché le prostitute non lo avevano mai attirato. Niente, quindi, che coinvolgesse i sensi più del tempo necessario all'amplesso e, certo, nulla che gli affaticasse la mente.

Quella *Lennie*, invece...

Tanto per cominciare era una pellegrina, una donna devota. E quindi, irraggiungibile.

A meno che non fosse tutta una menzogna.

Quasi certamente di buona famiglia, come rivelava il modo di esprimersi e finanche di muoversi; eppure, si era rifiutata di svelargli il suo nome.

Un altro mistero che non gli dava tregua, perché non era tanto ingenuo da credere alla storia del voto: la dama voleva mantenere l'incognito e chissà per quale ragione.

Che fosse all'inseguimento di un amante era una possibilità che lo fece fremere di eccitazione.

Il suo corpo si svegliò all'improvviso, teso per un bisogno che chiedeva soddisfazione.

Una reazione normale, quella di un uomo nel suo pieno vigore. Comprensibile, accettabile.

Niente a che vedere con il desiderio ben più complesso e inconfessabile che, per un attimo, gli artigliò il petto, lasciandolo boccheggiante come un pesce preso all'amo.

# *Capitolo 8*

«Ieri non c'è stato il tempo neppure per una presentazione sommaria. Vi sarà sembrato ineducato in modo imperdonabile, ma ho avuto l'impressione che foste molto stanca. E per nulla desiderosa di sottostare a un interrogatorio. Posso rimediare, ora? Sono *madame* Ralph Vernon, moglie del luogotenente di lord D'Arcy. Nonché suo cugino.» Una smorfia graziosa le piegò le labbra. «Ma questo non vuol dire nulla: sarei felice se mi chiamaste Fleur.»

Eleanor si chinò in una piccola riverenza. Rialzò il capo. «È un nome bellissimo, milady, ma non vorrei mancarvi di rispetto.»

«Sciocchezze: io vi chiamerò Lennie. Sapete? Questo ci accomuna: anch'io, quando ho conosciuto Vernon e D'Arcy, ho preteso di essere chiamata Fleur. E basta. Anche se, nel mio caso, non si trattava di un voto.» Sorrise e nei suoi occhi balenò un lampo d'intesa, come se non avesse per niente creduto alla storia che le aveva propinato. Tuttavia, non insistette. Anzi, le rivolse uno sguardo di simpatia e vi incluse anche Ailith. «Venite. La colazione ci aspetta.»

Lei ubbidì e si avvicinò alla tavola. Il pane, tagliato in spesse fette e fragrante di forno, il vaso del miele che spandeva il profumo dei fiori di tiglio, il burro perlaceo in una ciotola di terracotta: aromi che avrebbero risvegliato l'appetito di chiunque, tanto più il suo, fino a quell'istante soffocato dall'ansia di dover incontrare D'Arcy.

Grazie al Cielo, di lui non vi era traccia: la sua idea di alzarsi presto aveva dato buoni frutti, anche se non aveva immaginato di imbattersi in Fleur. In un primo momento ne era stata un po' contrariata, ma poi l'affabilità della giovane signora l'aveva messa a proprio agio. Inoltre, le aveva già fornito una risposta ai suoi dubbi. La parentela fra Vernon e D'Arcy, per esempio: spiegava non solo la somiglianza fra i due uomini, ma anche il ruolo di lady del castello, rivestito da Fleur in assenza di una legittima consorte del Leone Bianco. Un ruolo che avrebbe dovuto essere suo. Irritata con se stessa, scacciò subito quel pensiero importuno.

Fleur indicò alcune brocche. «Vino di sambuco e birra leggera. A meno che non desideriate bere latte» indicò la scodella davanti a sé e arricciò il naso. «Io ne farei volentieri a meno, ma fratello Benedict sosteneva che fosse la bevanda migliore per una donna nelle mie condizioni.»

«Nelle vostre... oh!» Lo sguardo di Eleanor si appuntò sul seno dell'altra. Doveva trovarsi nei primi mesi di gravidanza, perché la sua figura era ancora snella come quella di una ragazzina. «Che notizia meravigliosa. Mi congratulo di cuore.»

«Grazie. Mio marito è orgoglioso, D'Arcy è soddisfatto. Io ne sono felice, ovviamente, ma solo nel pomeriggio.» Si piegò verso di lei e sussurrò: «La mattina soffro di nausee. Per questo, faccio colazione all'alba.»

«Dovreste masticare alcune foglie di menta, milady» intervenne Ailith. «O, almeno, è così che fanno le donne di Alcester per ovviare a quel disturbo.»

«Alcester?» La voce del Leone Bianco, bassa e profonda, risuonò alle loro spalle.

Eleanor trasalì. Sorpresa, un po' spaventata. Protesa com'era ad ascoltare quelle confidenze, non si era accorta del suo arrivo. E Ailith si era lasciata sfuggire la loro provenienza. «Buongiorno, milord.» Un piccolo cenno del capo, poi si rivolse a Fleur, come se non avesse colto la domanda di D'Arcy. «La mia amica ha ragione: la menta ha di sicuro un effetto prodigioso in questi casi. Non lo pensava anche vostro fratello?»

«*Fratello*?» Fleur parve perplessa, poi rise, divertita. «No, no. Benedict era un religioso. Un anziano uomo di Dio, che conosceva a fondo il mondo della natura. Devo a lui se sono diventata una discreta guaritrice.»

«Un'*ottima* guaritrice» precisò D'Arcy, l'orgoglio nella voce. Tuttavia, tornò subito ad appuntare l'attenzione su di lei, come un cane che non avesse alcuna intenzione di lasciarsi sottrarre l'osso succulento appena addentato. «Ditemi, *Lennie*: è da Alcester che venite? O forse anche questa informazione è protetta dal vostro voto?»

Il tono della voce, il modo stesso in cui aveva pronunciato il suo nome erano troppo insinuanti per essere educati, e non celavano affatto l'intenzione sarcastica. Dunque, sospettava di lei. Si domandò come mai, nonostante tutto, le avesse permesso di restare al castello.

A questo punto, mentire sarebbe stato difficile, se non controproducente. D'altronde, Alcester era una cittadina piuttosto grande e non era detto che lui pensasse ad Arrowgate Manor. Poteva sperarlo, per lo meno.

«Sì, milord» si arrese, e subito si preparò a cambiare argomento per sviare la sua attenzione.

Purtroppo, non aveva tenuto conto della curiosità di Fleur. «Avete sul serio attraversato Thornwood per arrivare fin qui. Quale coraggio! Non avete provato paura? Neppure un poco? Quanto vi ammiro! Raccontateci, vi prego.»

«Chi farebbe del male a due poveri pellegrini?» Pur ammettendo, in quel modo, di aver adottato un travestimento maschile, Eleanor si sforzò di usare un tono leggero, quasi si trattasse di una cosa ovvia. Non aveva alcuna intenzione di spingersi fino al punto di rivelare che si era finta un lebbroso.

«E i briganti? Li avete visti? Come sono? C'è chi dice che siano selvaggi, altri li ritengono, invece, gentiluomini: voi che ne dite?»

«Basta, amor mio» intervenne Vernon, sopraggiunto in quell'istante. «Non puoi soffocare le nostre ospiti con tutte queste domande. Poverette, non hanno avuto neppure tempo di far colazione.»

«Hai ragione» convenne Fleur, contrita. «Lennie, Ailith, perdonatemi.»

Eleanor nascose il sollievo dietro un sorriso educato e si affrettò a riempirsi il piatto, pregando che questo servisse a evitarle un altro interrogatorio. Purtroppo, non aveva più fame: anche se spalmato di miele, il suo pane le parve avere il sapore acre e amaro della cenere. Un morso, un altro, poi dovette aiutarsi con il vino di sambuco. Buono, ma più forte di quello cui era abituata: sperò che non le andasse alla testa.

«Bene.» D'Arcy si schiarì la voce. «Avete finito, credo.»

Così, non l'aveva perduta di vista un istante, anzi era probabile che le avesse contato ogni boccone e controllato il tempo che impiegava per inghiottirlo. La cosa le diede fastidio. «Chiedo scusa, non avevo compreso di dovermi sbrigare.» Alzò il mento. «Ailith, se hai terminato, possiamo togliere il disturbo.»

Richard scostò la sedia con tanta forza da rischiare di aprire un buco nella pedana. Balzò in piedi. «No!»

«No?»

«Non è quello che intendevo. Siete ospiti qui a Evershine, non volevo certo mettervi fretta. Tuttavia, forse vi farebbe piacere visitare il castello: potreste accompagnarmi nel mio giro d'ispezione.» Sentì sulla schiena gli sguardi stupiti di Fleur e Ralph, ma non se ne curò.

La decisione di rimandare la partenza per Warwick era stata improvvisa e aveva sorpreso lui per primo. La ragazza aveva menzionato Alcester: non era forse suo dovere capire quali pericoli rappresentasse l'aver attraversato Thornwood e conoscere la situazione della cittadina a nord della foresta? Qualunque altro lord, al suo posto, se ne sarebbe preoccupato.

E perché, allora, lo stava fissando con quell'espressione pensosa, come se quella proposta l'avesse turbata? La vide scambiare uno sguardo d'intesa con la sua compagna. «Vi ringrazio, milord. È molto gentile da parte vostra. Ma non vorrei essere di troppo.»

«Che splendida idea, cugino!» Fleur la interruppe con vivacità. «Un po' d'aria fresca è proprio ciò di cui ho bisogno. Sono sicura che allevierà il mio malessere. Siete dei nostri, Vernon?»

Il marito scosse la testa. «Mi dispiace. Devo incontrare il capomastro per il rafforzamento della torre sud.»

«Che peccato! La mia fedele Rosalynn non si sentiva bene stamattina e ho dovuto insistere perché rimanesse a letto e al caldo. Gentile Ailith, potrò avvalermi della vostra compagnia? E del vostro sostegno?» Le si avvicinò, senza darle il tempo di replicare.

Richard represse un ghigno divertito. Fleur, ancora agile e snella come un folletto, che aveva bisogno di appoggiarsi? Avrebbe anche potuto crederci se fosse stata di nove mesi, ma non in quel primo stadio della gravidanza. Tuttavia, ormai conosceva abbastanza bene la cugina: doveva aver intuito il suo interesse e si era ingegnata per favorirlo. Colse al volo l'occasione: «Madamigella Lennie?» Le porse il braccio e attese.

Lo guardò con serietà, come se soppesasse i pro e i contro di quell'invito e pensasse, sul serio, di poter rifiutare. Alla fine, un piccolissimo sospiro le sfuggì dalle labbra. Posò la mano sulla sua manica; con cautela, quasi avesse ritegno a toccarlo. Una mano piccola e bianca: le dita sottili, le unghie mangiucchiate, minuscole bruciature e cicatrici che raccontavano di lavori domestici.

Ci si poteva fidare di una mano così.

Un inesplicabile nodo gli si formò in petto, poi si sciolse.

«Bene. Possiamo andare.»

Fece un cenno a Burton che si affrettò ad aprire le porte e guidò il piccolo corteo fuori dalla sala.

Che cosa ne era stato di tutte le sue belle intenzioni? Eleanor si morse un labbro, indispettita. Le si era presentata la migliore delle opportunità, quella che non aveva neppure osato sperare e la stava sprecando in modo vergognoso. A che le sarebbe servito quel viaggio al limite della follia, il travestimento ignominioso e i pericoli nei quali aveva anche trascinato Ailith, se poi, proprio quando si trovava a tu per tu con il Leone Bianco, non era capace di avviare un minimo di conversazione?

Era pur vero che aveva immaginato di scoprire qualcosa su lord Richard attraverso i discorsi di chi gli stava accanto, senza ricorrere a un interrogatorio diretto, ma diamine! Visto che lui stesso le aveva servito quell'incredibile occasione su un vassoio d'argento, sarebbe stato da sciocca non approfittarne.

Sciocca e incapace. Non le venivano in mente epiteti più adatti, ma di sicuro doveva essercene almeno un'altra mezza dozzina per definire il suo comportamento insulso. Eccola lì, che camminava a fianco di D'Arcy, la lingua legata come un'adolescente timida e insicura. Le aveva già mostrato il grande mastio di arenaria grigia, avevano visitato le botteghe principali sotto i portici del lato est, erano entrati nell'imponente torre fortificata, ma lei si era limitata a spiccicare qualche parola di circostanza.

Per la verità, neppure il lord era stato molto loquace e, non fosse stato per lady Fleur che camminava con Ailith alle loro spalle, coinvolgendola di tanto in tanto nelle sue chiacchiere, quella strana passeggiata sarebbe stata ancora più imbarazzante.

Eppure, erano tante le domande che avrebbe voluto porgli, anche se quella principale continuava a ronzarle nella mente come uno sciame di noiosissimi insetti. Perché si era rifiutato di sposarla? Almeno in apparenza, nulla giustificava quella scelta. Il suo passo era forse un po' rigido, ma le gambe, forti e muscolose, erano quelle di un cavaliere abituato a guidare il proprio destriero. Ne avvertiva il calore ogni volta che venivano in contatto con le sue. Una casualità, certo, eppure non riusciva a restare indifferente e subito si ritraeva di scatto, come se si fosse trattato di una carezza indecente.

Santo Cielo, che cosa assurda! Da dove le veniva quel pensiero? Con tutti gli strati di stoffa che li separavano! Doveva sforzarsi di rientrare in sé o tutto sarebbe stato vano.

I rintocchi di una campana le fornirono l'ispirazione che stava cercando.

«Vorrei visitare la cappella, se non vi dispiace. Ne ho sentito tanto parlare.» Ecco, così poteva andare. La voce era abbastanza ferma e la richiesta del tutto plausibile da parte di una pia donna in pellegrinaggio.

«Davvero?» Lui si fermò. Si voltò un poco e le scoccò una lunga occhiata. Di chiaro interesse e palese curiosità. «Non sapevo che questa piccola casa di Dio godesse di una fama capace di superare le miglia che ci separano. Fra l'altro, siamo ancora in attesa di un religioso che si stabilisca al castello in modo definitivo. Ho rivolto domanda al Priorato di San Martin, ma per ora non c'è stata risposta.»

«Di sicuro è per via delle vetrate» le venne in aiuto milady. «Anche se di modeste dimensioni, sono dei piccoli capolavori. E in una di esse è rappresentata proprio Santa Etheldreda: immagino sia per questo che desiderate vederle.»

«Certo!» si affrettò ad annuire. E a promettere che avrebbe acceso non una, ma tre candele in onore della santa, per essere stata salvata da quel momento imbarazzante. Quanto alla giovane signora, sembrava proprio che il debito di gratitudine nei suoi confronti fosse destinato a crescere.

«Andiamo, dunque. A meno di volerci inzuppare» D'Arcy indicò il profilo minaccioso delle nubi che si stavano addensando all'orizzonte «penso sia il caso di affrettarci.»

«Io mi fermo qui.» *Madame* Vernon indicò il portico alla sua sinistra. Sfiorò la rete di filo dorato che portava appesa alla cintura. «Una piccola amica ha bisogno delle mie erbe.»

Lui si accigliò. «Non correrete alcun rischio, vero? Nelle vostre condizioni, non è prudente che continuiate a far visita agli ammalati.»

«No, state tranquillo! Jody ha solo male ai denti. Un decotto a base di malva e camomilla e tornerà più vispa di prima. Purché la smetta di sgranocchiare i dolcetti alle mandorle, certo: quella birba sa come far presa sul cuore tenero della cuoca. Ailith, volete venire con me? Sono sicura che vi farà piacere conoscerla.» E tirando la ragazza per la manica si infilò in un uscio semi aperto.

Eleanor avrebbe voluto richiamarla, ma non poteva farlo. Cercò, furiosa con se stessa, qualcosa da dire, ma le parole sembravano bloccate in gola. Deglutì a fatica.

«Venite.» La voce di D'Arcy le parve più gentile, quasi dispiaciuta. «La cappella è qui vicino.»

Le sfiorò la mano.

Lei non osò incontrare il suo sguardo.

# *Capitolo 9*

Richard spinse la porta della cappella, che si aprì con un cigolio lamentoso.

All'interno, regnava una quiete polverosa. Due file di tre banchi ciascuna, un bacile in pietra per la somministrazione del battesimo, l'altare rivestito con una tovaglia ricamata, non proprio candida. Un mazzo di fiori un po' appassiti, in un vaso sbreccato, onorava un crocefisso di legno. Si vergognò un poco; il giorno del matrimonio di suo cugino, avvenuto ormai tre mesi prima, si era ripromesso di sollecitare il Priore di San Martin, perché inviasse al più presto un confratello per la cura del luogo sacro, oltre che delle anime di Evershine. Poi, quel che era accaduto a seguito del tentativo di lord Davenant di impadronirsi del castello, e la decisione che aveva dovuto prendere nei confronti di Eleanor Lyon lo avevano distratto da quella pia intenzione. Provò il desiderio di scusarsi con la sua ospite e si voltò.

Era inginocchiata, le mani giunte, la testa china. Il dubbio che si fosse votata alla vita religiosa tornò più forte e fastidioso di prima, e la curiosità divenne bisogno impellente di conoscere la verità. L'istinto gli suggeriva di scuoterla e di strapparla a quella concentrazione, ma la ragione gli venne in aiuto e frenò quell'assurda tentazione.

Per fortuna, la preghiera fu breve e lei si rialzò dopo un veloce segno di croce. Si guardò intorno e fissò lo sguardo sulle alte vetrate ogivali che ornavano l'abside.

«Sono magnifiche» sussurrò con entusiasmo. «Il mastro vetraio non ha lesinato sui colori. Chissà quale spettacolo, in una giornata di sole: i riflessi gialli, blu e carminio danzeranno sulle pareti! Dev'essere bello pregare in un luogo simile.»

«Immagino di sì.»

«"Immaginate"? Non venite mai qui?»

Quanto zelo! Stavolta, Richard non riuscì a frenare le domande che gli bruciavano la mente. «Intendete consacrare alla Chiesa la vostra vita?» Prese fra le dita il velo bigio, lo strofinò fra i polpastrelli poi lo lasciò andare come se scottasse. «È questo il significato del vostro abito?»

Gli zigomi delicati si tinsero di rosa, le labbra si aprirono per lo stupore e poi si richiusero in fretta. Aggrottò la fronte. Il verde degli occhi si addensò e il suo sguardo di rimprovero lo fece fremere.

Lui, però, resistette: non pronunciò parole di scusa, non abbozzò un sorriso imbarazzato. Rimase fermo, in silenzio, ad aspettare. Voleva una risposta e la voleva subito, prima di commettere un errore che onore e giustizia non gli avrebbero mai perdonato.

«Che cosa v'importa?» gli chiese a sua volta. Era chiaro che neppure lei intendeva cedere.

Si rabbuiò. «Chi vi ha insegnato a rispondere a una domanda con un'altra?»

La bella bocca si piegò in una smorfia impudente e, nello stesso tempo, divertita. «Possiamo continuare così per un po', credo. E dunque, nessuno dei due verrà a capo di nulla.»

Non aveva mai incontrato una donna come quella. Quando si accigliava o arrossiva o sorrideva, lo faceva con tutta se stessa, ed era facile leggere le emozioni che provava, mentre le si alternavano sul viso. Eppure, era certo che nascondesse un segreto, forse più di uno.

Una contraddizione che lo incuriosiva e lo eccitava più di quanto lui stesso riuscisse a capire.

Prese un respiro profondo. «Rispondetemi, per favore» si costrinse a dire. «Ho bisogno di sapere se siete diretta al convento di Santa Etheldreda per pronunciare i voti.»

A quelle parole spicce, lei sussultò. Tornò seria e abbassò la testa. «No. Il mio è solo un pellegrinaggio. Nulla di più.»

Il cuore assai più leggero, Richard raddrizzò le spalle. Le pose un dito sotto il mento e la forzò a guardarlo. «Allora, perché? Perché nascondete i vostri capelli come una sposa?»

«Forse lo sono stata.»

A questo non aveva pensato. Vi era, in lei, un'aria d'innocenza verginale che non gli aveva fatto neppure prendere in considerazione l'idea che potesse essere una vedova. Eppure, la "guerra dei cugini" ne creava di continue, anche giovanissime. In fondo, quello era stato proprio uno dei motivi per cui, quattro anni prima, aveva rimandato le nozze. Il ricordo gli bruciò come sale su una ferita.

«È così, dunque? Una vedova? È questo ciò che siete?»

Lei si chiuse in un silenzio ostinato.

«Signora! Avete intenzione di farmi impazzire?»

Eleanor si morse un labbro.

No, che non voleva farlo impazzire, né le schermaglie erano mai state il suo forte, ma non si era aspettata che manifestasse un interesse così intenso da riuscire a turbarla. Nelle sue intenzioni, avrebbe dovuto essere lei a condurre un abile interrogatorio; aveva immaginato se stessa mentre poneva domande garbate e intelligenti e, alla fine, scopriva la verità. Il suo quasi-abito-da-novizia avrebbe dovuto renderla una creatura scialba e innocua, sviare l'attenzione, non incuriosire alcuno: il Leone Bianco meno di tutti e, certo, non a tal segno.

Se continuava in quel modo, lui avrebbe scoperto ben presto la sua identità e a quel punto non avrebbe avuto altra scelta che tornarsene ad Arrowgate Manor con il peso del proprio fallimento e la curiosità insoddisfatta; oltretutto, senza aver ottenuto aiuto nei confronti di sir Mortimer.

No. Non era per quello che aveva affrontato il viaggio. E se d'astuzia occorreva giocare, bene, lo avrebbe fatto.

S'inumidì le labbra inaridite. «È un interrogatorio, milord?» lo provocò. «Credevo che fosse diritto d'ognuno mantenere il riserbo sulle proprie vicende personali, ma forse non è così: dunque, anch'io posso porvi qualche domanda e aspettarmi delle risposte.»

Ecco, l'aveva detto, anche se con noncuranza, quasi fosse uno scherzo. E magari quell'atmosfera troppo densa che le faceva formicolare la pelle si sarebbe alleggerita.

Invece, dagli occhi di lui sparì l'intensa luce di zaffiro e un'espressione dura gli irrigidì il volto.

«A differenza di voi» sibilò sprezzante «io non ho nulla da nascondere, madamigella. Sono lord D'Arcy e questo è il mio castello di Evershine. Non sono un penitente girovago, non indosso un abito che non mi appartiene e, soprattutto, non parlo per enigmi.»

Lei lo fissò, sconcertata da quel tono secco, disgustato e definitivo. Come osava trattarla in quel modo? Se solo avesse potuto rammentargli il messaggio laconico con il quale l'aveva liquidata, senza lasciarle scelta! Arroganza, ecco cos'era. E nient'altro. E lei che, invece di infuriarsi e ricorrere a Warwick, l'aveva quasi assolto in partenza. In quei quattro anni doveva averlo idealizzato, ingigantendo il senso dell'onore di cui tutti parlavano. Come una povera sciocca, aveva creduto che esistesse sul serio un uomo che fosse cavaliere nell'animo e non solo perché indossava un'armatura.

L'enormità del proprio errore la colpì con la forza di uno schiaffo e le tolse il respiro.

Pazza e imprudente ad aver abbandonato Alcester per rincorrere un sogno.

Ingenua e superficiale a ritenersi in grado di competere con uno che era soprannominato *leone,* certo non per i suoi modi da agnello.

Egoista, per aver trascinato con sé Ailith e averle fatto correre pericoli non da poco.

Non era, tuttavia, il momento di lasciarsi andare al rimorso: ora era il tempo di reagire e di mettere fine alla situazione nella quale si era cacciata. Per uscirne con tutta la dignità possibile.

Si irrigidì. «È evidente, signore, che mi sono sbagliata. Mi dispiace aver abusato della vostra ospitalità, ma rimedierò al più presto. Io e la mia compagna lasceremo oggi stesso Evershine. Subito, anzi.»

Sgusciò fra la panca e il bacile battesimale, aprì il portone e si precipitò all'esterno.

Aveva iniziato a piovere, grosse gocce che, in assenza di vento, cadevano quasi perpendicolari. Perle di vetro, sollevavano sbuffi di polvere dal suolo e profumavano l'aria di pulito. Uno spettacolo bello a vedersi ma, in quel momento, del tutto inopportuno.

Eleanor respirò con forza per calmare i battiti del cuore: che cosa le conveniva fare? Poteva prendere il porticato alla sua sinistra ed evitare di bagnarsi. Ma era un percorso lungo e lei non vedeva l'ora di lasciarsi alle spalle Evershine, il suo signore e i propri errori.

Non le restava che attraversare di corsa la corte e raggiungere la Sala Grande: se fosse stata fortunata, vi avrebbe trovato Ailith, di ritorno dal suo giro con lady Fleur. Di lì, sarebbero sgattaiolate alla foresteria e dopo aver raccolto i loro averi, avrebbero ripreso il cammino.

Il battente, alle sue spalle, si aprì di nuovo.

Che disdetta! Aveva sperato che lui rimanesse ancora un poco dentro la cappella: due parole con l'Onnipotente non potevano fargli altro che bene e le avrebbero dato il tempo per rafforzare le gambe che ancora tremavano.

A quel punto, non poteva più indugiare. Pioggia o non pioggia.

Fece per slanciarsi in avanti, ma D'Arcy l'afferrò per la vita. Rapido, deciso e troppo forte perché lei riuscisse a opporgli resistenza, la sospinse nella profonda strombatura. La schiena contro il muro, il corpo intrappolato dalle braccia tese, le parve di non riuscire a respirare.

«Dove state andando? Volete bagnarvi come un pulcino?» le soffiò, quasi, nell'orecchio.

«Lasciatemi andare» si ribellò, rifiutandosi di guardarlo e tenendo lo sguardo fisso sulla sua tunica.

«No.» Rafforzò, al contrario, la stretta. «Non si scherza con le infreddature, madamigella.»

Provò a divincolarsi, ma finì per strusciarglisi contro. Era solido quanto l'arenaria alle proprie spalle, ma molto più caldo e gradevole da sfiorare. La sensazione le attraversò la mente e si tese all'istante. Buon Dio, non mancava che quello! Indispettita con se stessa, si affidò alla voce, sperando che risultasse abbastanza ferma e sprezzante. «Sono solo due gocce. Nessuno è mai morto per così poco.»

«*Due gocce*, dite? Be', forse anche ai tempi di Noè la gente pensava lo stesso. All'inizio del diluvio, per lo meno.» Si spostò un poco di lato, così da non coprirle del tutto la visuale, ma senza lasciarla libera.

La cortina d'acqua si era infittita al punto che si scorgevano a stento i profili del mastio. La pioggia ruscellava giù dai tetti e aveva già inzuppato il terreno, trasformandolo in un acquitrino.

Deglutì il proprio sgomento, ma fece attenzione a non guardarlo, per non concedergli quella piccola vittoria. «D'accordo, ve lo concedo. Non due, ma *quattro* gocce. Forse otto. Non di più» ammise, giusto per mettere fine a quell'assurda discussione. «E adesso, scostatevi, per favore.»

La risata di D'Arcy la colse alla sprovvista. Era secca, arrugginita, come se non ne avesse fatto uso da molto tempo. In effetti, si rammentò, non lo aveva ancora sentito ridere. Il respiro le si bloccò in gola per una sciocca, stupida emozione che non aveva mai provato e che non sapeva come gestire. «Che cosa c'è di tanto divertente?» lo provocò per reazione.

«Voi.» Lui chinò la testa e appoggiò la fronte sulla sua, costringendola a rialzarla un poco. «Abbigliata come una suora, ma con una lingua tanto pronta che in un convento vi procurerebbe punizioni dalla mattina alla sera. A meno, certo, di non diventare badessa e di far danzare un esercito di pie sorelle alla vostra musica. Ma voi stessa, poco fa, avete negato di avere la vocazione.»

«Non capisco cosa volete intendere» provò a ribattere, il fiato sempre più corto.

«Nulla.»

«Allora, levatevi di torno.»

«Mhmm. Siete anche ostinata. E impudente. Scortese, direi: dare ordini a un cavaliere non è da gentildonna.»

«Non ho mai detto di esserlo.»

«Non avete detto un bel niente, infatti. E penso proprio che sia giunto il momento.» Abbassò la voce a un sussurro. «Prima che sia troppo tardi.»

«Tardi, per cosa?»

«Per questo.» Inclinò la testa.

Era così vicino, adesso. La corta barba le sfiorò la guancia. Che strano! Non pungeva.

«Io...» provò a dire. Ma le obiezioni si volatilizzarono, le parole rimasero bloccate in gola.

Il respiro le venne meno.

«Voglio baciarti, Lennie.»

*Lennie.* Non Eleanor.

D'Arcy voleva baciare *Lennie.* Una pellegrina sconosciuta, che indossava un quasi-abito-da-novizia. Avrebbe dovuto scandalizzarsi, ribellarsi. Non poteva. La forza necessaria a sgusciar via, oltraggiata e delusa, aveva mutato direzione come il vento capriccioso e ora la sospingeva verso di lui. Desiderava quel bacio. Per provare, almeno una volta nella vita, la sensazione che trasmetteva. Per capire se aveva sbagliato tutto.

Lui era un guerriero. Un uomo forte, giovane ed eccitato: non era tanto ingenua da non riconoscere, inequivocabile, il turgore che le premeva contro il fianco. L'avrebbe devastata, saccheggiata, umiliata, come una terra da conquistare?

«Non aver paura» le sussurrò.

«Non ho...»

La bocca di lui scese ad assorbire il resto della negazione.

Calda, ferma, asciutta. Non spietata né, tantomeno, violenta. Lambiva e accarezzava; generava un calore intenso che le sciolse le membra e fece evaporare ogni pensiero. Attraente e invitante, prometteva un piacere persino maggiore, se solo lei si fosse lasciata andare.

Una tentazione cui non poteva, non *voleva* resistere.

Rispose a quella sfida deliziosa come le suggeriva l'istinto; prese a baciarlo nello stesso modo e, alla fine, schiuse le labbra. Per necessità.

Forse era quello che lui stava aspettando. Uno spiraglio appena ed era già lì. Tutto cambiò: la tenerezza divenne forza, la seduzione possesso. Eppure, non la spaventò. Tutt'altro: non era timore ciò che le accelerava i battiti del cuore e la spingeva a ricambiare l'invasione della sua lingua. Era desiderio, puro e semplice. Eccitazione, curiosità e la voglia di ottenere qualcosa di ignoto, lontano e vicino nello stesso tempo. Se solo avesse saputo come fare!

All'improvviso, si ritrovò libera, anche se quella parola le parve, adesso, una beffa. Si scostò, uno spazio tanto esiguo da non consentire ai loro corpi di raffreddarsi. E tuttavia, un profondo precipizio.

«Lennie.»

Di nuovo quel nome, che non era il suo e che pure ora sentiva appartenerle più di Eleanor. Come se fosse diventata un'altra. Ancora meglio, come se in lei coesistessero due persone diverse. E se *Eleanor* stava tremando per il timore e un sussulto di pudore verginale, i fremiti di *Lennie* erano quelli di una donna sensuale che era stata risvegliata alla passione e che non era più disposta a rinunciarvi.

Batté le palpebre per schiarirsi la vista offuscata e respirò forte, mentre cercava di mettere ordine in quel caos impazzito di pensieri.

Voltò la testa di lato. Oltre la sua spalla, vide che la pioggia di prima si era tramutata in un temporale. Si era alzato il vento e lampi bianchi e viola fiorivano contro il cielo nero. I tuoni si susseguivano, un cupo rullare di tamburi.

Persa nella sensazione stupefacente del bacio, non si era avveduta di nulla. Si domandò se lui se ne fosse, invece, accorto.

«Ora sì. Ora piove sul serio.» Una frase sciocca, banale, ma sentiva il bisogno di parlare, di mettere fra loro almeno il suono di qualche sillaba.

«Guardami.» Le afferrò il mento fra le dita, per costringerla a incontrare il suo sguardo.

Non era mai stata una codarda. Non lo sarebbe stata neppure adesso. Alzò gli occhi.

Il suo volto le apparve diverso. Serio e contratto, ma non per questo meno bello. La bocca era una linea severa, il blu delle iridi tanto intenso da sembrare nero. I capelli gli spiovevano sulle spalle, arricciati per l'umidità.

Eleanor deglutì, immobile e un po' intimidita.

Lennie, invece, voleva immergere le dita in quelle ciocche bagnate, sfiorare con i polpastrelli le sue labbra e stuzzicarle, per essere baciata di nuovo. Lennie non aveva paura. «Vi sto guardando.»

«Bene. Rispondimi, dunque. Che tu sia una vergine e non una vedova, l'ho compreso da me, senza alcun dubbio.»

«Avete già tratto le vostre conclusioni. E allora, cos'altro volete sapere?»

«La cosa più importante di tutte. C'è qualcuno che ha dei diritti su di te? Un padre, un fratello?» La voce si fece più dura. «Un promesso sposo, al quale hai dato la tua parola?»

Ah!

Gli occhi di Eleanor si riempirono di lacrime. Li chiuse e li riaprì in fretta, cercando di ricacciarle indietro. Si morse a sangue l'interno del labbro per ritrovare la fermezza necessaria, grazie a quel piccolo dolore.

«Non c'è nessuno, milord. Proprio nessuno.»

Una verità triste e amara.

Riuscì a dirla senza che la voce le tremasse.

"Non c'è nessuno".

Il colore le era svanito dal volto. Le labbra bianche, il verde delle iridi intorbidito. La creatura vibrante che aveva baciato qualche istante prima e che, con il suo ardore, avrebbe acceso il sangue di qualunque uomo, si era raggelata in un pallido fantasma.

Richard avvertì una fitta di rimorso. Non sapeva cosa gli fosse accaduto: aveva vissuto la maggior parte degli ultimi anni sui campi di battaglia, cavalli e soldati erano stati la sua principale compagnia, ma non per questo aveva dimenticato come doveva comportarsi un cavaliere, soprattutto nei confronti di una dama. Purtroppo, Hedgeley Moor aveva segnato uno spartiacque nella sua vita e, da allora, nulla era più stato uguale. Prima di quella battaglia, l'idea di rompere una promessa di matrimonio gli sarebbe sembrata inaccettabile, né si sarebbe mai sognato di sottoporre un'ospite a un interrogatorio tanto scortese. Tantomeno l'avrebbe baciata, spingendola contro il muro, come un folle o un ubriaco.

Si scostò ancora un poco e pazienza se la pioggia iniziava a bagnargli la schiena e a sgocciolargli giù per le gambe. Le prese una mano fra le sue e se la portò alle labbra, anche se quell'omaggio rispettoso non bastava certo a cancellare il comportamento esecrabile di poco prima.

«Perdonatemi. Non ho il diritto di pretendere risposte che non volete darmi. Ho infranto le leggi dell'ospitalità, ma vi chiedo di dimenticare. Non permetterei a nessuno, neppure a un nemico, di allontanarsi da Evershine sotto questo diluvio. Tantomeno a voi e alla vostra compagna. Restate senza timore, vi prego.»

Sul bel viso di Lennie tornò un po' di colore. Tuttavia, lei non rispose subito; lo fissò seria, mentre di certo si chiedeva se potesse o meno credergli.

Non doveva esserle sfuggito il fatto che non avesse menzionato il bacio, ma di quello non aveva alcuna intenzione di scusarsi. Lei gli aveva regalato un'emozione che non provava da molto, troppo tempo: per la durata di quegli attimi si era sentito vivo e di nuovo in pace con se stesso.

«Il temporale non accenna a placarsi. Temo che le strade non siano percorribili» gli disse alla fine. Un modo per sottolineare che sarebbe rimasta al castello solo perché non aveva scelta. Era chiaro che le sue parole non l'avevano convinta, probabilmente non si fidava di lui. Non poteva neppure darle torto, ma andava bene così.

Per il momento.

Assentì e badò a non sospirare di soddisfazione. Aprì di nuovo il portone «Venite» la esortò. «C'è un modo per evitare tutto questo inferno.»

Lei lo guardò perplessa. «C'è troppa acqua per essere un *inferno.*» Una luce divertita le illuminò lo sguardo, poi si spense.

Una scintilla, tanto piccola che Richard pensò di essersela immaginata.

Era pur sempre un inizio.

# *Capitolo 10*

«Un tempo orribile. Mi spiace davvero che abbiate dovuto interrompere la visita del castello.» Fleur portò alle labbra il cucchiaio, ma lo posò subito dopo. «Il sole non è ancora calato ed è più buio che a notte fonda.»

«Il sole? E chi l'ha visto? Da stamattina non ha smesso un attimo di piovere. Se continua così, dovrò dire al capitano di far allenare gli uomini nei sotterranei» commentò Vernon. Notò che il piatto della moglie era ancora pieno e le lanciò uno sguardo ansioso. «Perché non mangiate?»

Eleanor, che fino a quel momento aveva gustato con appetito lo stufato, si fece attenta. «Non vi sentite bene, *madame*?»

«Ma no, non è nulla; giusto un po' d'inappetenza» sminuì la piccola signora. «E comunque, il sole c'è sempre, anche se sembra che il temporale l'abbia cacciato giù dal cielo. In realtà è solo nascosto dietro le nubi» aggiunse in fretta, con il chiaro intento di sviare da sé l'attenzione.

Il suo viso, però, era troppo pallido.

Ralph si chinò verso di lei. «C'è qualche altro piatto che potrebbe tentarvi un poco? Non vi nutrite abbastanza, mia cara.»

«No, no. Vi prego. Parliamo d'altro. Abbiamo ospiti e sapete quanto apprezzi la loro compagnia. È così raro avere qualche distrazione.» E rivolse un sorriso forzato a Lennie e Ailith.

Richard posò il tovagliolo.

Fino a quel momento, aveva partecipato alla conversazione come si conveniva al signore del maniero. Nessun argomento imbarazzante o sgradito alle dame, niente discorsi di politica o discussioni con Ralph in merito a qualche direttiva. Aveva cercato di mostrarsi piacevole, sereno, un perfetto padrone di casa. Sperava, almeno, di apparire tale, considerata l'immane fatica che gli costava far finta di nulla, come se ciò che era accaduto quella mattina non gli avesse sconvolto la giornata. E forse la coscienza.

Da quando la cena era iniziata, non aveva fatto altro che trattenersi, mentre in realtà desiderava solo scrutare Lennie con la massima attenzione. Verificare che le mani non le tremassero di disagio, cercare nei suoi occhi il più piccolo segno d'inquietudine, fissare la pallida fronte alla ricerca di una ciocca che, sfuggita dal velo, gli rivelasse il colore dei capelli.

Concentrato com'era per mantenere il controllo delle proprie emozioni, aveva finito per dimenticarsi di tutto il resto: non poteva dire, in coscienza, se il cibo che gli avevano servito fosse eccellente o a mala pena passabile, tantomeno aveva fatto caso a cosa gli avessero versato nel calice.

Il benessere di Fleur, però, era un'altra storia. Sua cugina era sofferente, anche se si sforzava di non darlo a vedere. Forse, un po' di distrazione l'avrebbe aiutata.

«Burton!» chiamò.

L'uomo avanzò. «Sì, milord?»

«Mastro Jude. Avete detto che è ritornato. Dov'è, dunque?»

«È giunto poco fa, mio signore. Insieme a un compagno. Ho spedito entrambi in cucina per asciugarsi davanti al fuoco.» Storse la bocca. «Erano tanto zuppi che avrebbero allagato il pavimento.»

Lui annuì. «Hai fatto bene. Offri loro anche del cibo, ma poi che il menestrello venga ad allietarci con le sue sciocche canzoni.»

«Sono qui, signor mio» cantilenò una voce allegra. «Asciutto come può esserlo un barile di birra in casa di un ubriaco e nutrito dalla vostra inestimabile cuoca. Una gran donna, non c'è che dire.»

Il ragazzo avanzò dal fondo della sala, le gambe lunghissime e magre rivestite dalle calzebraghe a due colori. Alle sue spalle, un uomo camminava curvo, intabarrato di nero.

Fleur batté le mani. Sulle guance le fiorì un po' di colore e lo sguardo si fece più sereno. «Siete tornato, messer Jude! Abbiamo sentito la vostra mancanza.»

«O meglio, avete sospirato le stramberie di questo conta-favole» brontolò Vernon.

Richard avrebbe sorriso della gelosia di Ralph se, a sua volta, non avesse provato una puntura di fastidio nel vedere l'attenzione che Lennie riservava al nuovo arrivato. «Bene, bene, signor canterino» tagliò corto. «Giacché la pioggia sembra avervi fatto riconsiderare le vostre idee di libertà, potreste anche allietare le dame presenti con quelle sciocchezze che sapete mettere tanto bene in musica. Chi avete portato con voi? È forse una delle vostre sorprese?»

«Un giocoliere? Un mangiafuoco?» chiese Lennie. Appariva più che interessata. Emozionata, addirittura. Aveva proteso il corpo in avanti, impaziente, gli occhi che brillavano come gemme.

«Sono desolato, madamigella. Ol' Chap, qui, non è che un povero vecchio, incontrato per strada. Io l'ho salvato, lui non è affogato e un po' di Paradiso mi sono guadagnato» cantilenò. Strizzò un occhio e si produsse in un saltello.

«Peccato.» Lei si appoggiò di nuovo allo schienale della sedia. «Ho sentito sempre parlare delle loro prodezze.»

Richard deglutì a fatica. Se, in quel momento, il menestrello avesse confessato di avere al proprio seguito un'intera compagnia di saltimbanchi, sarebbe stato ben felice di ospitarla e nutrirla anche per tutto l'inverno. Pur di vedere di nuovo quell'espressione sul suo bel volto. Maledizione! Non si era mai sentito così. Una sensazione sconvolgente e nello stesso tempo fantastica: come svegliarsi e scoprire che la realtà era diversa e migliore del sogno.

Si schiarì la voce. «Per la delusione che avete provocato alla nostra ospite, dovrete cantare ancor meglio del solito, messer menestrello. E cercate di rallegrare *madame* Vernon, se vi riesce. Fate sedere vicino al fuoco il vostro vecchio compare.»

«Come comandate, padron mio.» Jude indicò al compagno lo sgabello che un servo aveva subito affiancato al camino. Attese che quello vi si rincantucciasse, ruotò la spalla e si fece scivolare fra le mani il liuto, che portava appeso al dorso con una corda di seta. Si avvicinò alla pedana, vi appoggiò un piede e iniziò a pizzicare le corde dello strumento.

L'attesa era palpabile. Il menestrello era bravo e Richard sperò che la sua maestria allietasse Fleur.

E che non deludesse Lennie.

Nella sala, calò il silenzio. Gli uomini e le donne smisero di mangiare, i bimbi – il dito in bocca e gli occhi sgranati – tacquero.

Jude iniziò a cantare. "Soffia vento del Nord" era una ballata piuttosto allegra: lui accompagnò il ritornello con la mimica, gonfiò le gote e soffiò con forza mentre cantava "*Blow northerne wynd! Blou, blou, blou*!".

E a dispetto dei versi, l'atmosfera si scaldò d'allegria.

Ralph e Fleur applaudirono.

Richard si unì a loro e intanto sbirciò l'effetto sulle sue ospiti. Lo stupore della bionda Ailith ne addolciva i lineamenti decisi: era evidente che la ragazza non doveva aver mai ascoltato nulla di simile.

Quanto a Lennie, la sua espressione era così intensa da fargli male. E quando le note seguenti fecero vibrare l'aria, lui non riuscì più a staccarle gli occhi dal viso. Le prime strofe di "Quando canta l'usignolo", erano ispirate ai gorgheggi melanconici dell'uccellino che lamentava il compagno lontano.

Le mani che stringevano il bordo del tavolo, la testa china, lei ascoltava, rapita.

La voce di Jude si abbassò di tono.

*"Ho sospirato così a lungo,*
*e ora il mio amore è qui vicino.*
*Ti prego guardami.*
*Fin quando avrò vita*
*non cercherò un altro amore.*
*Soffro, ma un dolce bacio delle tue labbra*
*sarà la mia cura."*

Lennie trasalì.

Sollevò il volto e lo fissò. I suoi occhi erano immensi e lucidi di emozione.

Mantenere quella postura da anziano ingobbito non era il massimo della comodità, soprattutto per un uomo della sua statura, eppure Rob non mosse un muscolo di troppo. Non tanto perché aveva trascorso gli ultimi due mesi su una piattaforma fra i rami delle querce, quanto perché totalmente assorbito dall'osservazione della scena che si svolgeva davanti ai suoi occhi.

Il menestrello tesseva la sua magia fatta di versi e dolci note e, per il momento, nessuno si preoccupava di lui. Entrare a Evershine era stato più facile di quanto avesse pensato, ma di questo doveva ringraziare il suo compagno che aveva conquistato il favore del luogotenente e quello della sua giovane sposa. Quanto a lord D'Arcy, le sue ansie si erano, per fortuna, rivelate infondate: aveva temuto, infatti, che il Leone Bianco gli ordinasse di togliersi il mantello e svelare il volto nascosto dal cappuccio. Per quell'evenienza, aveva comunque creato una falsa gobba di stracci legati sotto la giubba e impolverato i capelli per ingrigirne un po' il colore, ma esisteva sempre la possibilità che qualcuno riconoscesse in lui il capo dell'*Allegra Brigata.* E questo, di sicuro, Warwick non lo avrebbe gradito. Il momento non era ancora giunto.

Il signore di Evershine, invece, gli era sembrato distratto. O, per meglio dire, concentrato su qualcosa d'altro. Anzi, su *qualcuno*: una donna, così infagottata in vesti e velo quasi monacali che era impossibile dire se avesse un aspetto gradevole o meno, anche se il viso pallido era giovane e senza rughe. Soprattutto, senza alcuna traccia di una malattia devastante come la lebbra. Eppure, era fuor di dubbio che si trattasse della pellegrina che aveva attraversato Thornwood.

Ne era sicuro, così come aveva subito riconosciuto la bionda fanciulla incontrata nella foresta. Del resto, come sarebbe stato possibile il contrario? Si meravigliò, piuttosto, che gli occhi di tutti i maschi presenti nella sala non le fossero incollati addosso. Anche da seduta, svettava su tutte le altre dame: Jude aveva esagerato nel paragonarla a lui, ma di certo restava la ragazza più alta che avesse mai visto. Tuttavia, non era la statura che attirava in continuazione il suo sguardo, quanto la purezza e l'eleganza del profilo, messo in risalto e non mortificato dall'acconciatura maschile; la fresca bellezza del viso, illuminato dagli occhi limpidi.

Rob, il volto nascosto dal cappuccio, digrignò i denti. Si era introdotto al castello perché doveva farlo, ma non poteva negare di aver affrettato i tempi proprio per incontrarla di nuovo. Masticò un'imprecazione e si sforzò di distogliere lo sguardo.

Il repertorio di Jude era pressoché infinito. Era passato da una canzone divertente a una ballata strappalacrime, che sembrava aver sortito il suo effetto su tutte le donne presenti, dame o popolane che fossero. Adesso, invece, si stava esibendo in una sorta di buffa pantomima, che alternava con lazzi salaci: gli uomini ridevano di gusto e battevano i boccali sul tavolo, le donne arrossivano o si facevano aria con le mani.

Una scena del tutto normale, alla quale lui stesso aveva assistito spesso nella sua dimora di Hornby.

Eppure, vi era qualcosa di diverso. Il fuoco scoppiettante nell'enorme camino, la birra abbondante che scaldava il sangue, persino la divertente esibizione del menestrello non riuscivano a dissipare la tensione che vibrava nell'aria.

D'Arcy. Non a caso era soprannominato Leone Bianco: immobile, e nello stesso tempo vigile e teso, sembrava un felino pronto a balzare sulla preda. Tuttavia, la giovane donna oggetto di tanta attenzione non aveva affatto l'aria di una tremante cerbiatta, a dispetto degli abiti che indossava.

Rob tornò a studiarla, con più attenzione: i suoi sorrisi e il rossore che le tingeva le guance, gli dissero che seguiva i versi del menestrello e che ne comprendeva il doppio senso, il che lo incuriosì. C'era, in quella modesta postulante, molto più di quanto trapelasse a prima vista. Ne ebbe la conferma quando Jude intonò la famosa ballata dell'usignolo, che parlava della ricerca di un amore lontano o perduto. Lei s'irrigidì, mentre impallidiva a tal segno che non riuscì più a distinguere il volto dal soggolo di lino; all'improvviso, si voltò a fissare il signore di Evershine.

Mentre le note sfumavano, lui le restituì lo sguardo. Con quella che, Rob era certo di non sbagliarsi, poteva definirsi solo una passione viva. Anche se trattenuta, forse negata. Fissò il fuoco mentre si fregava le mani sotto il mantello.

«Sentite freddo? Vi ho portato un po' di vino caldo e speziato.»

Strappato all'improvviso dalle sue riflessioni, Rob si raddrizzò senza pensarci, ma subito tornò a piegarsi su se stesso; il suo sguardo risalì dalla mano al braccio ben tornito e poi più su, fino al viso incorniciato da capelli corti e biondi. Afferrò il boccale, simulò un lieve tremore e arrochì la voce. «Siete gentile, damigella.»

«Ailith. Solo Ailith.»

La prudenza gli suggeriva di non farlo, ma non riuscì a trattenersi e le cercò gli occhi. Non aveva mai visto iridi tanto trasparenti. «Grazie» borbottò. E non si fidò ad aggiungere altro. Si sarebbe sentito più sicuro se lei si fosse allontanata almeno un poco, così da poterla osservare con maggiore libertà.

Al contrario, gli si avvicinò: l'orlo della sua casacca gli accarezzò le spalle, mentre le lunghissime gambe, inguainate nelle calzebraghe, lo sfioravano. Per reazione, Rob si spostò verso il camino.

Lei gli toccò il mantello. «Capisco che siate ancora bagnato, ma non sarebbe meglio se ve lo toglieste, piuttosto che rischiare di andare a fuoco?»

Una proposta cortese, persino lecita, che pure lo metteva in una situazione difficile. Poteva solo sperare che non insistesse e che altri non iniziassero a farsi delle domande. Sbirciò, di sottecchi, all'intorno. L'esibizione di Jude aveva creato un'atmosfera gioiosa e rilassata: il signore e gli ospiti del castello si stavano complimentando con il menestrello, mentre la gente di Evershine, terminato il pasto, aveva iniziato ad abbandonare la sala. In quel via vai un po' disordinato, nessuno badava a loro.

«No, no. Vi ringrazio, ma sto bene così» biascicò. Se l'avesse considerato un vecchio testardo, forse l'avrebbe lasciato in pace.

La ragazza rifletté un istante. «Perché siete venuto fin qui? Avete forse abbandonato la foresta per cercare un rifugio dal temporale?»

Ah! Rob inghiottì un'imprecazione. Dunque, lo aveva riconosciuto. A dispetto della sua messinscena.

Eppure, non lo aveva smascherato e gli si era avvicinata solo quando era stata sicura di non attirare l'attenzione. Doveva avere un cuore delicato e sensibile, incapace di nutrire sospetti: in lui aveva visto solo un poveretto bisognoso di aiuto e con la sua domanda ingenua gli forniva bella e pronta la migliore delle scuse. Sarebbe stato sciocco non approfittarne, anche se gli dispiaceva, perché avrebbe preferito suscitare in lei un sentimento ben diverso dalla compassione.

Purtroppo, non poteva mettere a rischio il piano di Warwick. Aprì la bocca per risponderle in modo affermativo, ma lei lo prevenne.

«Attento a voi.» Scomparsa la dolcezza dalla sua voce, gli occhi taglienti come lame di ghiaccio, la sua presa si fece forte e decisa e gli artigliò la spalla. «Non conosco la ragione del vostro travestimento, ma se avete intenzione di far del male o arrecare danno a qualcuno qui a

Evershine, ve ne farò pentire. So usare il pugnale e le frecce del mio arco non mancano mai il bersaglio.»

Rob scosse la testa. Confuso. Impressionato. Non gli era mai capitato di commettere un errore di valutazione tanto grossolano. Per Sockburn e il suo drago! Quella dea bionda non solo vestiva come un uomo, ma era chiaro che ragionava nello stesso modo.

Un brivido che non aveva niente a che fare con gli indumenti umidi gli corse sotto pelle. Pura eccitazione. Il desiderio di liberarsi da quel travestimento ingombrante e di misurarsi con lei in uno scontro aperto gli infiammò il sangue. Uno scontro che avrebbe voluto si concludesse su un letto di piume e con ben altre armi.

Imprecò fra sé, contro l'impegno che lo vincolava.

Sollevò le mani, in un gesto quasi di resa. «Non ho alcuna intenzione malevola, vi assicuro.» Era la verità, dopotutto; la enunciò in tono fermo e serio, perché solo in quel modo sentiva di poterla convincere. «Quanto a questo» sollevò i lembi del mantello e lo scostò a rivelare l'assenza di una lama «si tratta solo di precauzione. Un po' com'è stato per voi, se non sbaglio.»

Lei impallidì appena, ma rimase in silenzio senza smettere di scrutarlo con attenzione. Dopo lunghi istanti, annuì. «D'accordo» disse infine. «Ma ricordatevi: io non vi perderò di vista.»

«Neppure io.» Piegò le labbra in un mezzo sorriso. Se quella della bella Ailith era stata una minaccia, per lui si trattava di una promessa.

E aveva tutte le intenzioni di mantenerla.

# Capitolo 11

«È l'uomo della foresta. Me ne sono accorta subito e lui non ha negato.» Ailith le sciolse i capelli, poi prese a pettinarli e a districare i nodi con le dita. «Ha detto di non avere cattive intenzioni e non era armato. Di questo sono sicura.»

Eleanor si morse un labbro. «Credi sul serio che non ci fosse almeno un pugnale infilato negli stivali?»

«Sicuro che c'era! Forse, addirittura due.»

«E dunque?»

«Nessuno va in giro senza, neppure io. Il che non fa di me un'assassina.»

«Però tu non sei uno dei briganti di Thornwood, oltretutto in incognito.»

«Quanto a questo, non possiamo condannarlo, vi pare? In fondo, anche noi fingiamo di essere delle pellegrine. Voi stessa indossate i panni di una postulante.»

Era vero, anche se le seccava ammetterlo. Però il loro travestimento si era reso necessario perché erano donne e dovevano evitare i pericoli del viaggio. Per quel che riguardava l'anonimato, be', lei aveva delle ottime ragioni.

«Come fai a difenderlo?» chiese, sempre più preoccupata.

«Gli ho detto che l'avrei tenuto d'occhio. E che me la cavo bene con le armi. Mi sono assicurata che mi credesse: del resto» scrollò le spalle «non ho certo l'aspetto di una timida vergine.»

«Ailith! Conosco bene la tua abilità o non ti avrei coinvolta in questa avventura come compagna di viaggio, ma tu sei qui con me, nella foresteria. E se quel tipo avesse intenzione di far del male a sir Ralph, a Fleur, oppure» deglutì «allo stesso D'Arcy? Come potresti impedirlo?»

«Non credo sia così» replicò l'amica, con appena un accenno d'insicurezza nella voce. «La spiegazione più semplice a volte è la più vera. Magari ha cercato rifugio al castello per sfuggire dalla pioggia. Sentite? Infuria ancora e si sa che gli alberi non sono un posto sicuro dove rifugiarsi durante i temporali.»

«Ma, allora, tutta l'*Allegra brigata* avrebbe dovuto bussare alle porte di Evershine. Perché solo lui? No, ti dico, dev'esserci un'altra ragione. E penso che il Leone Bianco debba esserne informato.»

Ailith sospirò. «Mi dispiace. Avrei dovuto dirvelo prima, quando eravamo ancora nella Sala Grande. Ho sbagliato, ma in buona fede.»

Eleanor le afferrò la mano e la strinse. «Shh. Tranquilla, lo so bene. Anzi, sei stata bravissima: nessuno se n'è accorto, tranne te. Ma proprio per questo non possiamo tacere.»

«E allora? Come pensate di fare?»

Lei prese a mordicchiarsi le unghie. «Domattina. Glielo dirò subito, domattina stessa. Chiederò un colloquio, inventerò una scusa. Come potrei presentarmi, ora, alla sua porta? Anche se fossi tanto sconsiderata da tentare una mossa del genere, non mi permetterebbero di avvicinarlo: all'ingresso del mastio c'è sempre qualcuno di guardia. No, no, non c'è altro da fare: solo pregare che stanotte non succeda qualcosa.»

«Forse, se aveste accettato di trasferirvi nella camera degli ospiti» azzardò Ailith «sarebbe stato più semplice.»

*Semplice*? Eleanor scosse la testa e socchiuse gli occhi.

Non c'era nulla di *semplice*, anche se non aveva immaginato, prima di partire, che tutto si sarebbe rivelato così complicato. Non aveva previsto, per esempio, di conoscere Fleur e di instaurare con lei un bel rapporto. E certo non aveva pensato che D'Arcy l'avrebbe baciata.

Buon Gesù, come avrebbe fatto a prender sonno quella notte? Il ricordo di quanto era accaduto l'avrebbe di sicuro tormentata. Per tutto il giorno aveva cercato di scacciarlo, ma quello, come un insetto fastidioso, tornava sempre a ronzarle nella mente. Stesa sul giaciglio, avvolta dal buio, sarebbe stato ben più difficile: il suo corpo bruciava ancora nei punti in cui si erano sfiorati, nonostante le vesti; sentiva il tepore del fiato, la morbida ruvidezza della sua lingua. Si toccò le labbra con la punta delle dita e un tremito la scosse da capo a piedi.

«Lennie, che cosa vi succede? Vi sentite male? Avete un'aria strana e le guance in fiamme.» Ailith le toccò la fronte. «Non avrete preso un'infreddatura? Magari mentre andavate a visitare la cappella.»

Eleanor spalancò gli occhi. Deglutì a fatica: che fine aveva fatto il proprio autocontrollo? Si diede della sciocca e della visionaria, mentre cercava di riprendersi. «No, no. Non preoccuparti: è solo un po' di stanchezza» si giustificò in fretta.

«Spero che abbiate ragione, ma non ne sono del tutto sicura. Pioveva molto forte quando ci siamo ritrovate e anche se i vostri vestiti mi sono parsi asciutti, milord, invece, era proprio zuppo.»

*Zuppo*! Per forza.

Quando erano rientrati nella cappella, lui le aveva mostrato una porticina che prima non aveva notato. Conduceva in un piccolo appartamento ricavato nella torretta adiacente: una camera da letto e, all'ultimo piano, una grande stanza luminosa. Concepita in origine come *scriptorium*, era stata adibita a laboratorio officinale dal religioso un tempo residente a Evershine. "È merito di fratello Benedict se lady Fleur è un'esperta guaritrice", le aveva spiegato D'Arcy. E le aveva indicato i setacci appesi al soffitto, le ceste accatastate in un angolo e gli alambicchi sul tavolo sotto la finestra.

Da lì, erano poi ridiscesi per una scala stretta, tanto buia e infida che avrebbe rischiato un paio di volte di scivolare se lui non fosse stato pronto a sorreggerla. "Siamo arrivati", le aveva comunicato dopo un'eternità, nel disserrare un uscio piuttosto malandato. "Basterà attraversare questo cortiletto e ci ritroveremo all'asciutto".

"All'asciutto?" aveva replicato ironica. Si trattava di una decina di passi, ma equivaleva a infilarsi sotto una cascata.

Lui aveva scosso la testa. "Per essere una devota di Santa Etheldreda dimostrate assai poca fede, mia signora". Si era sganciato il mantello dal collo e glielo aveva messo fra le mani. Poi, prima che riuscisse a domandargli cosa dovesse farne, si era chinato e l'aveva presa in braccio. Muta e rigida per la sorpresa, non aveva fatto altro che fissarlo, sconvolta. "Copritevi con questo e state ferma. Fidatevi di me, non vi lascerò cadere."

Se la sua voce fosse stata autoritaria e sprezzante, si sarebbe di sicuro ribellata, ma lui aveva fatto appello alla sua fiducia. Non gliela avrebbe negata, convinta com'era, nonostante tutto, di non aver nulla da temere. Né, del resto, avrebbe fatto in tempo: non aveva ancora finito di parlare, ed ecco, erano già sotto la pioggia e, un attimo dopo, al riparo del portico. L'aveva fatta scivolare fino a terra e non era neppure riuscita a ringraziarlo. Il cuore in gola e senza fiato per l'emozione, era rimasta a fissarlo in silenzio, finché non le aveva porto il braccio, indicandole la via.

«Mi ha protetta con il suo mantello» mormorò a se stessa e ad Ailith. D'Arcy sembrava sempre di più un mistero, del quale non riusciva a venire a capo: se mai ve ne fosse stato bisogno, le aveva dimostrato di non aver perduto né forza né agilità; a dispetto della ferita riportata in guerra, l'aveva trasportata senza sforzo e lei non era proprio una piuma.

«Ah! Un vero cavaliere» replicò l'amica. Poi, dopo qualche istante di silenzio: «Non vorrei sembrarvi indiscreta, ma siete riuscita a sapere ciò che vi interessava?»

«No. Non gli ho posto domande.» Scosse la testa. «Ma domani lo informerò di ciò che hai scoperto e, chissà, forse riuscirò a farlo parlare.»

Richard alzò lo sguardo e fissò le nubi che incoronavano la foresta; basse e minacciose, promettevano altra acqua, come se tutta quella che avevano scaricato senza interruzione dal giorno avanti non fosse ancora abbastanza. Il fossato attorno al castello gorgogliava limaccioso e la strada che conduceva a Warwick quasi non si vedeva sotto lo spesso strato di fango.

Frustrato, si passò una mano sul volto: la sua decisione di andare dal conte avrebbe dovuto attendere. Almeno fino all'indomani, ammesso che il vento fosse riuscito a spazzar via le nubi e il sole avesse asciugato il terreno.

Per quella mattina, comunque, era impossibile, il che lo metteva nella condizione difficile di dover affrontare un'altra giornata. Incerta, confusa.

Per colpa di Lennie.

No! Diede un pugno al muro. Non doveva imputarle quello che gli stava accadendo. Non aveva mai addossato ad altri le sue responsabilità e non intendeva certo iniziare ora. Era lui da biasimare, lui e nessun altro.

Il fatto era che non riusciva a venire a patti con se stesso. Forse, aveva dato troppo per scontato che la corazza di dovere, onore e lealtà che si era costruito attorno fin da ragazzo, riuscisse a proteggerlo per tutta la vita. In effetti, aveva dato ottimi risultati, almeno all'inizio: dopo il battesimo di sangue del primo combattimento, nessuna incertezza aveva più offuscato il suo agire. Era un guerriero al servizio della Rosa Bianca; il suo compito era quello di lottare, morire se necessario, per la causa di York. Seguire Warwick in battaglia e un giorno, con l'aiuto di Dio, conquistare una proprietà, amministrarla e difenderla. Solo in seguito, si sarebbe sposato e avrebbe avuto dei figli.

Invece, tutto era cambiato quattro anni prima: si era ritrovato ad accettare una sposa che non aveva neppure mai visto né, tantomeno, scelto quando ancora non possedeva nulla, al di fuori della spada e del suo cavallo. Un altro, forse, avrebbe dato una minima importanza a quell'impegno, preso per soddisfare il proprio mentore.

Lui no.

Da quel momento, aveva iniziato a combattere con ancora maggior furore, per il proprio futuro e quello della giovane donna che lo aspettava. Una ragazza dai capelli di fuoco che era stata fin troppo maltrattata dal destino e da un tutore indegno di questo nome e che lo stava aspettando.

Nonostante non l'avesse più rivista, s'informava sempre di lei, chiedendone notizie a Warwick, che lo accontentava volentieri e con dovizia di particolari.

Ricordava alla lettera il loro ultimo discorso in proposito, proprio all'inizio di quell'anno. "È diventata una bella donna: con un buon carattere, se consideri l'attesa che le hai imposto; è paziente e, per fortuna, ama prendersi cura della casa. Soprattutto del fratello: lo adora, non ho mai visto un attaccamento tenace quanto il suo. Ti converrà diventare amico del giovane barone se vuoi evitare problemi domestici quando sarete sposati".

A quelle parole, lui aveva sorriso, soddisfatto: l'inverno era finito e Warwick gli aveva appena assegnato il castello di Evershine, sottratto a quel pusillanime di Edgar Fortescue; in quattro anni di guerra non aveva riportato che ferite superficiali, era vivo e nel vigore dell'età. Anche il momento politico sembrava, finalmente, abbastanza favorevole: il Parlamento stava cercando un accordo con la Scozia e lo storico incontro sarebbe avvenuto a York. Dopo un periodo di interminabili battaglie, forse era giunto davvero il momento di celebrare il matrimonio tanto a lungo ritardato.

Invece, i Lancaster avevano organizzato in tutto il Nord una serie di rivolte che, nell'aprile successivo, erano culminate nella battaglia di Hedgeley Moor.

Il destino aveva mutato le carte che credeva già di avere in mano. Ferito gravemente e costretto all'immobilità, era sprofondato in un abisso di sconforto, ira e delusione, cui si erano aggiunti impotenza e rimorso. Alla fine, aveva compreso che non sarebbe mai più tornato l'uomo di prima. Non gli restava che rompere il fidanzamento, anche se gli bruciava essere considerato un vile. Certo sarebbe stato difficile, ma solo così avrebbe potuto voltare pagina e dare un corso diverso alla sua vita. E forse, in un futuro ancora lontano, riprendere a coltivare nuovi sogni.

Poi, all'improvviso, era arrivata Lennie. E subito aveva avuto la sensazione che lei potesse far volare per aria tutti i suoi piani, come foglie al vento d'autunno.

Qualcuno bussò alla porta. Diavolo, possibile che non potesse essere lasciato in pace neppure a quell'ora? L'alba era passata da poco. «Avanti!» abbaiò.

*Lei*: in carne, ossa e quel maledetto velo bigio. Soffocò un gemito di frustrazione.

«Vorrei parlarvi, milord.»

Sgusciò dentro, rapida, senza neppure attendere risposta. E di sicuro senza immaginare di essere stata fino a quel momento al centro dei suoi pensieri.

Era lì, pallida e seria, gli occhi rivolti verso il basso. Voleva vederli, i suoi occhi. Controllare se fossero di quel verde speciale anche ora, alla luce grigia di un mattino senza sole. Verificare che il bacio del giorno prima non li avesse annebbiati per un senso di ripulsa o peggio.

Ah, quel bacio! Impulsivo, sconsiderato. Del tutto inappropriato.

Da dimenticare, nel modo più assoluto.

Da ripetere, non appena possibile.

A patto che riuscisse a usare una grande cautela, senza spaventarla.

«Che succede, madamigella?» La vide sobbalzare e si accorse di aver parlato con troppa foga. Accidenti alle sue buone intenzioni. Si schiarì la voce e abbassò il tono. «Perdonate. Non volevo essere scortese. Immagino che vi sia un motivo dietro questa visita tanto mattiniera e mi domandavo quale fosse.» Un pensiero lo raggelò. «Non avrete intenzione di partire ora, spero. Non con questo tempo. Le strade sono impraticabili e il fiume minaccia di straripare. No, no: è fuori questione.»

Lei si strinse nelle spalle.

Per San Dustano! Neppure affrontare un Lancaster era tanto difficile.

Finalmente, lo guardò.

Sì, le sue iridi avevano la sfumatura che ricordava. Il profilo puro, le labbra morbide come petali di rosa.

«Non è per annunciarvi la partenza mia e di Ailith che sono qui, milord. Non vorrei abusare della vostra ospitalità, ma sono la prima a rendermi conto che la situazione è piuttosto difficile.»

La interruppe con un cenno. «Vi prego, non parliamone più. E ditemi, invece, cosa vi turba.»

Esitò un istante. «So che è dovere di ogni buon signore dare rifugio ai pellegrini e ai viandanti, soprattutto al calar del sole o in condizioni tanto avverse: io stessa ho beneficiato dell'accoglienza di Evershine. Tuttavia, mi chiedo se talvolta non sia necessaria una maggior cautela, prima di accettare un ospite alla vostra mensa» terminò in fretta.

A quello strano discorso, Richard si accigliò. «Che cosa state cercando di dirmi? Messer Jude è assai noto da queste parti, oltre a essere un tipo piuttosto divertente. Sono addolorato se i suoi scherzi vi hanno infastidita: non avevo tenuto conto della vostra sensibilità.»

Lei impallidì ancora, eppure alzò il mento e riprese. «Il menestrello non c'entra. Mi riferivo al viandante che lo seguiva.»

«Ah! Vi ha forse offesa, signora? L'età avanzata lo ha portato a un comportamento stolto invece che alla saggezza? Non nego a nessuno un tetto e un boccale di birra in una notte di tempesta, ma se vi ha mancato di rispetto, dovrà rendermene conto, ve lo giuro.»

«No. Non gli ho neppure parlato. È stata Ailith a dirmi... In verità, milord, è per voi che temo.»

«Per me?» Stupito, Richard pensò di aver sentito male. Nessuno si preoccupava per lui. Non in quel senso, almeno, e ormai da molto tempo. Che stesse scherzando? Non sembrava, a dire il vero. «Non capisco» ammise.

«Sia voi sia lady Fleur mi avevate chiesto dei briganti di Thornwood, ricordate? Se li avessimo incontrati e cosa fosse accaduto nel bosco.»

«Sì. In effetti, ero, e sono tuttora, molto interessato alla vostra risposta. Ammetterete, però, di essere stata piuttosto reticente al riguardo.»

L'imbarazzo le restituì un po' di colore. «Lo ammetto, certo. Non avevo alcun desiderio di raccontarvi il piccolo stratagemma cui sono ricorsa per attraversare senza pericoli la foresta. Non mi fa onore, ma al punto in cui siamo, penso di dovervi dire tutto.»

Richard allargò le mani. «Sono qui, Lennie, pronto ad ascoltarvi. Vi assicuro di comprendere la necessità nella quale vi siete trovata. Ditemi.»

«Non ci siamo limitate a indossare ampi mantelli e a coprirci la testa con il loro cappuccio. Io e Ailith abbiamo anche imitato il modo di camminare di due anziani pellegrini. Uomini.»

Una precisazione superflua, ma invece di ridere, lui annuì con la massima serietà. In silenzio, per diminuire il suo disagio.

«Non solo» riprese lei dopo un istante. «Avevo legato al mio bastone dei campanelli e li scuotevo di tanto in tanto. E, a voce alta proclamavo il motivo del mio pellegrinaggio.»

«Il vostro voto?» Richard si protese in avanti. «Quello che v'impedisce di dirmi chi siete veramente e da dove venite?»

«No, non proprio.» Sospirò, poi recitò tutto in un fiato: «"*A Santa Etheldreda, penitente vado, perché mi liberi dal male che ho meritato.*"»

«Ora mi è chiaro! Lebbrosi! Per forza non vi hanno importunato! Si saranno, anzi, tenuti alla larga.» Scosse la testa. «Geniale, a dir poco.»

«Non prendetemi in giro» lo rimproverò.

«Me ne guardo bene, madamigella. In realtà, ammiro la vostra presenza di spirito. Vi prego, continuate il vostro racconto.»

«Non c'è molto altro. Come vi dicevo, il travestimento ha raggiunto il suo scopo e siamo riuscite ad attraversare Thornwood senza alcun fastidio. Naturalmente, avevo anche provveduto a pagare il pedaggio all'ingresso.»

«Ben fatto. E dunque scommetto che l'*Allegra Brigata* sia rimasta al sicuro fra le fronde degli alberi. Credevate che fossi all'oscuro del loro singolare modo di nascondersi? Per nulla. Me ne aveva già parlato lo scudiero, che di recente si è recato ad Alcester su mio incarico.»

«È proprio così.» Un piccolo sorriso le curvò le labbra, come se la sua osservazione le avesse ricordato qualcosa. Poi tornò seria. «Eravamo giunte al limitare del bosco. Io precedevo Ailith di qualche passo, meno guardinga perché pensavo di aver, ormai, scampato il pericolo. All'improvviso, lei mi ha afferrato per un braccio e mi ha costretta a correre. Non ci siamo fermate che molto più avanti e solo perché io ero rimasta senza fiato. Le mie gambe non sono lunghe come le sue.»

«Io direi che siete perfetta così come siete» replicò lui, incapace di trattenersi.

«Siete molto gentile, anche se so che non è vero.» Un genuino stupore le velò la voce e se la schiarì, prima di riprendere a parlare. «Ailith aveva visto un uomo, tra le foglie. Purtroppo, in quel momento le era scivolato il cappuccio, cosicché lui si è reso conto che "il pellegrino" era, in realtà, una fanciulla.»

Richard si rabbuiò. «Le ha fatto del male?»

«No. Non è sceso dall'albero e non le ha rivolto parola. Anche se giovane, Ailith è una ragazza molto forte e, a parte la prima reazione istintiva, non avrebbe più dato importanza a questo episodio se...» prese fiato e terminò in fretta «se ieri sera non avesse rivisto quell'uomo.»

«Il vecchio?» intuì.

Lei annuì. «Solo un travestimento, ma abbastanza convincente da ingannare tutti, tranne la mia amica.»

«Uhm.» Richard si passò una mano fra i capelli. «Dev'essere una persona nota da queste parti, altrimenti perché camuffarsi? È ovvio che non voleva essere identificato come uno dei briganti.»

«Pensate sia solo questo il motivo? E se, invece, avesse avuto intenzione di nuocere a voi o ai vostri cugini?»

«Un attentato? Qui, nel mio castello? Lo pagherebbe con la vita. Qualcosa di simile è già accaduta nel corso della fiera di Mezza Estate.» Scosse la testa. «No. Sono tempi difficili, è vero, ma in questo momento non credo di avere un nemico mortale pronto a pugnalarmi alle spalle. O meglio» aggiunse con un sorriso amaro «c'è una persona che più delle altre avrebbe il diritto di odiarmi, ma sono certo che lei abbia un animo troppo gentile per concepire piani di vendetta.»

«Una donna, milord?» la curiosità nella sua voce lo avrebbe messo di buon umore se il pensiero di Eleanor non lo avesse punto come una spina.

«Sì. Perciò, vedete...»

Lennie lo interruppe, seria. «Un consiglio, mio signore. Non sottovalutate una donna. *Mai.*»

«Non lo farò» rispose.

Di sicuro, non avrebbe iniziato proprio ora, con lei. Non sapeva perché, ma era sicuro che poi se ne sarebbe dovuto pentire.

# *Capitolo 12*

Eleanor studiò D'Arcy da sotto le ciglia abbassate.

Non che fosse un uomo facile da comprendere, tutt'altro. Eppure, sentiva di riuscire a interpretare le sue emozioni: l'orgoglio, evidente nella piega delle labbra e la testardaggine nella rigidità della sua posa. Degli occhi, aveva già notato come il blu intenso delle sue iridi si scurisse ulteriormente per effetto delle passioni: sensualità, ira, oppure... Era possibile che stesse provando rimorso? Nei suoi confronti? Per aver rifiutato di sposarla? Non poteva esserne sicura, ma si trovò a sperare che fosse così. Non sarebbe mai tornato indietro sulle sue decisioni: era folle anche sognarlo e non era neppure sicura di volerlo ancora. Tuttavia, se lui si sentiva in colpa, questo l'avrebbe messa in una posizione di vantaggio e forse, una volta che gli avesse svelato la propria identità e gli avesse esposto le difficoltà in cui versava Arrowgate Manor, si sarebbe sentito in dovere di aiutarla. Un misero risultato per un'altra ma soddisfacente per lei, che riponeva ormai in quella casa ogni aspettativa per il suo futuro. Se solo Oliver non fosse scomparso!

Non era quello il momento di pensarci. Doveva, piuttosto, sfruttare al meglio il vantaggio nel quale era venuta a trovarsi. Quello al quale aveva mirato nel farsi coraggio, prima di raggiungere il Leone Bianco nella sua "tana".

Le domande le bruciavano lì, sulla punta della lingua e aspettavano di poter essere formulate. Doveva solo trovare il modo.

Si sforzò di sorridere. «Sono contenta che lo pensiate. Che cosa intendete fare, dunque? Riguardo al vostro *ospite*, voglio dire.»

«Non preoccupatevi, Lennie. Dovrà rispondere a me e a Ralph di tutto: se non altro, dell'angoscia che vi ha causato. Per colpa sua, vi siete alzata troppo presto, stamani. Vi ringrazio della vostra premura, ma vi prego, ora tornate a riposare: darò ordine che nessuno vi disturbi.»

La stava congedando e non sarebbe riuscita a porgli neppure la domanda più semplice. «Non importa» si affrettò a replicare, con la speranza di rimandare l'inevitabile. «Mi sveglio sempre di buon'ora, anche a casa.»

«E dov'è, con esattezza, casa vostra?» le chiese, suadente. Si fece più vicino, al punto che le sarebbe bastato allungare un dito per sfiorargli il velluto del farsetto. S'impose di non indietreggiare, anche se non si sentiva più tanto salda sulle gambe.

«Ad Alcester, ve l'ho detto.»

«Una cittadina notevole. Non un villaggio di quattro case intorno a un campanile. Un mercato interessante, una casa fortificata che è considerata una delle proprietà più importanti della regione: Arrowgate Manor, proprio sul fiume. Immagino la conosciate; un tempo, era di proprietà del barone Lyon.»

«S...sì. Certo che sì.» Annuì in fretta, la bocca tanto secca che le sembrava di non saper articolare parola. Santo Cielo, com'era finita a rispondere alle sue domande invece di fargliene, come si era proposta? E in che modo sarebbe riuscita a non scoprirsi, se fosse divenuto più insistente? Poteva mantenersi sul vago, ma mentire era un'altra faccenda. Se ne sarebbe accorto subito.

«Ne ero sicuro. Ditemi: è vero ciò che ho sentito? Un certo sir Mortimer Salford sembra stia corteggiando la sorella del defunto lord Oliver per impadronirsi di casa e terreni. Che cosa sapete al riguardo?»

Lo sdegno le diede la forza necessaria a riprendersi da quella specie di strano incanto: non era proprio di suo gusto sentirsi come una rana immobilizzata dagli occhi di un serpente. «Nessuno può dire per certo se lord Lyon sia morto; il suo corpo non è stato ritrovato» replicò con forza. «Quanto alla sorella, è riuscita a tirare avanti da sola fino adesso e non vedo proprio perché dovrebbe accettare la protezione di Salford.»

«Forse perché è una donna? E, oltretutto, sola?» insistette lui.

«Meglio sola...» S'interruppe di botto. Se doveva continuare a fingere di essere timorata di Dio, non poteva lasciarsi trasportare in quel modo.

«E voi, la conoscete? Madamigella Eleanor Lyon: la conoscete?» ripeté. E chinò la testa, fino a sfiorarle il velo con le labbra.

«Io...» Il respiro le mancava. Torreggiava su di lei, più forte e imponente di ogni altro uomo che le si fosse avvicinato. Sentiva il calore maschio attraverso le vesti, la forza latente dei suoi muscoli scattanti. Ne fu turbata. Emozionata. Sconvolta. «No» sussurrò. «Non la conosco.» Scartò di lato come una bestiola impaurita e in due passi raggiunse la porta. «Avevate ragione, milord» disse dalla soglia. «Sono piuttosto stanca. Perdonatemi.»

E senza aspettare risposta o un cenno di saluto, corse giù per le scale.

Si fermò solo quando si ritrovò nella corte. Scottava per l'umiliazione e s'infilò sotto i portici nella speranza di sbollire un poco la rabbia.

Prese a camminare a passo svelto, la veste che le s'intrecciava attorno alle caviglie; parlava fra sé, abitudine contratta in tanti anni di solitudine.

«Codarda, codarda! Che ti è preso per comportarti così? Era il momento giusto per rinfacciargli i suoi obblighi. Avresti dovuto approfittare della magnifica occasione, invece di scappare a gambe levate. Dirgli che, a quanto ne sapevi, c'era un promesso sposo che sarebbe andato presto a reclamarla. E vedere, una buona volta, che faccia avrebbe fatto. Stupida!» si rimproverò con asprezza.

«Che vi succede, signora?» La bambina si staccò dall'ombra di una bottega e venne verso di lei. Un cane la seguiva, strofinandosi contro le sue gambe: trascinava una zampa. «Posso aiutarvi? Mi chiamo Jody.»

Eleanor trasalì, nel rendersi conto della scena che doveva aver offerto. Serrò le palpebre, poi le riaprì. «No, piccola, ma ti ringrazio. Sei molto gentile.»

Un sorriso allegro comparve nel visetto cosparso di lentiggini. «Mi sto esercitando: lady Fleur dice che essere cortesi è il primo dovere di una damigella. Voglio imparare in fretta, sapete? Per diventare la sua dama di compagnia; c'è già Rosalynn, ma lei è più grande di me e prima o poi si sposerà, anche se dice di no, e io ne prenderò il posto.»

Doveva essere il più luminoso dei suoi sogni. L'entusiasmo le faceva brillare gli occhi. «Sarai bravissima, ne sono sicura.»

La ragazzina annuì, compunta. «Per ora, mi occupo di Lupo e raccolgo le erbe per conto di milady: aspetta un bambino e sir Ralph non vuole che si chini sulle aiuole.»

«Fai benissimo.» Eleanor le accarezzò le trecce e ringraziò il Cielo. L'incontro con quella simpatica chiacchierina era quanto di meglio per ritrovare la calma.

«Non basta, però. La mia signora dice che devo imparare a ricamare e a leggere.» Storse il nasino. «Anche a scrivere. Così potrà dettarmi le ricette quando sarà troppo occupata con i suoi figli.»

Un espediente per invogliarla a studiare, senza dubbio, che pure dimostrava il cuore gentile di Fleur. Era proprio contenta di aver fatto la sua conoscenza. E pensare che, considerato lo stretto legame fra Vernon e D'Arcy, se il destino avesse disposto altrimenti, avrebbe potuto considerarla quasi una sorella.

No, non il destino. *Richard.* Un nome che non aveva mai pronunciato con le labbra, ma che sapeva di aver marchiato a fuoco nel cuore.

«Siete sicura di star bene?» Jody la tirò per la manica. «Avete il viso bianco come il velo.»

«Sto bene.» Le sorrise. «Forse è colpa dello stomaco vuoto. Devo ancora far colazione; anzi, sarà meglio che mi sbrighi o sarà troppo tardi. Il tempo è passato in fretta e il sole è già alto.» Alzò gli occhi e si accorse, in quell'istante, che era proprio vero: dopo tanta pioggia, alla fine era tornato il sereno e la luce del giorno faceva brillare d'azzurro il cielo spazzato dal vento.

«Oh, non preoccupatevi per quello. La cuoca è mia amica e mi lascia sempre i panini in caldo. Venite con me, signora. Poi, se volete, vi condurrò a visitare il giardino delle rose. È un posto bellissimo, lo ha creato lady Fleur.» Si strofinò la mano sul grembiule e fece per porgergliela, poi si fermò, intimidita. «Non siete una delle pie sorelle del convento, vero?»

«No, cara.»

«Volevo dire. Siete troppo carina» decretò Jody.

E stavolta lei scoppiò a ridere.

C'era mancato poco, proprio poco. Richard, immobile all'ingresso del mastio, imprecò fra i denti. Maledizione! Era stato a un soffio dal baciarla. Di nuovo. E poi, lei gli avrebbe detto chi era. Come si chiamava, dove viveva. Sarebbe riuscito a farsi raccontare di madamigella Lyon, perché la sua reticenza nel rispondergli lo aveva convinto che la conoscesse e anche piuttosto bene.

Invece, gli era sfuggita.

Ne seguì con gli occhi la figura che si allontanava. Era in compagnia di Jody e di Lupo, il cucciolo che aveva salvato Fleur da una fine orribile. Tutti e tre stavano oltrepassando il primo cerchio di mura.

La frustrazione divenne irrequietezza, poi ira contro se stesso e la propria incapacità di controllarsi. Cosa sarebbe avvenuto se, una volta tornata ad Alcester, lei avesse raccontato a qualcuno come si era comportato? E se quelle voci fossero giunte alle orecchie di Eleanor, quanto ne sarebbe stata ferita?

Poteva fidarsi della discrezione di Lennie? Non la conosceva abbastanza per esserne sicuro.

Non gli restava che accertarsene.

La seguì a passo lento, come se stesse compiendo il consueto giro d'ispezione mattutina. Quando giunse vicino alle cucine, la vide uscire dalla porta posteriore e intuì che Jody la stava conducendo al giardino delle rose; Fleur, con l'aiuto delle altre donne e tanto amore, aveva trasformato quel terreno incolto nel punto più bello di tutta Evershine, arricchendolo di fiori dai mille colori e alberi da frutto.

Richard sostò dietro una folta siepe di biancospino, in un punto in cui gli arbusti erano più radi. Sbirciò attraverso i rami spinosi, rifiutandosi di sentirsi infantile: troppo grande era il desiderio di scoprire qualcosa di più sulla giovane donna che lo incuriosiva al punto da togliergli il sonno.

Lennie era là. Sotto un albero di mele, in compagnia di Rosalynn. Doveva aver fatto conoscenza con la fanciulla e ora parlavano fitto fitto, mentre raccoglievano in un cesto di vimini i frutti maturi.

Non riusciva a sentire i loro discorsi, ma il vento gli portò l'eco di risate allegre e questo lo tranquillizzò; erano chiacchiere di donne, non confidenze sussurrate in segreto.

La scena davanti ai suoi occhi era deliziosa: Jody rincorreva Lupo per impedirgli di danneggiare le aiuole e saltava di qua e di là, da quel piccolo folletto che era. Rosalynn, la fanciulla che qualche mese prima Fleur aveva sottratto a un destino abietto, era sbocciata in una giovinetta molto graziosa.

Quanto a Lennie, gli apparve diversa, serena e lieta come non l'aveva ancora vista.

Il cancello stridette e lui si ritrasse in fretta, per non essere visto.

Purché non si trattasse di Ralph, i cui occhi acuti lo avrebbero subito individuato; se l'avesse scoperto nell'atto di spiare la novizia gli avrebbe offerto su un vassoio d'argento l'opportunità di prenderlo in giro a vita.

Voci argentine lo rassicurarono e lo spinsero a guardare di nuovo: Fleur e Ailith si erano unite alla compagnia. Quattro giovani donne e una bambina: diverse e, fino a poco prima, estranee le une alle altre, già ridevano insieme e passeggiavano fra i vialetti, tenendosi sotto braccio.

Richard si ritrasse, un po' ammirato, un po' stupito: l'universo femminile era tanto affascinante, quanto misterioso: cercare di capirlo era inutile. Lui e Ralph se n'erano tenuti lontani per molto tempo e soltanto una donna eccezionale come Fleur era riuscita a far capitolare suo cugino.

Non aveva mai pensato che quella strana follia che chiamavano amore potesse attirarlo. Eppure, adesso e tutto a un tratto, aveva l'impressione di essersi perso qualcosa.

Si allontanò dalla siepe, meditando a testa china. Il progetto di partire per Warwick gli si ripresentò alla mente. Lo afferrò e lo tenne stretto, come un'ancora di salvezza. Era la cosa giusta da fare e quanto prima: al suo ritorno, non avrebbe ritrovato quel paio di occhi verdi che avevano il potere di distrarlo da problemi ben più seri, quali la prossima mossa degli York o l'*Allegra Brigata* di Thornwood.

Il brigante in incognito! Se n'era completamente dimenticato.

Strinse i pugni, disgustato di se stesso. Era ora di muoversi: prima si fosse liberato di quell'impostore, prima sarebbe riuscito a partire per Warwick.

Al diavolo tutto il resto.

Rob si mise in fila davanti alla porta, sul retro della cucina. Ai viandanti, ai pellegrini e ai lavoratori a giornata veniva distribuita una colazione che li sostenesse durante il cammino o fosse sufficiente fino al pasto serale.

Si tirò il cappuccio sul viso e prestò orecchio ai commenti di coloro che lo precedevano; sembravano tutti assai soddisfatti e lodavano la generosità del Leone Bianco, forse con la speranza che il mestolo della cuoca si riempisse di una porzione più abbondante.

Non gli interessava. Soprattutto, non era quello che avrebbe dovuto scoprire. Warwick era stato chiarissimo, anche se l'aveva colto tanto di sorpresa da lasciarlo senza parole. La lealtà del Leone Bianco era leggendaria, così come la sua devozione alla casa di York: cos'era successo perché il conte dovesse dubitarne? La risposta era stata persino più sorprendente della richiesta: "non nutro la minima incertezza sulla sua fedeltà", gli aveva precisato con freddezza, "ma è proprio questo è ciò che mi preoccupa".

Una frase sibillina solo in apparenza. Warwick, esasperato dal comportamento del re, si proponeva di mutar bandiera, ma il suo tradimento sarebbe stato mascherato dalla necessità di prendere le armi per reprimere i focolai d'insurrezione causate da bande di ribelli. L'*Allegra Brigata* era una di queste.

Ma cosa avrebbe fatto D'Arcy? Ecco ciò che Warwick temeva: a chi sarebbe andata la sua proverbiale lealtà? Rob avrebbe dovuto scoprirlo.

In questo, Jude si era rivelato utilissimo; aveva composto ballate i cui versi facevano tremare di paura le fanciulle e le aveva rese popolari con dei motivetti orecchiabili. Proprio per la sua abilità, il menestrello era poi riuscito a infiltrarsi a Evershine e aveva potuto riferirgli ciò che aveva visto e sentito. Fino a che non era giunto il momento adatto perché toccasse a lui verificare di persona.

Inseguire la bella bionda incontrata nella foresta gli aveva fornito l'incentivo che gli mancava per la parte meno entusiasmante del suo incarico, così si era recato al castello con la speranza di incontrarla di nuovo e di poterla studiare per bene. Si era travestito da vecchio viandante, sicuro che lei non lo riconoscesse: l'aveva appena intravisto, un volto tra le foglie, e non si era trattato che di un attimo. Nessuna donna poteva avere una vista tanto acuta.

Non aveva considerato che lei non doveva essere come tutte le altre. "So usare il pugnale e le frecce del mio arco non mancano mai il bersaglio", gli aveva detto con orgoglio.

Neppure per un istante ne aveva dubitato. Che terribile errore di valutazione aveva commesso! C'era solo da sperare che non avesse conseguenze.

La fila avanzò e lui fece per muovere un passo in avanti, ma un braccio robusto e nodoso gli si piantò davanti al petto come una sbarra. Alzò gli occhi, infastidito all'idea di dover contendere con qualche attaccabrighe la sua razione di zuppa, ma incontrò il volto impassibile di un gigante dai capelli rossi. «Venite con me» gli ordinò a bassa voce.

E che non si trattasse di un invito gli fu chiaro quando la mano grande come la zampa di un orso gli strappò il mantello dalle spalle per controllare che non nascondesse armi.

Dunque, la ragazza l'aveva tradito. Inevitabile, trattandosi di una femmina.

Trattenne un'imprecazione, mentre prendeva in considerazione il da farsi. Lo avevano scoperto e quindi era necessario cambiare il piano originale. Bene, lo avrebbe fatto e senza troppa difficoltà: non per nulla, lo chiamavano *Aggiustatutto*. Finse appena un po' di sorpresa, poi seguì l'uomo con la maggior calma del mondo, come se nulla turbasse la sua coscienza.

Fosse stato a Thornwood, si sarebbe comportato diversamente, né si sarebbe arreso con tale facilità, ma a Evershine non c'era nient'altro da fare.

Peccato, però: Warwick non ne sarebbe stato affatto contento.

# Capitolo 13

La porta si chiuse alle sue spalle e Rob sentì l'incrociarsi delle lance degli uomini di guardia all'ingresso.

La stanza era cupa e severa, un'impressione accresciuta dalle strette finestre ogivali e dai pesanti scranni di legno scuro, addossati alle pareti. Anche a Hornby c'era un locale simile, destinato all'amministrazione della giustizia e alle udienze, ma era più modesto e dall'atmosfera assai meno intimidatoria. Era comunque preferibile trovarsi lì piuttosto che in una cella umida, magari affidato alle tenere cure di un carceriere rozzo e violento.

In fondo alla sala, assiso su una sedia intagliata posta al centro di una pedana, il lord di Evershine gli fece cenno di avanzare.

Era chiaro che si sentiva al sicuro, eppure lo stupì che fosse lui stesso a condurre l'interrogatorio. Oltretutto, da solo. Un atteggiamento insolito e coraggioso, degno di ammirazione. Dunque, era vero ciò che si narrava del Leone Bianco: il possesso del castello non aveva per nulla cambiato le abitudini fiere e austere di quel cavaliere che aveva per legge solo il proprio onore e che non temeva nulla, neppure la morte.

Giunse davanti alla pedana, poi si fermò in attesa.

Un paio di occhi blu lo squadrarono, con tale intensità da fargli prudere la pelle. Sembrava che non avesse fretta di iniziare l'interrogatorio, anche se poteva trattarsi di una strategia per metterlo in difficoltà. Con lui, però, non avrebbe ottenuto alcun risultato: come *Rob Aggiustatutto*, aveva vissuto abbastanza tra i fuorilegge per guadagnarsi una scorza ruvida e impermeabile quanto quella delle querce, ma anche come sir Christopher Conyers non si era mai fatto intimidire facilmente.

«Siete Robin di Redesdale?» gli chiese a bruciapelo D'Arcy, dopo diversi istanti di silenzio.

Rob cercò di nascondere la propria meraviglia.

Come aveva potuto far centro in quel modo? Non credeva che il suo nome di fuorilegge avesse raggiunto le nobili orecchie di Sua Signoria; era chiaro, però, che mentre lui s'informava su Evershine attraverso Jude, il Leone Bianco aveva fatto altrettanto nei suoi confronti. E con ottimi risultati a quanto sembrava, anche se era da determinare che cosa e quanto sapesse. Comunque, Warwick doveva aver sottovalutato l'acume dell'uomo, nonostante fosse stato al suo fianco in tante battaglie.

Per un attimo se ne rammaricò, poiché questo lo metteva in un guaio più grosso di quanto avesse pensato e capiva che non sarebbe stato semplice districarsene. Decise perciò di giocare d'astuzia: poteva svelare particolari di minima importanza e dare l'impressione di mostrarsi collaborativo, piuttosto che inasprirlo con bugie inutili. Con questo obiettivo, si raddrizzò e assunse la posa spavalda che conveniva al capo di una masnada di fuorilegge.

«Rob l'*Aggiustatutto*.» Arrochì la voce, cancellò l'accento educato e gonfiò il petto contro il quale puntò il proprio indice. Privato del mantello e, in pratica, messo a nudo davanti al signore di Evershine, non gli restava altro per difendere la propria identità che affidarsi a un aspetto rozzo, accresciuto dalla barba incolta e dalla folta capigliatura disordinata.

«Il capo dell'*Allegra Brigata* di Thornwood» concluse D'Arcy.

Un'affermazione, non una domanda, così lui si limitò ad alzare le spalle. Non sapeva che intenzioni avesse l'altro nei suoi riguardi, ma di sicuro gli conveniva prolungare quella specie di pantomima più a lungo possibile. Non aveva alcuna fretta di finire in una segreta maleodorante.

«Perché siete venuto qui?»

Ecco, ora le domande sarebbero piovute come grandine. «Be'...» si grattò la testa con un dito, tanto per calarsi a fondo nella parte. «Volevo vedere se era vero quello che si dice in giro.»

«A che cosa alludete?»

«Eh?» Strabuzzò gli occhi. «Non ho capito. »

«Io credo di sì. Ma ve lo chiederò di nuovo. Cos'è che avete sentito dire?»

«Che a Hedgeley Moor un Lancaster ha ferito di brutto il Leone Bianco: a una zampa.» Scoppiò a ridere, come se trovasse divertente quella battuta volgare.

«Ah! Ma le ferite guariscono.»

«Mica tutte! "Rob", mi sono detto, "vai un po' a vedere se ha bisogno di aiuto." Magari fa' comodo a tutti e due, eh?»

D'Arcy si alzò, scese dalla pedana e gli si avvicinò. «La mia "zampa" è perfettamente in grado di tenermi in piedi e di camminare, come potete constatare. E anche a cavallo» lo informò con una voce tanto calma quanto gelida «non ho alcun problema.»

Rob mugugnò. «Vedo.» Si domandò se tutta quella freddezza fosse reale o non anticipasse, piuttosto, una collera improvvisa e terribile. Non gli restava che provare a giocare e vedere cosa sarebbe successo. «Non volevo offendere, eh! Me ne torno fra i miei uomini, me ne torno. E amici come prima.»

Provò a indietreggiare, ma la mano di D'Arcy gli bloccò la spalla. «Quanta fretta! Non ne avevate così tanta, ieri sera, mentre vi scaldavate al mio fuoco.»

«Oggi è giorno e non piove.»

«Una risposta degna di Jude, il menestrello. È un vostro compare?»

Rob si finse indignato. «Che dite, signoria! Siamo briganti onesti, noi, mica buffoni!» Tentò, di nuovo, di divincolarsi.

La stretta di D'Arcy si rafforzò. «Un nuovo tipo di fuorilegge, dunque. Sono curioso, *messer Aggiustatutto*, di sapere come pensavate di tornarmi utile.»

Inventare, inventare. La sua mente si affannò a cercare qualcosa di plausibile. Stava scherzando col fuoco, lo sapeva, e poteva solo sperare che milord giustificasse le idee balzane con la mente poco sveglia di un brigante: in fondo, ci si aspettava che avesse muscoli piuttosto che cervello.

«Thornwood è a uno sputo da Evershine, no? Da qui, per andare al nord, si deve attraversare la foresta. Oppure fare un giro lunghissimo.» Tese l'orecchio, distratto dal nitrito di alcuni cavalli e dai richiami vivaci che provenivano dalla corte. «Che succede qua sotto?»

«Non vi riguarda. Continuate.»

«Era tanto per dire. Lo sapete che bisogna pagare il pedaggio, no? Una sciocchezza, in verità. Sei piccole monete sotto la grande quercia all'ingresso. Però, possiamo metterci d'accordo. Insomma, ci accontenteremo di tre soldi per i vostri uomini, che magari hanno da fare su e giù piuttosto spesso. E per voi, signoria, neppure un penny.»

«In cambio di cosa?» gli chiese D'Arcy, in apparenza interessato.

Non che si fidasse.

«Be', in cambio...» S'interruppe di nuovo. Stavolta, era impossibile ignorare la confusione crescente. Passi affrettati, nel corridoio. «Che diavolo!»

La porta si spalancò prima che avesse finito di imprecare. Entrò Vernon, seguito da uno scudiero: un ragazzo giovane, che era sicuro di aver già visto.

«Siete tornato, Jack?» chiese D'Arcy. «Avete presentato la mia richiesta a Warwick? È disponibile a ricevermi?»

«Potrete chiederglielo voi stesso» rispose in sua vece il luogotenente. «Il conte sta arrivando a Evershine. Fra pochi minuti sarà qui.»

Il Leone Bianco non mostrò segni di sorpresa, se non una lieve smorfia. «Bene. E dunque, Robin di Redesdale, ripeterete davanti a lui la vostra proposta: sono proprio curioso di vedere cosa ne penserà.»

Rob chinò la testa, come per assentire. Maledizione! E adesso? A meno che, quella visita improvvisa non si volgesse a suo favore.

Non si poteva mai dire, quando si trattava di Warwick. Dopotutto, aveva imprigionato Henry VI e fatto incoronare re Edward IV.

Era un fatto, senza dubbio.

Ma per nulla una certezza.

«Mi avete fatto preoccupare, D'Arcy. Le notizie sulla vostra guarigione erano consolanti, ma me ne sarei voluto accertare di persona già da un po'. E poiché la vostra richiesta mi ha raggiunto proprio nel momento in cui stavo per partire alla volta di Londra, ho unito il dovere al piacere.» Lord Neville, sedicesimo conte di Warwick, governatore di Calais, Grande Ammiraglio e, di fatto, l'uomo più potente d'Inghilterra, lo strinse in un abbraccio virile.

Richard lo ricambiò, cercando di superare un lieve disagio. «Mi fate onore, milord.»

«Sciocchezze. Ci conosciamo da troppo tempo per tutti questi convenevoli. Vi confesso che volevo anche dare uno sguardo a questo posto: Elmar Fortescue l'aveva assai trascurato, ma voi non avete perso tempo, a quanto vedo. Un impegno notevole, senza dubbio; capisco ora che vi abbia assorbito così tanto da farvi dimenticare i vecchi amici.»

Lui accettò quel rimprovero, neppure tanto velato, con la stessa grazia di un complimento; scusarsi, in quel caso, sarebbe solo servito a farlo sentire dalla parte del torto.

Era possibile che quella fosse proprio l'intenzione Warwick; in realtà, aveva iniziato a sospettarlo dal momento che Ralph ne aveva annunciato la visita. Eleanor Lyon doveva essersi lamentata della rottura di fidanzamento, quindi era probabile che il conte fosse lì per chiedergli ragione del suo comportamento. Una ragione che lui non aveva alcuna intenzione di fornirgli.

«C'è molto da fare, sì» gli rispose pertanto. «Voglio riportare Evershine all'antico splendore, farlo tornare a essere uno dei castelli più produttivi della contea. Proprio di questo, anzi, avevo intenzione di parlarvi.»

«Sono qui. Sarei davvero contento se la mia visita servisse ad appianare problemi o incomprensioni.»

Non si era sbagliato, quindi. Ma aver interpretato con chiarezza i disegni del suo mentore non diede a Richard una gran soddisfazione. Lo conosceva da molti anni, ne ammirava l'intelligenza e il coraggio, oltre a stimarne le doti di stratega. Non avrebbe mai dimenticato il debito di gratitudine che lo legava a lui. Tuttavia, pur riconoscendo che Warwick era meritevole dei più alti onori, non apprezzava la sua capacità di manipolare gli altri e l'abilità con la quale tesseva intrighi complicati come arazzi. Né, tantomeno, sarebbe mai riuscito a uniformarvisi. E questo, soprattutto negli ultimi anni, aveva finito per allontanarli: la fiducia reciproca si era allentata e l'amicizia era divenuta solo una questione di forma. Qualcosa che aborriva, ma alla quale non c'era modo di sfuggire.

Pertanto, si sforzò di sorridere. «*Problemi*, milord?» Indicò Robin, che Ralph aveva provveduto ad allontanare in un angolo della sala. «Abbiamo qui chi li rappresenta nel modo più completo.»

Il conte squadrò con attenzione la figura imponente del bandito. Uno strano lampo gli attraversò lo sguardo, ma poi l'espressione si distese e tornò benevola. «Robin di Redesdale! Che fate qui, lontano da Thornwood? Non ditemi che, dopo aver chiesto la protezione di Warwick, siete venuto a mendicare anche quella di Evershine.»

L'uomo sembrò imbarazzato. «Vossignoria. No, certo che no. Volevo solo offrire a lord D'Arcy i miei servigi.»

«E come?»

«Una specie di accordo, se ho capito bene» intervenne lui. «Grazie al quale i miei uomini potrebbero attraversare Thornwood pagando una tariffa più leggera.»

«Vecchio brigante affamato di soldi!» lo liquidò Warwick. «Avete osato mercanteggiare con il Leone Bianco, quando avrebbe potuto farvi impiccare. Meritereste la frusta o almeno un giorno di gogna. Ma oggi» agitò un dito «oggi mi trovate particolarmente ben disposto. Non sottrarrete più neppure un penny alla gente di Evershine, è chiaro? E vi accontenterete di riportare tutta intera la vostra pellaccia fra le querce. Mi avete capito?»

Quello assentì freneticamente, tanto che la testa sembrò staccarglisi dal collo.

«Lasciatelo andare, D'Arcy» riprese Warwick. «Non merita neppure un altro istante della vostra attenzione.»

Richard lanciò uno sguardo d'intesa a Ralph che si affrettò a scortare l'*Aggiustatutto* fuori dalla sala. Se c'era Warwick dietro la presenza di Robin a Thornwood e, a questo punto, non ne dubitava, sarebbe stato inutile opporsi a quello che aveva riconosciuto come un ordine, seppure mascherato da una strana quanto improbabile benevolenza. Il conte non era un tipo tollerante, quindi era chiaro che aveva i suoi motivi per chiedere il rilascio del fuorilegge. Non riusciva a capire quale accordo potessero aver raggiunto i due, ma intendeva scoprirlo.

Quando rimasero soli, il conte si fregò le mani. «Bene. Sarebbe bello poter risolvere ogni problema con altrettanta facilità. Sono sicuro che quella banda di malnati non vi darà più noia.»

«Non a Evershine, forse, ma continuerà a vessare con la richiesta di pedaggio tanta povera gente; molti sono pellegrini, diretti al Priorato di San Martin o al convento di Santa Etheldreda. Per quanto mi riguarda, sto sul serio pensando di combattere quest'ingiustizia.»

«Andiamo, amico mio! Se in voi dimora l'animo di un crociato, avete sbagliato secolo! Non esiste foresta in Inghilterra che non nasconda simili ospiti fra i suoi alberi. E sul serio trovate che i loro balzelli siano tanto diversi dai pedaggi che il decreto regio impone sulle strade principali, con tanto di lettere patenti?» Fece un gesto vago. «Lasciate perdere, vi dico. Ci sono cose ben più importanti di queste e vorrei discuterne con voi. Magari davanti a un buon calice di vino, che ne dite? Il viaggio mi ha messo sete: e anche un certo appetito.»

Quel discorso concluso così in fretta, convinse Richard di là da ogni dubbio che stava accadendo qualcosa di strano. Nondimeno, non poté far altro che accettare quella richiesta. Chinò il capo con buona grazia. «Certo, mio signore. Venite a ristorarvi, vi prego.» E poiché conosceva la debolezza del suo ospite, aggiunse: «Ho dato ordine di preparare un banchetto in vostro onore e spero che non ne sarete deluso.»

# Capitolo 14

«Presto, Ailith. Dobbiamo andarcene.» Eleanor afferrò il mantello, lo infilò e cercò di allacciarselo sotto la gola, ma le mani tremavano e le dita sembravano non voler collaborare. Dovette rifare il nodo tre volte.

«Cos'è successo?» chiese Ailith, mentre recuperava in fretta i loro averi.

«Warwick. È qui. Se mi vede, per me è finita.»

«Tenete.» Le porse il bastone. «Possiamo andare.»

Lei annuì. Spinse l'uscio, controllò che non vi fosse nessuno. «In fretta; cerchiamo di non dare nell'occhio. Camminiamo sotto i portici finché è possibile: se riusciamo a raggiungere il barbacane senza che nessuno ci fermi, saremo fuori in un baleno.»

La mano dell'amica la trattenne. «Perché, Lennie?» chiese con dolcezza. «Avevate pure intenzione di rivelare la vostra identità al Leone Bianco, prima o poi. Perché fuggire?»

Eleanor strinse le labbra, cercando di tenere a bada il senso di nausea. «Sì, glielo avrei detto. Ma che lui venga a saperlo così, davanti al conte, sarebbe un'offesa troppo grande.» Scosse la testa. «Non me la perdonerebbe mai.»

Nello sguardo di Ailith comparve una scintilla di consapevolezza che le fece male. Non le importava di sembrare incongruente, ma non voleva suscitare la pietà di nessuno. «Andiamo» ripeté. E si tirò il cappuccio fin sulla fronte.

La corte era più affollata e rumorosa del solito, perché, dopo il diluvio di quei giorni, la gente di Evershine approfittava del pallido sole autunnale per riparare i guasti provocati dal fango e dalla pioggia. Eleanor tenne gli occhi bassi e camminò in fretta rasente i muri, pregando che nessuno la fermasse. Il cuore le batteva in petto e nonostante l'aria fosse frizzante, sentiva il sudore impregnarle la camicia e inzuppare i capelli raccolti sotto il velo che iniziava a odiare. Il momento più difficile si stava avvicinando: doveva passare di fronte alla Sala Grande e non c'era modo di evitarla. L'unica speranza era che tutti fossero troppo impegnati nella preparazione del banchetto in onore di Warwick, per far caso a due figure avvolte in scuri mantelli.

Un passo dopo l'altro, le mani infilate nelle maniche, il mento affossato nel petto, i piedi trattenuti a fatica dallo spiccare una corsa. Oltrepassò la prima finestra, poi la seconda. Solo l'arco d'ingresso e pochi gradini la separavano ormai dal salone di rappresentanza.

Uno scalpiccio le risuonò improvviso nelle orecchie come un rullo di tamburi, ma forse era solo un servo, inviato di corsa alle cantine; doveva ignorarlo, così non sarebbe accaduto nulla di male.

Fare finta di niente.

Le sue illusioni s'infransero contro un muro. Di carne e sangue: più caldo, ma non meno solido della pietra di cui era costruito Evershine.

«Dove credete di andare, signora?»

"Buon Gesù, perché non mi hai ascoltato?" Il respiro spezzato e la gola che bruciava per l'emozione, deglutì in modo convulso, cercando di riguadagnare la parola. «Lasciatemi andare» riuscì a dire. Ma la frase, invece di suonare convinta, le uscì dalle labbra non più forte di un gracidio.

«No.» D'Arcy non si spostò neppure e lei rimase così, con il volto quasi seppellito nel suo petto.

«Per... per favore.»

«Perché?»

Scosse la testa, sperando che smettesse di parlare, di dirle ciò che non voleva sentire. Non da lui, non con quel tono di dolce rimprovero che le graffiava l'anima più di un raffio. Il sudore le si ghiacciò all'improvviso e prese a battere i denti.

«Una persona importante onora la mia mensa. E voi, proprio oggi, proprio ora, avete deciso di fuggire dal castello. Da me. Lasciare la mia casa come se foste una ladra. No, non posso permettervelo.»

La disperazione le diede la forza. Rialzò la testa di scatto, senza far caso al cappuccio che le scivolava all'indietro.

«Sono vostra ospite, non una prigioniera, e se ho deciso di proseguire il pellegrinaggio non c'è nessuno che possa impedirmelo. Non voi, non Warwick. E adesso...»

Non riuscì a finire la frase. Una voce, che ancora aveva il timbro aspro dell'adolescenza la interruppe con entusiasmo. «Madamigella Lyon, che sorpresa! Non sapevo che aveste deciso di venire a Evershine!»

Eleanor chiuse gli occhi, certa che avrebbe perso i sensi. Non sentiva più nulla: nessuna voce, non un grido o una risata. Neppure il mormorio leggero del vento. Purtroppo, non svenne. A fatica, riaprì le palpebre e colse l'espressione del giovane Jack che la fissava. E quella, curiosa e sconvolta, dello scudiero di Warwick che lo accompagnava.

Guardò D'Arcy: il suo volto era una maschera di pietra.

Una violenta imprecazione la fece sussultare.

«Dunque è così. *Lennie. Eleanor.* E io che avevo immaginato... Maledizione!» La afferrò per un braccio e prese a strattonarla, obbligandola a seguirlo.

«Lasciatemi» ripeté, mentre si divincolava, al limite della disperazione. Il pensiero che la trascinasse all'interno in quel modo, come una bambina in punizione, era troppo orribile.

D'Arcy, allontanati tutti gli altri con uno sguardo omicida, ignorò i suoi tentativi. Tuttavia, saliti i gradini e varcata la soglia, non la fece entrare nella sala, ma la sospinse nel piccolo vestibolo che si apriva sulla sinistra.

Si chiuse la porta alle spalle e rimase a fissarla in silenzio.

Eleanor si morse a sangue il labbro: doveva fermare il tremito che la scuoteva. Per il ribollire delle emozioni, la collera e un filo di rimorso. Non per paura. Mai, per paura. Raddrizzò la schiena e spinse il mento in fuori. «E adesso? Che cosa avete intenzione di fare?»

«Spogliarvi. No, non in quel senso» ghignò «anche se non nego che potrebbe essere uno spettacolo gradevole. Quello che voglio è che vi leviate, una volta per tutte, il maledetto velo e queste bende da sudario che v'incorniciano il volto.»

«Smettetela di bestemmiare! Le monache sono spose del Signore.»

«Voi non siete una monaca e neppure una novizia. L'unico *Signore* di cui siete sposa sono io.»

«Ah, davvero? Avete forse perso la memoria?» Si piantò le mani sui fianchi. «La vostra nota di ripudio era chiarissima: stringata, gelida e scortese, ma chiarissima. Volete che vi ripeta le vostre stesse parole? Sono scritte qui e qui.» Si sfiorò fronte e petto con un dito.

Le iridi di D'Arcy s'incupirono e divennero di un blu opaco. «Non è necessario.» La sua voce si abbassò di tono. «E non c'è tempo, ora, per discuterne. Di là» indicò la sala oltre l'uscio «c'è Warwick che ci aspetta. Non intenderete presentarvi a lui in questo modo, credo. O forse sì?» Il suo sguardo divenne tagliente come una lama d'acciaio. «Gli avete denunciato il mio comportamento e ora intendete rincarare la dose, fingendovi tanto distrutta da voler prendere i voti.»

«Non gli ho *denunciato* un bel niente!» sbottò lei, ora davvero in collera.

«E dovrei credervi? Dopo che vi siete introdotta in casa mia con l'inganno, sotto un falso nome e ancor più falsi abiti?»

L'ira sbollì di colpo. Come spiegargli le sue ragioni? E l'avrebbe creduta, poi? «Warwick non sa dell'accaduto. Non gli ho detto nulla» si limitò a ripetere con ostinazione.

D'Arcy le lanciò uno sguardo diffidente. «Se questo è vero» disse dopo qualche istante «forse posso ancora evitare una figura da perfetto idiota. Provate a immaginare cosa sarebbe accaduto se vi avessi presentato al conte come una pia pellegrina.»

«Lasciatemi andare e nessuno saprà nulla.»

«Credetemi, la notizia gli è già stata sussurrata all'orecchio. Volete sul serio continuare con questa mascherata e passare per un'impostora, che si nasconde sotto false vesti? Ah! Arrossite. Vedo che cominciate a capire. E dunque, ora c'è solo un modo per rimediare a tutto questo.»

«Quale?» domandò, la voce ridotta a un filo, in attesa di una risposta fin troppo facile da intuire.

«Levatevi di dosso questi stracci e rivestitevi. Scioglietevi i capelli come si conviene a una fanciulla non ancora maritata e poi raggiungetemi nella sala del banchetto.» Posò la mano sulla maniglia della porta, ma prima di aprirla si voltò di nuovo.

La sua voce si fece all'improvviso densa e calda, vino addolcito con miele. «Fate presto. Io vi aspetterò.»

Il suo sguardo la avvolse, tutta, come un mantello.

O l'abbraccio di un amante.

Un fremito la attraversò dalla nuca fino alla punta dei piedi.

«In che guaio mi sono cacciata!» Eleanor strattonò il velo con tanta foga da lacerarlo. Affrontò il soggolo, ma le dita le s'impigliarono nelle bende.

Ailith intervenne, calma. «Lasciate fare a me o finirete per strangolarvi. Ecco fatto. E ora, il vestito: voltatevi, per favore.» Sciolse i nastri e le sfilò le maniche, poi la aiutò a liberarsi di quella sorta di rozzo saio. Scosse l'abito che aveva tirato fuori dall'involto e glielo porse, con un'occhiata dubbiosa: «Non è per niente in ordine. »

«Non fa nulla, dai qua.» Lo indossò con più rabbia che gioia, anche se doveva ammettere che il morbido velluto era un balsamo per la sua pelle arrossata. Aggiustò la scollatura, tirandola sul seno per quanto possibile; nonostante fosse modesta, le sembrava ora fin troppo audace, ma la colpa era delle sue curve abbondanti e non poteva far nulla al riguardo.

«Volete strappare anche questo? Su, fatevi sistemare i capelli.» Ailith la costrinse a sedere sullo sgabello poi le sciolse le chiome. «Vorrei essere abile come la vera ancella di una dama» sospirò. «So fare il filo a una spada, ma neppure un'acconciatura degna di questo nome.»

«Sei bravissima, invece. E poi, non serve molto. "Scioglietevi i capelli come si conviene a una fanciulla non ancora maritata", ha detto. Ah! Mi verrebbe voglia di tagliarli corti come i tuoi, solo per ammirare la sua espressione.»

L'amica ridacchiò. «Non vi avevo mai vista così.»

«Così? Che cosa vuoi dire?»

«Sembra che stiate per prendere fuoco da un momento all'altro »

«Sono solo i miei capelli rossi» sbuffò lei. La tensione, però, si era allentata e riuscì a sorridere. «Sul serio, Ailith, non darti pena.»

«State ferma. Ecco, solo un attimo.» Si scostò un poco, la osservò con aria critica, fermò una ciocca sfuggita alla treccia sottile che le incoronava il capo. «Ora siete perfetta. Il Leone Bianco rimarrà a bocca aperta per la sorpresa. E poi tenterà di mangiarsi i gomiti al pensiero di aver rinunciato a sposarvi.»

Nonostante tutto, quell'immagine le strappò un sorriso. «Cara Ailith! Grazie, amica mia. Adesso, credo, sono davvero pronta. In fondo, sapevo che alla fine saremmo giunti a questo. E a dirla tutta sono curiosa di vedere come D'Arcy giustificherà con Warwick il suo rifiuto.»

Burton aprì le porte della sala.

Si schiarì la voce e annunciò: «Madamigella Lyon, mio signore.»

Eleanor sapeva di avere gli occhi di tutti su di sé. Li percepì, spilli che le pungevano la pelle.

Le suole che sembravano incollate al pavimento e il cuore che batteva impazzito in gola, si costrinse ad avanzare, a malapena consapevole di Warwick, al centro della lunga tavola; accanto a lui, anche Vernon e lady Fleur erano niente più che due sagome dai contorni imprecisi.

D'Arcy, invece, si era alzato e la stava fissando.

*Un passo, un altro. Non sono svenuta prima, quando mi avrebbe fatto gioco. Non lo farò neppure ora. Non mi coprirò di vergogna davanti a tutti.*

Lui scese dalla pedana e si fermò ad attenderla.

*Perché mi guarda in quel modo? Sembra che voglia divorarmi. È una sciocchezza: non può farlo sul serio.*

All'improvviso, stese il braccio e le porse la destra, in un chiaro invito. Il volto serio e affilato era impassibile quanto quello di una statua, ma gli occhi erano un fuoco blu. Comandavano, chiedevano, pregavano; era impossibile ignorarli.

Senza neppure rendersene conto, Eleanor posò la mano sulla sua. Sentì il pollice sfiorarle le nocche in una carezza lieve che forse voleva rassicurarla e che, invece, le fece tremare il cuore.

Poi, le si mise a fianco. Chinò il capo davanti a Warwick nel saluto formale, mentre lei eseguiva una riverenza.

*Ecco: il peggio è passato. Ora lui dirà il mio nome, io sorriderò, il conte mi saluterà. Un piccolo scambio di cortesie e dopo potrò sedermi.*

«Milord.» La voce di D'Arcy risuonò forte e chiara, come se stesse per fare un annuncio. Il silenzio si fece totale.

*Sbrigati, Richard. Non essere così solenne. Devi solo dire due parole di presentazione. Gambe, mi avete portato fin qui, siete state brave. Resistete, ora. Manca poco.*

«Oggi è un giorno felice, perché sono accaduti due eventi che rallegrerebbero il cuore di ogni uomo: la visita del mio signore e quella della mia promessa sposa.»

*Non può essere. Devo aver compreso male.*

Warwick sollevò il calice. «Ben detto, D'Arcy! Mi unisco alla vostra gioia. A quando le nozze?»

Lui rafforzò la stretta. E poi si voltò a guardarla.

Sorrise. «Presto, milord. Molto presto. Non c'è più ragione di attendere.»

# Capitolo 15

Era pallida e bellissima.

Una giovane donna dal corpo voluttuoso stretto in un abito un po' sgualcito, il cui cupo borgogna faceva risaltare la lattea cremosità della pelle. Gli occhi, brillanti di una luce febbrile, spiccavano immensi nel volto pallido, incorniciato dalla chioma più gloriosa che avesse mai visto. Fiamme che chiedevano di essere accarezzate e pazienza se gli avessero ustionato le mani. Il dolore era un prezzo sublime da pagare per una simile ricompensa.

Richard attese fino a quando avvertì il suo profumo. Rose, forse, o gigli. Avrebbe dovuto chiedere a Fleur, perché non era bravo in queste cose, anche se era certo che nessun distillato potesse eguagliare quella fragranza: era sua e di nessun'altra.

Protese il braccio e la mano, incoraggiandola con lo sguardo. Eleanor ubbidì, solo un po' titubante.

Aveva le dita ghiacciate, ma non tremavano.

Ah, la piccola volpe! L'aveva costretto a giocare una partita alla quale aveva rinunciato mesi prima: e non per se stesso, ma per lei, perché sapeva che l'avrebbe distrutta. Aveva inteso salvarla da un matrimonio che le avrebbe solo arrecato dolore, ma lei aveva rimescolato le carte. Adesso, volente o meno, non avrebbe più potuto tirarsi indietro. Non glielo avrebbe permesso.

S'inchinò a Warwick e attese che lei si rialzasse dalla riverenza. Pronunciò le parole che avrebbero segnato il destino di entrambi.

*La mia promessa sposa.*

Le strinse un poco la mano. Poi, i rallegramenti di Warwick, l'inevitabile domanda sulle nozze, l'altrettanto inevitabile risposta.

Nella sala risuonarono esclamazioni di gioia e felicitazioni, che accettò con un cenno.

Lei era immobile al suo fianco, neppure l'ombra di un sorriso sulle labbra, bianche come se fossero intagliate nel marmo. «Venite, madamigella» la spronò. E si fece più vicino nel caso vacillasse.

Eleanor, però, salì i gradini della pedana senza bisogno di aiuto e anzi accolse con grazia l'invito di Warwick che la chiamava al proprio fianco. Sedette fra il conte e Ralph: una disposizione del tutto accettabile, anche se sapeva benissimo che l'aveva fatto per stargli il più lontano possibile.

Non gli restò che prendere posto dall'altro lato, fra Sua Signoria e Fleur.

«Quale sorpresa mi avete riservato, Eleanor Lyon!» Warwick fece cenno al coppiere che si affrettò a riempirgli di nuovo il calice. «Avete deciso di affrontare il Leone nella sua tana, dunque! Ben fatto. D'altronde, dev'essere qualcosa legato al destino del vostro nome.» Sorrise della propria battuta, ma i suoi occhi acuti erano del tutto seri. «Avevo iniziato a preoccuparmi, in effetti, poiché avevo sentito dire... ah, non importa. Mai dar retta a sciocche chiacchiere di saltimbanchi.»

«Sono inaffidabili, milord» convenne lei. E chinò la testa sul piatto, come se occuparsi delle quaglie ripiene che le avevano appena servito fosse un'occupazione di fondamentale importanza, che richiedeva la massima attenzione.

Richard avrebbe voluto fare lo stesso ma, naturalmente, non gli fu possibile.

Nonostante le portate si susseguissero e il vino scorresse in abbondanza, Warwick, dopo aver accantonato l'argomento delle nozze, prese a recriminare sulla situazione politica: tutti sapevano che Edward era stato incoronato grazie al suo appoggio, eppure il giovane re aveva preso a sottovalutarne i consigli. Negli ultimi mesi, lo aveva persino allontanato dalla corte con scuse assai poco credibili.

Richard, pur conoscendo le abitudini del suo ospite, che non si faceva scrupolo di trattare argomenti simili durante un banchetto e alla presenza di dame, fu tuttavia alquanto stupito dal fatto che continuasse a chiedergli la sua opinione e talvolta, anzi, sollecitasse una critica nei confronti del sovrano. Come se volesse mettere alla prova la sua fedeltà alla casa di York.

Pertanto, accolse con sollievo l'improvviso mutare di argomento e l'interesse che il conte mostrò nei confronti di Evershine.

«Su questo» ammise volentieri «sir Ralph potrà rispondervi con più dovizia di me.» E quando la conversazione fra Warwick e suo cugino si fece più intensa, poté finalmente rilassare i muscoli indolenziti per la tensione contro lo schienale della sedia.

«Avreste potuto avvertirmi riguardo alle vostre intenzioni» gli bisbigliò Fleur. «Non sapete che le emozioni improvvise possono nuocere alle donne nella mia condizione? Ho trattenuto il fiato tanto a lungo che sarei potuta svenire.»

Lui le lanciò uno sguardo fra il divertito e l'esasperato. «Siete molto più forte di quanto vi piaccia far credere» ribatté. «E non tentate di farmi sentire in colpa. Se proprio volete accusare qualcuno, rivolgetevi a madamigella Eleanor.»

«E perché mai dovrei accusarla? Nessuno più di me può capire la sua necessità di presentarsi in incognito. Sapete bene che, un tempo, l'ho provata anch'io. E applaudo al suo coraggio. Ma il fatto che vi siate deciso a sposarla...» Scosse la testa. «Ne sono più che felice, come ben sapete, ma confesso di non capire come mai abbiate cambiato idea all'improvviso.»

Richard afferrò il calice e inghiottì un sorso di vino senza neppure sentirne il sapore.

Cosa avrebbe potuto risponderle? Che non aveva voluto disonorare se stesso o piuttosto Eleanor davanti a Warwick? Che aveva inteso vendicarsi di quello che gli era apparso come un perfido inganno ordito ai suoi danni? Che l'ira, la frustrazione e, lo ammetteva, una passione tanto assurda quanto insopprimibile lo avevano reso cieco e sordo a ogni altra possibile soluzione?

C'era tutto questo dietro la sua decisione improvvisa, ma anche molto di più.

*Eleanor.*

Una ragazza dai capelli di fiamma, che una sera di quattro anni prima aveva desiderato riscattare da un destino infame e proteggere per il resto della vita. Era stato pronto a sposarla, niente di meno. Lui, che rifuggiva persino l'odore delle nozze come un miasma mefitico.

Una promessa sposa che aveva rifiutato.

Un rimorso che lo teneva sveglio, la notte.

*Lennie.*

Una giovane donna che gli si era presentata in abiti umili e dimessi, una piccola volpe dagli occhi come laghi a primavera, che aveva ricambiato il suo bacio con un ardore che lo aveva risvegliato alla vita.

Una quasi-novizia che non avrebbe mai potuto avere.

Una passione che gli aveva incendiato il sangue, con lo stesso risultato.

Erano giorni che si malediceva per la propria incongruenza, odiandosi perché non sapeva venire a capo di quell'assurda situazione.

E poi, all'improvviso, aveva scoperto che le *due* erano *una*: un'unica, meravigliosa, splendida, affascinante creatura.

Così, aveva agito. D'impulso, prima che la ragione gli gridasse che stava commettendo l'errore più terribile della sua vita.

Prima che l'onore insorgesse a ricordargli i motivi che lo avevano spinto a ripudiarla.

E poi, era stato troppo tardi.

Anche ora, gli sembrava di vedere il proprio destino appeso sulla sua testa per un crine, come la spada di Damocle.

Un altro sorso di vino. Un respiro profondo.

Bene, il dado era tratto e non restava che abituarsi a quella sensazione. Cercò di giustificarsi dicendosi che lei lo aveva ingannato per prima; sapeva, però che la sua era stata una specie di recita, destinata a durare solo qualche giorno. Al contrario, lui avrebbe dovuto imparare a convivere con quel rimorso per tutto il resto della vita. Augurandosi che non scoprisse mai la verità, soffrendo e odiandosi per questo. E per aver macchiato per sempre il proprio onore.

Eppure.

Una scintilla di speranza gli si accese in petto. Debolissima, ma vi aggrappò con la stessa disperazione del capitano di una nave che torni a scorgere la stella polare dopo aver perduto la rotta a causa del fortunale.

No, non l'avrebbe lasciata spegnere.

L'avrebbe protetta e alimentata.

A costo...

*A qualunque* costo.

Indaffarata quanto un'ape nell'alveare, Ailith ripose quel po' di bagaglio nella cassapanca intagliata e riattizzò il fuoco nel caminetto. «Così, lo sposerete, dopotutto» affermò, mentre passava a preparare il letto per la notte.

Eleanor, dal sedile sotto la finestra, restò a guardarla. Avrebbe voluto aiutarla, ma non c'era molto altro da fare. E poi si sentiva stanchissima, la testa le girava e aveva la nausea.

Il banchetto non era ancora terminato e già la notizia della sua vera identità aveva fatto il giro del castello.

Se n'era accorta subito, dai sorrisi e dalle riverenze delle donne e dagli sguardi degli uomini, senza neppure più un'ombra di sfacciataggine: se prima, infatti, qualcuno aveva osato rivolgerle un'occhiata di apprezzamento, nonostante l'abito quasi monacale, ora nessuno era tanto sciocco da rischiare di incorrere nell'ira del Leone Bianco.

Perché tutti avevano capito che sarebbe diventata sua moglie.

Non riusciva ancora a capacitarsi di quello che era accaduto.

In passato, aveva vissuto molte volte, nei suoi sogni a occhi aperti, una scena simile a quella. Aveva immaginato l'annuncio delle nozze, se stessa e D'Arcy, mano nella mano, sorridenti e felici. Il giubilo della loro gente, l'approvazione sul viso delle persone care.

La realtà, al contrario, era stata un incubo.

Aveva percepito lo sguardo stupito di Fleur e incontrato quello imbarazzato di sir Ralph. Il volto di Warwick era una maschera impassibile, mentre l'assenza di Oliver era un vuoto che nessuno poteva riempire. E poi la sensazione di essere risucchiata da un vortice imprevisto, al quale non poteva opporsi.

Come avrebbe potuto immaginare che Richard si sarebbe spinto tanto in là, al punto da presentarla come sua promessa sposa?

Soprattutto, perché l'aveva fatto?

Il resto del banchetto era stato un supplizio.

Aveva raggiunto il tavolo senza inciampare, grazie al Cielo, ma non sapeva proprio come fosse riuscita a camminare e a sedersi. A rispondere al saluto di Warwick o alle felicitazioni di Fleur. Aveva mangiato? Non ne era sicura. Aveva parlato, sorriso, ascoltato? Credeva di no. La confusione e lo stupore le avevano annebbiato la mente, lasciandola stordita.

Non aveva formulato un solo pensiero coerente fino alla fine di quella farsa, quando aveva potuto lasciare la sala. Con un solo desiderio: stendersi sul suo giaciglio e dormire. Per dimenticare. E scoprire, al risveglio, che era stato tutto un brutto sogno. Si era diretta alla foresteria, ma una fantesca l'aveva fermata: i bagagli di milady, aveva precisato con un inchino, l'aspettavano nella sua nuova stanza, nel mastio.

Aveva provato la tentazione di gridare e dire che era tutto uno sbaglio. Invece si era affrettata su per le scale, come se temesse di essere inseguita. Per fortuna, Ailith, la stava aspettando.

Eleanor si era sfogata con lei e, pian piano, aveva iniziato a riprendersi. Ma più raccontava l'accaduto, più sentiva crescere in seno un profondo senso di ribellione.

«Non ho ancora deciso» proclamò a voce alta. «In fondo, sono stata ripudiata, no? Con tanto di risposta scritta.»

«Che, però, avete bruciato.»

«È vero.» Prese a mordicchiarsi un'unghia, poi se ne accorse e intrecciò con forza le mani in grembo. «Ma D'Arcy non può far finta di non avermela inviata. Oltretutto, c'è sempre la testimonianza del suo scudiero.»

L'altra le scoccò un'occhiata un po' triste, un po' rammaricata.

«Perdonatemi, ma non credo che sia questo a fare la differenza. Eccovi qui, subito insediata in una bella camera del mastio, come si conviene alla signora di Evershine. È già stato inviato un carro ad Arrowgate Manor per riportare i vostri bauli e ho sentito dire che sir Ralph ha sollecitato l'arrivo di un prete dal priorato di San Martin, per benedire le nozze nella cappella del castello.» Scosse il capo. «Sinceramente, non mi sembra che abbiate molta scelta.»

Lei balzò in piedi. Si sentiva andare a fuoco. «Sì che ce l'ho! Posso sempre rifiutarmi di pronunciare i voti nuziali. Anche all'ultimo momento.»

«Lo fareste sul serio? E perché? In fondo, fino a poche settimane fa, attendevate il matrimonio con impazienza. E il Leone Bianco sembra essere ritornato sui suoi passi. Ve l'avevo detto che, vedendovi, si sarebbe pentito di avervi liquidato con una stupida nota.»

«Ah! Ma non può essere questo, capisci?» Prese a torcersi le mani e a percorrere la stanza a passi inquieti. «Ha fatto, disfatto e rifatto ogni cosa, a suo piacimento. Come se io fossi un burattino di legno, senza cuore, senza sentimenti. Da lasciare e riprendere, secondo il capriccio del momento.»

Ailith alzò le spalle. «È un uomo potente. E voi, solo una donna.»

Eleanor la fronteggiò, le mani sui fianchi. «Proprio tu mi dici questo? Tu che ti vesti come un maschio e sai tirar di freccia meglio di un arciere?»

«Proprio io, mia signora.» Sostenne il suo sguardo con calma, ma gli occhi chiari le si velarono di tristezza. «Una donna non può scegliere, neppure se è stirpe di re.» La voce le si era abbassata a un sussurro roco. La schiarì e riprese: «Il vostro caso, però, è diverso. Sposare milord non vi dispiaceva affatto e, ora che l'ho conosciuto, ammetto che si tratta di un uomo affascinante oltre che potente. Perciò, fossi in voi, metterei da parte l'indignazione e sarei felice del suo ripensamento.»

«*Ripensamento*. È proprio questo il punto. Che cosa l'ha determinato? Forse la presenza di Warwick? Non ha senso. D'accordo: non gli aveva ancora comunicato il suo rifiuto di sposarmi, ma prima o poi sarebbe comunque venuto a saperlo; doveva pur averlo messo in conto.» Si prese la testa fra le mani, mentre cercava di rimettere ordine nel caos di pensieri che le turbinavano nella mente. «E che ne è stato delle circostanze che rendevano "inattuabile" il nostro matrimonio? Sono svanite nell'aria all'improvviso?»

Seria, Ailith meditò qualche attimo in silenzio. «Non è da escludere. Le circostanze, in effetti, potrebbero essere mutate. Forse, è stato proprio il vostro arrivo a Evershine, il coraggio che avete dimostrato, che gli ha fatto riconsiderare la questione. Lord D'Arcy non mi è parso una persona irragionevole.»

«E io dovrei accettare il matrimonio così, su queste basi?» ribatté, caparbia.

«Cos'altro potreste fare? Sul serio, intendo.»

«Io voglio capire. Prendermi del tempo, se necessario. L'ho atteso quattro anni solo per avere, alla fine, un rifiuto. Ora, se ha cambiato idea, che sia lui ad aspettare un poco.»

«E come pensate di convincerlo?»

«Andrò a parlargli. Lo costringerò ad ascoltarmi: gli ricorderò l'affronto che ho subito a causa sua e gli dirò che non mi sento ancora pronta a superarlo. Sarò ferma e determinata. E, in un modo o nell'altro, otterrò soddisfazione.»

# Capitolo 16

Un comportamento inappropriato, Eleanor ne era consapevole. Anche se non del tutto insolito: chiunque l'avesse scorta mentre sgattaiolava nel corridoio verso la camera di D'Arcy, avrebbe pensato che i due fidanzati intendessero concedersi un anticipo sulla prima notte di nozze. E avrebbe chiuso un occhio, con indulgenza. Il matrimonio, dopotutto, era stato annunciato. E alla presenza di Warwick.

Alzò la candela verso destra, poi a sinistra, ma la luce tremula non rivelò nessuna presenza.

Tese l'orecchio per cogliere il suono di passi: nulla, neppure un fruscio sospetto. Anche i topi dovevano essere sfiniti di stanchezza, oppure avevano lasciato Evershine, per andar dietro al numeroso seguito di Sua Signoria.

Non era per nulla tardi, ma la giornata era stata lunga e difficile per tutti; così, dopo la partenza del conte, D'Arcy aveva annunciato la sua intenzione di ritirarsi, un esempio subito seguito da sir Ralph e da lady Fleur.

Quanto a lei, quella sera non sarebbe scesa a cena neppure se fosse stato presente re Edward in persona.

Serrò la mascella per impedire a quei codardi dei denti di battere e si decise a muovere i primi passi, staccandosi dal muro. Ormai, non aveva più senso indugiare.

Davanti alla porta della stanza padronale esitò, in un ultimo istante d'indecisione. Deglutì, strinse il pugno, prese un respiro profondo e bussò con forza.

Nessuna risposta.

Nessun rumore.

Forse, a causa del robusto legno di quercia o del battito assordante del suo cuore. Oppure, lui si era addormentato.

Contò fino a dieci e sollevò di nuovo il braccio.

D'Arcy spalancò l'uscio all'improvviso.

Doveva aver interrotto i suoi preparativi prima di andare a letto, almeno a giudicare dall'abbigliamento sommario. Molto sommario, per la verità. Un paio di calzebraghe aderenti e nient'altro.

Eleanor era del tutto impreparata alla vista di quel torace ampio e muscoloso, dorato da una bionda peluria e dalla luce della candela. La gola asciutta e le mani che tremavano, abbassò lo sguardo, ma la vista dei suoi piedi nudi le risultò altrettanto intima e sconvolgente.

Rialzò di scatto la testa e incontrò il viso che era entrato nei suoi sogni quattro anni prima: i capelli, che gli spiovevano lunghi e disordinati sulle spalle, la bocca, il cui sapore non avrebbe più dimenticato, gli occhi profondi e insondabili.

«Che diamine! Voi!» La sorpresa nella sua voce lasciò il posto alla preoccupazione. «Che succede? Vi sentite male? Siete in pericolo? Qualcuno ha osato importunarvi?»

«No!» lo interruppe in fretta. «No.» Si umettò le labbra rigide. Articolò a fatica: «Dobbiamo parlare.»

Lui la fissò per un lungo istante, poi si scostò e le fece cenno di entrare, mentre scrutava le ombre del corridoio per assicurarsi che nessuno l'avesse seguita.

Finalmente, chiuse la porta, la prese per un gomito e la accompagnò fino alla panca a lato del caminetto. Le tolse la candela di mano e la posò sulla mensola. «Sedetevi.»

Se le gambe fossero state più salde, avrebbe rifiutato volentieri, ma nello stato in cui era, avrebbe finito per fare una misera figura. Così si sedette, la schiena dritta e rigida; decisa a rientrare in sé dal turbamento che l'aveva colta, evitò di guardarlo e si concentrò sul resto della stanza.

Era più piccola di quanto avesse immaginato: un letto piuttosto imponente, un tavolo con una sedia e una cassapanca completavano l'arredamento essenziale e assai semplice. Niente tappeti, neppure un arazzo per rivestire i freddi muri di pietra.

D'Arcy si schiarì la voce. «So di dovervi alcune spiegazioni e altre ne attendo da voi. Pensavo, però, che ne avremmo discusso domattina, con calma. Certo, non mi aspettavo una vostra visita a quest'ora.» Un istante di silenzio, e poi: «Avete delle strane abitudini, Eleanor.»

L'ironia di quella frase non celava del tutto un certo compiacimento. Lo avvertì nel modo in cui pronunciava il suo nome, quasi gli derivasse da un diritto ormai acquisito.

Punta nell'orgoglio, trovò la forza di replicare. «Trovate "strana" l'abitudine alla chiarezza e alla sincerità, milord? Questo spiega, senza dubbio, molte cose. Il vostro comportamento di poche ore fa, per esempio.»

Non le rispose subito, ma si avvicinò e si frappose fra lei e il camino.

Il fuoco ruggiva gagliardo; il bagliore rossastro delle fiamme ne circonfuse la figura e rese più cupi e netti i contorni. «Siete sicura di poter reclamare questa qualità come vostra, signora?»

Il sarcasmo era tinto di una lieve amarezza, che le causò un piccolo tuffo al cuore. Non voleva ritrovare quella stessa amarezza nei suoi occhi, ma neppure osava abbassare lo sguardo sul petto nudo, scolpito dall'esercizio delle armi.

E poiché non sapeva dove guardare, serrò le palpebre.

Un errore che minacciò di travolgerla.

Svincolata dalla realtà, si trovò in balia delle fantasie più assurde, stimolate dagli altri sensi: sentiva il suo respiro e percepiva l'odore della pelle. Le dita le prudevano dal desiderio di accarezzare, prima in modo lieve e poi audace, i muscoli gonfi e tesi delle braccia, del torace. Provava il desiderio assurdo di sfiorare con le labbra i capezzoli piatti e scuri, per vedere se s'irrigidivano così come stava accadendo ai suoi.

Una reazione tanto intensa da spaventarla. Stava forse impazzendo? Come mai non riusciva a ricordare neppure una delle ragioni che l'avevano portata da lui? Dov'era finito il discorso sensato, preparato con tanta cura?

Richard doveva aver letto la confusione sul suo viso. «Eleanor?» la sollecitò. E poiché non riusciva a rispondergli, insistette: «Lennie?»

*Lennie.*

Un sasso gettato nell'immobilità stagnante della mente.

I ricordi si allargarono in ampi cerchi, ma al centro, comunque e sempre, il momento in cui l'aveva stretta tra le braccia. E baciata.

La forza che si era sciolta in tenerezza, liquefatta in passione e poi, di nuovo, condensata in un bisogno urgente che non aveva saputo spiegarsi né, tantomeno, gestire.

«Non sono venuta qui per questo» ansimò, con un filo di voce.

«*Questo?*» La prese per le spalle e la costrinse ad alzarsi.

Si ritrovò il camino alle spalle, ma non era il fuoco a provocarle il sudore che sentiva scenderle lungo la schiena. Serrò ancora di più gli occhi. Non poteva, non *doveva* guardarlo o, sul serio, non sarebbe più riuscita ad articolare neppure una parola.

«Non sono una ragazza, una donna, di facili costumi.»

«Tacete. Non l'ho mai pensato.» La sua voce si abbassò.

Non un sussurro; piuttosto un tono profondo, quasi di gola, che rassicurava e, nel contempo, sembrava metterla in guardia. Non sapeva da cosa, ma provò lo stesso una strana contrazione al ventre.

«Non ora e neppure quattro anni fa, quando vostro... quando Lyon tentò di vendervi a Warwick. Ed eravate solo una fanciulla innocente.»

«Non è per questo motivo, allora, che avete rifiutato di sposarmi?» Aveva coltivato quel dubbio dentro di sé e stava diventando un'ossessione. Si era rimproverata per il modo indecente in cui, fuori della cappella, gli si era strusciata contro: con il suo comportamento sfrontato aveva vanificato anni di condotta irreprensibile e magari rafforzato i dubbi che lui poteva aver nutrito a causa del fango che Lyon le aveva gettato addosso.

«Guardatemi, Lennie.»

Sollevò le palpebre, più pesanti del piombo. Quant'era vicino! Piccole gocce le imperlarono il volto.

D'Arcy le serrò la testa fra le mani, i pollici che premevano sulle tempie. Non poteva più abbassare gli occhi né guardare da un'altra parte. Perché doveva farlo, poi? In fondo, aveva messo in gioco tutto proprio per quell'attimo di verità. Lasciò andare il respiro che aveva trattenuto e si decise a fissare il suo volto.

«Non ho mai pronunciato una menzogna in tutta la mia vita e non ho intenzione di iniziare ora. Con voi. Credetemi.»

Lei annuì.

«Bene. I motivi che mi hanno spinto a rifiutare il matrimonio non riguardano affatto la vostra moralità. La mia scelta non è dipesa da questo.»

Eleanor avrebbe dovuto sentirsi rassicurata. Ma la tensione che gli illividiva il volto, le rughe sottili attorno alla bocca e l'angoscia che, così da vicino, ora poteva cogliere nella profondità dei suoi occhi, la sconvolsero più di quanto le parole potessero tranquillizzarla.

Deglutì a fatica. «E dunque, qual era il significato del vostro messaggio? E perché, ora, avete rinnegato davanti al conte la decisione già presa?»

Lui strinse le labbra. «Non sareste mai dovuta venire fin qui. A Warwick avrei spiegato le mie ragioni con calma e al momento giusto. Mi avete forzato la mano, senza lasciarmi scelta.»

«Sì, che l'avevate! Potevate dirgli la verità. Che non intendevate sposarmi e che io... che io...»

«Che voi? Ecco, proprio questo è il punto. Perché siete venuta a Evershine, travestita da pellegrina, per di più? Qual era il vostro intento?»

Eleanor si sentì come un animale in trappola. Era andata per chiedere spiegazioni, non per essere interrogata. Come aveva fatto a cacciarsi in quella situazione? Cercò di allontanarsi, ma era prigioniera fra lui e il fuoco. «Lasciatemi» sibilò.

«Da quando vi ho conosciuto, non fate che chiederlo. O ordinarlo. Mi dispiace, Lennie. Non posso.»

«Non *volete!* È diverso» boccheggiò. E si guardò intorno, con la speranza e la disperazione insieme, di chi cerca una via di fuga e sa che non riuscirà a trovarla.

«E va bene.» Il tono definitivo s'impose alla sua attenzione. «Non *voglio.* Siete soddisfatta, ora? Che cosa cambia, alla fine?»

Si morse un labbro. «Perché?»

Le sollevò una ciocca di capelli. «Mi hanno tormentato per quattro anni.»

Quasi ragionando fra sé e sé, la strofinò piano fra i polpastrelli, la annusò. Infine, gliela sistemò dietro l'orecchio. «La tua aureola fiammeggiante era l'unico particolare che conservavo di te: quante volte mi sono domandato se fossero davvero tanto rossi o se il riverbero del fuoco mi avesse giocato uno scherzo! La giovane *Eleanor* dai capelli di fuoco. Poi, è arrivata *Lennie*: una donna misteriosa, che diceva di essere una pellegrina e vestiva come una novizia.»

Si chinò sulla clavicola, lasciata scoperta dalla scollatura dell'abito. «Occhi luminosi, pelle di porcellana» le mormorò contro la gola. «Ma erano i tuoi capelli, dei quali non riuscivo a vedere neppure l'attaccatura, a rendermi inquieto.» Prese a risalire lungo il collo, sfiorandolo con le labbra. «Dovevo immaginarlo che mi avrebbero fatto impazzire.»

Lei non riuscì a muoversi; era una farfalla trafitta da uno spillo. «Non può essere. Non avete certo cambiato idea per... D'Arcy, fermatevi!»

«Richard. Di' il mio nome.»

«Smettetela!»

«Dillo.»

«E mi lascerete?»

«Prova.»

«Richard.»

«Brava.» Fece un passo indietro, ma senza liberarla. La tenne stretta, trascinandola però fino al centro della stanza. «Non vorrei che ti bruciassi l'orlo dell'abito. I tuoi bauli arriveranno solo domani.»

Lei riprese fiato e un po' di lucidità. «Voglio una risposta, e la voglio ora. Perché ti rifiutavi di sposarmi? Quali "circostanze" rendevano "inattuabile" il nostro matrimonio?»

«Rammenti sul serio ogni singola parola.» Sospirò, ma non abbandonò la presa. «Non intendevo arrivare a questo, ma ormai non ha senso tacere. Mi dispiace, ma dovrai rassegnarti a non avere figli.»

Ecco, l'aveva detto.

Richard la vide sgranare gli occhi e impallidire. Se questa era la reazione al meno devastante dei motivi che gli avevano fatto decidere di ripudiarla, non voleva neppure immaginare cosa avrebbe fatto nel conoscere tutta la verità.

Era pur vero che, per la maggior parte delle donne, un matrimonio senza figli rappresentava un futuro infame. Maledì se stesso e il destino.

«Ne sei sicuro?» Arrossì un poco nel porgli la domanda diretta, ma non abbassò lo sguardo.

Se glielo avessero detto non ci avrebbe creduto. Invece, si trovò a tirare un sospiro di sollievo mentre le rispondeva con le parole di Fleur. «La ferita che ho riportato in battaglia ha avuto delle complicazioni e mia cugina ritiene che il seme possa essersi indebolito. Non vi è la certezza assoluta, ma...»

«Anch'io potrei non essere fertile. Eppure questo non ti avrebbe impedito di sposarmi» lo interruppe.

La sua voce era gentile. Troppo, lo fece star male. Non poteva permetterle di liquidare con facilità l'unico appiglio razionale che giustificava il suo comportamento. Soprattutto perché non avrebbe saputo cos'altro opporle. L'eccitazione che gli faceva impazzire il sangue nelle vene e pulsare il membro fino a farlo soffrire gli stava annebbiando la ragione; non gli avrebbe permesso di inventarsi nuove e più valide ragioni. In realtà, non gliene veniva in mente neppure una. Dunque, non gli restava che insistere. «Non è la stessa cosa. Nel mio caso, purtroppo, è un sospetto fondato.»

«Se questo è ciò che ti ha spinto a scrivere quel messaggio, ti dirò cosa penso. Ed è più di un *sospetto*» rimarcò lei. «È vero ciò che dicono di te: il tuo senso dell'onore e l'orgoglio sono tanto forti da condizionarti la vita oltre il lecito.» Alzò il mento, gli occhi brillanti di sfida. E di un'ammirazione che gli trafisse l'anima. «Avresti dovuto parlarmene, cavaliere. E io...»

«No!» Le chiuse la bocca con la mano.

Lei non doveva giustificarlo, men che meno attribuirgli meriti che sapeva bene di non avere.

Sì, l'onore si frapponeva fra loro. L'onore e il sangue. L'amore e l'odio. Il pensiero di alleggerirsi l'anima gli tolse il respiro per un istante, ma subito lo allontanò: che senso avrebbe avuto? Le nozze, ormai, erano decise: non le avrebbe annullate e neppure rimandate.

E non per via di Warwick, ma perché, a ogni istante che passava, sentiva crescere il bisogno di lei. Un fuoco che lo divorava e che non gli avrebbe più dato tregua. Voleva seppellirsi nel suo corpo ed entrarle nel cuore. Sentirne la voce e camminarle al fianco. Guardarla negli occhi ogni mattina e immergere le dita nei suoi capelli ogni notte. La *voleva*, e basta.

Si arrese, consapevole che quel desiderio diveniva, da quel momento, la sua condanna. D'altronde, non aveva scelta: come un neonato, appena fuori dal grembo materno, impara a respirare per vivere, così lui doveva accettare il timore che lei scoprisse la verità e decidesse di lasciarlo.

Lennie premette le labbra contro le sue dita.

E poi le dischiuse.

Richard avvertì il tepore del suo respiro, e tutto il resto cessò di avere importanza.

Tolse la mano e le prese la bocca con un bacio.

# *Capitolo 17*

Aveva imparato a volare da bambina.

Quando Lyon la rinchiudeva nella sua stanza, in castigo per qualcosa che non sapeva di aver commesso, oppure nelle lunghe notti di neve che isolavano Arrowgate Manor dal resto del mondo, Eleanor chiudeva gli occhi.

Sognava.

E volava.

Muoveva appena le braccia, imitava il volo degli uccelli e subito si librava, senza fatica. Tornava libera.

Poi era diventata grande e aveva dimenticato.

Mentre Richard la baciava, quella stessa, inebriante sensazione la pervase di nuovo, più viva e forte che mai. Schiuse le labbra e prese a rispondergli; fiato contro fiato, lingua contro lingua, a ogni affondo le sembrava di volare più in alto.

Forse era arrivata in Paradiso.

Il bacio si approfondì; la tenerezza si fece brama di possesso, il piacere divenne bisogno. Sensazioni tanto carnali che avevano a che fare con un proibito Eden terrestre più che con il Cielo. Non per questo erano meno meravigliose.

La stava accarezzando con mani che non si accontentavano di sfiorare, ma la stringevano con forza e si riempivano della sua carne. La distanza fra loro non esisteva più, il calore emanato dal corpo di entrambi tanto intenso da annullare l'ostacolo delle vesti.

Eleanor aveva l'impressione di andare a fuoco, ma era una farfalla notturna attirata da un falò e non poteva sottrarsi a quell'incanto. Sapeva dove tutto questo l'avrebbe condotta, sentiva di essere giunta al limite oltrepassato il quale non sarebbe più stato possibile tornare indietro, ma non riusciva a fermarsi.

Non dopo aver desiderato, tanto a lungo, che accadesse. Per quattro lunghi anni, lei era stata sua.

*Tutta sua.* Lo aveva atteso con ogni fibra del corpo, con ogni pensiero della mente e ogni battito del cuore. Da quella sera a Warwick, non c'era stato nessun altro. Né ci sarebbe mai stato.

Per questo, non aveva accettato il suo rifiuto. Non *poteva* farlo o la sua anima ne sarebbe stata devastata, in modo definitivo e per sempre.

Tutto il resto, erano solo scuse. Ammetterlo non aveva più importanza, ora che era certa che anche lui la desiderasse.

Non vi era alcun dubbio in proposito.

E anche se solo a livello fisico, andava bene lo stesso. Non era tanto ingenua da non sapere che l'amore di un uomo impegnava prima il sesso e solo dopo, e non sempre, il cuore.

Il fatto che per lei fosse il contrario non le importava più. Se Richard voleva un'unione carnale, era pronta.

Tanto pronta, in realtà, che temeva di essere lì lì per liquefarsi come cera. Gli si aggrappò alle spalle: per non cadere e perché aveva desiderato toccarlo in quel modo fin dal primo istante in cui l'aveva visto.

All'improvviso, però, lui interruppe il bacio; le tolse le mani dai fianchi e si scostò.

Di un palmo appena, eppure Eleanor rabbrividì, sfiorata dal gelo dell'incertezza e dell'abbandono. Non avrebbe accettato un nuovo rifiuto: non ora, dopo essere arrivati a questo punto. «Perché?» gli chiese. Lo fissò, pretendendo una risposta.

Lui sostenne il suo sguardo. «Non posso. È sbagliato. Sei venuta da me per ottenere soddisfazione, perché ti ho offesa. Quando ho aperto la porta e ti ho vista...» Un sospiro profondo gli sollevò il petto. «Ho capito subito che avevi intenzione di rifiutare il matrimonio, che non ti importava nulla né di Warwick né di far nascere uno scandalo. Come darti torto, dopo quello che ti ho costretta a sopportare?»

«Richard.»

«No, aspetta. Lasciami finire. Potrei dirti che, finora, non avevo valutato appieno l'intensità dell'offesa che ti avevo provocato, ma non sarebbe una giustificazione. Anzi. In buona fede, però, ritenevo di averti liberata da un destino amaro. Comunque, non ci sono scuse per come mi sono comportato: un cavaliere non dovrebbe mai imporre le proprie attenzioni a una dama. Sono stato un animale e hai ogni diritto a...»

Stavolta fu Eleanor a sigillargli le labbra. Calde, morbide, seducenti: il desiderio di tornare a baciarlo divenne impossibile da sopportare, così si affrettò a togliere la mano. «Smettiamola, D'Arcy. Stiamo sbagliando entrambi: la sincerità è l'unica cosa che dovremmo cercare. Parlarci con chiarezza, una volta per tutte, e vedere dove questo ci porta.»

«Che intendi?» Lui si aggrondò, di nuovo sospettoso.

Eleanor si fece coraggio. Ora o mai più, anche a costo di sembrargli una svergognata e disgustarlo. «Come puoi pensare di avermi "imposto le tue attenzioni"? Devi esserti accorto che non sono rimasta indifferente. Tutt'altro.»

Una strana espressione gli offuscò il volto. La scrutò come se, con lo sguardo, potesse penetrarle fino in fondo all'anima. Dopo infiniti istanti di silenzio, le prese la mano e se la portò alla guancia. Lentamente, la fece scivolare verso la bocca e premette le labbra al centro del palmo, poi richiuse le dita a pugno e la lasciò andare. «Ho temuto che te ne andassi. Io, che rifiuto anche l'idea di aver paura. Ho sperato di fermarti, di convincerti a restare.»

«Ci sei riuscito» bisbigliò. Il bacio le bruciava la pelle come un marchio a fuoco, ma quel dolore la faceva fremere di piacere. «Ammetto di aver bussato alla tua porta con l'intenzione di mandarti al diavolo. Non sarà un linguaggio da signora, ma è proprio quello che ho pensato.»

«Sarebbe stato un inferno, infatti.» Le sollevò il mento con un dito. «Ora, però, hai cambiato idea.»

«Non è quello che hai fatto anche tu?»

«È vero.» Annuì. «Ma non ti porterò a letto se prima non ho chiarito questo punto. Mi sposerai?»

«A letto?» balbettò lei, ora del tutto senza fiato.

«Sì.» Con il pollice prese a stuzzicarle il labbro inferiore. «Il materasso di piume è nuovo, molto soffice. E voglio che la nostra prima volta sia meravigliosa. A meno che tu non mi chieda di aspettare la notte delle nozze. Mi sembrava però di aver capito che...»

«No!»

«Non mi sposerai?» Aggrottò appena le sopracciglia, ma intanto la forzò ad aprire la bocca. Il polpastrello ruvido accarezzò la soffice parete interna e sfiorò i denti.

Eleanor deglutì, per contrastare l'istinto che le suggeriva di mordicchiarlo. Oppure di avvolgerlo con la lingua per sentirne il sapore. Parlare, però, non poteva. Si limitò ad annuire.

Richard tolse la mano. «Dimmelo. Voglio sentirlo. Dimmi: "Ti sposerò, Richard".»

«Sarò tua moglie, D'Arcy. Se davvero lo vuoi.»

«Mai che tu faccia come ti dico, eh?» Nella sua voce c'erano sollievo, compiacimento e un filo di esasperazione. «Dev'essere per via dei tuoi meravigliosi capelli rossi. Ma va bene così.» Le strinse la testa fra le sue mani grandi e forti. «E che il destino non provi a dividerci un'altra volta.»

Avrebbe voluto domandargli che significato avessero le sue parole, ma si era già impadronito della sua bocca e la stava baciando.

Come solo lui sapeva fare.

Solo lui. E nessun altro.

Poi, dimenticò ogni cosa. Gli strinse le braccia intorno al collo mentre si sentiva sollevare da terra.

Questo, era volare.

Solo tre passi.

Una distanza minima.

La tenne stretta, accoccolata contro di sé come una bambina. Lennie gli aveva intrecciato le mani attorno alla nuca e seppellito il viso nell'incavo della spalla. La sua chioma emanava il profumo innocente dei fiori, ma dai seni si sprigionava un'essenza indefinibile e assai più sensuale: una tortura sublime. Non vi era speziale al mondo che avrebbe potuto creare quell'eccitante sentore di donna.

Una distanza infinita.

Si avvicinò al letto sul quale, poco prima, aveva pensato di dormire da solo. Una manciata di minuti poteva cambiare la vita, ma non doveva pensarci, non ora.

Salì la pedana. Il materasso si curvò e accolse il peso di Eleanor. Ma come ve l'ebbe adagiata, la sentì irrigidirsi.

«Che succede?» le chiese con dolcezza. «Vuoi che mi fermi? Hai cambiato idea?»

Lei scosse la testa. «No» mormorò, con un filo di voce. «Ma devo togliermi le scarpe, non vorrei sporcare le lenzuola. E il vestito: non posso rovinarlo, perché non ne ho altri.»

Le scarpe! Il vestito! Per il sollievo, Richard si sentì mancare il respiro. Gliene avrebbe fatti confezionare dieci, di abiti, nei tessuti più rari e preziosi, se quello che indossava si fosse rovinato. Per non parlare delle calzature.

La sua piccola volpe, però, era seria. E preoccupata. Di colpo, si ricordò dell'aspetto trasandato di Lyon e comprese quanto lei dovesse aver sofferto per le ristrettezze imposte negli anni della giovinezza, quelli che lasciano un segno indelebile sull'animo di una fanciulla. E anche dopo: per due anni aveva vissuto sotto la tutela di Warwick, ma anche se il conte non le aveva di certo lesinato qualche piccola comodità, lei doveva averne approfittato il meno possibile. Quanto ad Arrowgate Manor, la gestione oculata della casa era probabile che non le avesse lasciato una gran disponibilità.

Il senso di colpa si sarebbe, con ogni probabilità, rivelato più efficace di un tuffo nell'acqua ghiacciata del fiume, se lei non lo avesse fissato con i suoi meravigliosi occhi, lucidi di emozione. Inoltre, era arrossita: con tanta intensità da fargli immaginare che la pelle le fosse divenuta di fiamma ovunque, anche nei punti più segreti.

«Ti aiuto» si offrì. E nei successivi minuti si concentrò per sciogliere con la massima velocità lacci maledetti e odiosissime stringhe che avrebbe ben più volentieri tagliato con il pugnale. O strappato con i denti, se fosse stato necessario. Eleanor, dal canto suo, si era già liberata delle scarpe, così, quando la seconda veste si afflosciò ai suoi piedi, gli apparve con indosso solo una leggera camicia.

Restò a guardarla, per un lungo attimo incapace di muoversi o di parlare.

Quella ragazza aveva la capacità di sorprenderlo in continuazione. Non c'era niente in lei di scontato e nulla era come appariva a prima vista. Chiunque sarebbe stato ingannato dalla modestia dei suoi abiti, perché, quantunque la veste di velluto borgogna fosse più che decorosa, era priva dei ricami o delle bordature di pelliccia che la figlia e sorella di un barone avrebbe potuto sfoggiare.

La sua camicia, invece, era un capolavoro di gusto e raffinatezza. Realizzata in un lino tanto sottile da risultare trasparente, la scollatura presentava uno squisito ricamo in filo argentato, arricchito con minuscole perle. Si tendeva sul seno, che rivelava invece di nascondere.

Richard allungò una mano. «La indossavi anche sotto quell'orrendo travestimento da novizia?» domandò, la bocca secca al pensiero di aver avuto a suo fianco una bellezza tanto provocante. E così ben nascosta.

Eleanor abbassò gli occhi. «Sì.»

«Toglila.»

Per una volta, gli ubbidì senza contestare. Sollevò le braccia, sfilò dalla testa quel velo impalpabile e lo lasciò cadere con grazia sul resto degli indumenti.

Richard inspirò, gli occhi che scrutavano, avidi, ogni particolare del suo corpo.

Era persino più incantevole di quanto avesse immaginato. Le gambe lunghe e tornite, i fianchi morbidi. Il seno generoso, così impudente e orgoglioso da svettargli davanti agli occhi, i capezzoli come punte di corallo, già tesi per l'eccitazione. I riccioli di fuoco all'apice delle cosce. E la pelle di burro che, proprio come aveva sospettato, sotto il suo sguardo si colorò di un rosa intenso. Scosse la testa e un manto d'oro rosso scese a velare in parte la sua nudità, ma non tentò di coprirsi con le mani, né abbassò lo sguardo.

Possedeva grazia e innocenza ancora verginali e, nello stesso tempo, la sensualità spontanea e istintiva di una donna da iniziare alla passione.

Sarebbe stato lui a risvegliarla.

Lui e nessun altro.

Il pensiero lo eccitò in modo impossibile. Di nuovo la prese in braccio, di nuovo la adagiò sulle lenzuola al centro del letto. Stavolta, grazie al Cielo, lei rimase quieta.

Le diede la schiena mentre si liberava in fretta delle calzebraghe. Le si stese vicino, voltandosi sul fianco. Non voleva che si spaventasse o che provasse disagio.

Con le dita che tremavano di emozione, le allargò i capelli sul cuscino, come tante volte aveva sognato di fare.

Gli occhi immensi e lucidi, le labbra dischiuse, lei seguiva in silenzio ogni suo gesto.

«Eleanor. Lennie. Sei bellissima.» Sospirò. «Non sono bravo con le parole.»

Lei sorrise. «Allora, non parlare.» Sollevò le braccia, gli cinse il collo e lo costrinse ad abbassare la testa. «Facciamo l'amore, Richard. Insegnami. Voglio imparare.»

# *Capitolo 18*

Eleanor non si era mai sentita tanto coraggiosa.

Sfrontata.

Bella.

E felice di esserlo.

Richard le stava regalando tutto questo. Con lo sguardo ardente dei suoi occhi, con il tocco bruciante delle dita. Non aveva mai pensato che esistessero sensazioni tanto violente, un desiderio che non riusciva a ignorare. Si poteva morire per un desiderio così. Lei, invece, voleva viverlo e assaporarlo fino in fondo, vuotare fino all'ultima goccia la coppa di quel liquore inebriante.

«Facciamo l'amore, Richard. Insegnami. Voglio imparare.»

I suoi occhi s'incupirono e un gemito soffocato gli sfuggì dalla gola.

«Baciami» lo invitò di nuovo, tirandolo ancora un po' verso di sé.

«Non avere fretta, piccola volpe.»

«Cosa? Come mi hai chiamato?»

«Shh.» La zittì con una punta di divertimento nella voce. La afferrò per i polsi e glieli bloccò ai lati della testa. «Lasciami fare, vuoi?» le sussurrò in un orecchio.

Poi iniziò a baciarla.

Non sulla bocca, però. Si dedicò prima a un seno, poi all'altro. Con la lingua le lambì i capezzoli, tanto duri da farle male, poi prese a succhiarli e a graffiarli appena con i denti. Spasimi sconosciuti le incendiarono il ventre, fitte di un dolore lieve che svaniva subito e lasciava il posto a un desiderio più acuto. La sua femminilità si contrasse e prese a pulsare, bagnata di un tiepido umore. Si contorse sotto di lui.

«Per favore» mormorò a fatica. «Liberami le mani. Voglio toccarti.»

«Non ancora.»

«Ma io...» Le parole si spensero in un sospiro. Le labbra di lui, asciutte e roventi, erravano sul suo ventre. Le sentì vagabondare intorno alla fossetta dell'ombelico, poi scendere, oziose, a tracciare un sentiero verso i ricci roridi di eccitazione.

Eleanor sussultò e, per istinto, serrò le gambe.

«No. Lasciami fare. Apriti per me» le sussurrò. Il suo alito era caldo, ma la fece rabbrividire. Ubbidì, perché la ragione taceva: i sensi avevano assunto il controllo del corpo e lo guidavano nei movimenti di quella danza sconosciuta. Tuttavia, quando sentì la sua bocca errare là dove lei stessa non osava che sfiorarsi, un violento tremore prese a scuoterla.

«Richard!» singhiozzò.

«Mia bella.» Lui rialzò la testa. I capelli gli spiovevano sulla fronte, l'oro brunito infiammato dal riverbero del fuoco. Si stese su di lei, il torace dai muscoli guizzanti contro la pelle delicata del seno, le gambe robuste che strofinavano la carne sensibile delle cosce. Finalmente, le lasciò i polsi e tuffò le dita nei capelli «Mia rossa.»

Eleanor gli si aggrappò alla schiena. Sapeva ciò che stava per accadere, ma l'eccitazione provocata dalle sue intime carezze e acuita dal contatto dei corpi sudati soffocava qualunque timore.

«Mia volpe.» Ora le stuzzicava il lobo dell'orecchio, ora le imprimeva una scia di baci lungo il collo. «Mia dolce.» Un piccolo morso sulla spalla, poi la lingua leccò via quel lieve dolore.

«Richard!» Disperata, gli cercò le labbra.

L'accontentò. Non un bacio tenero, questa volta. Profondo come la notte, audace come l'affondo di una spada. Intossicante come il vino invecchiato, speziato del suo stesso sapore. E intanto la accarezzava, la titillava, la provocava.

Eleanor era sempre più bagnata. Schiuse le gambe.

Lui smise di baciarla. Si sollevò sui gomiti e la fissò, il volto contratto, le iridi torbide di passione. «*Mia.* Da ora e per sempre.» E con una spinta potente dei fianchi infranse la fragile barriera della sua verginità.

Neppure un grido le sfuggì dalle labbra. Solo due lacrime pellegrine brillarono nei laghi verdi dei suoi occhi e poi scivolarono silenziose lungo le gote.

Sepolto in profondità nel suo corpo, Richard si sforzò di rimanere immobile per darle il tempo di riprendersi. Il cuore era un tamburo di battaglia e il sangue gli ruggiva nelle vene, comandandogli di portare a termine l'atto, ma avrebbe resistito: sofferenza per sofferenza, dolore per dolore. Una scintilla di rimorso, una vampa di orgoglio: era stato il primo, sarebbe stato l'unico.

Fece forza sui gomiti, poi si ritrasse un poco. La fronte s'imperlò di sudore.

«Non osare. Non fermarti.»

Il sollievo minacciò di fargli perdere il controllo. Il piacere tornò a montare come un'onda, ma lo tenne a freno: non voleva cavalcarla da solo. Non voleva che per lei vi fossero solo dolore e disagio.

«Lennie. Non irrigidirti: vieni con me, vieni per me.»

«Dove?» L'ingenuità della domanda e la nota di angoscia nella sua voce lo commossero profondamente.

Fece scivolare la mano nel punto di unione dei loro corpi e con le dita sfiorò la carne tenera e fremente. La incitò con parole audaci, la blandì con i vezzeggiativi più dolci, finché sentì che tornava a tremare di eccitazione.

Solo allora riprese a muoversi. E a baciarla.

Gli rispose. Lo assecondava e lo seguiva, con passione, abbandono e fiducia. No! Non riusciva più a resistere. Sospeso sul bordo del precipizio, poteva solo lasciarsi andare o morire. Doveva portarla con sé, non l'avrebbe lasciata indietro. Mai. Intensificò le spinte, la frenesia delle carezze.

Lei ansimava, ora. Gli artigliò le spalle e sollevò il bacino. Gli stava chiedendo di più. Molto di più. Finalmente, la sentì tremare per il sopraggiungere dell'orgasmo.

Ora sì, ora poteva raggiungerla.

Un grido di liberazione gli sfuggì dalle labbra e si riversò in lei. Con tutto se stesso.

Le dolevano muscoli che non sapeva neppure di avere: le gambe le tremavano ancora e le labbra erano gonfie e ammaccate. Non riusciva più a respirare normalmente e la testa le girava tanto che – non fosse stata sdraiata – di sicuro sarebbe crollata in terra. Le pareva di aver corso per miglia e miglia, di aver bevuto troppo vino. Aveva fame, sete, caldo e freddo.

Non si era mai sentita tanto bene in vita sua.

Si stirò un poco e strofinò le gambe contro quelle di Richard: robuste, muscolose. E roventi. Le lunghe notti degli inverni a venire sarebbero state un paradiso di piacere.

Il suo braccio le circondò le spalle e la tirò a sé.

Lei si accoccolò, con un sospiro di soddisfazione; allungò una mano e gli sfiorò il petto, mentre inanellava le dita con la morbida peluria. Percepì il battito forte e regolare del cuore, ma quando prese a stuzzicargli i capezzoli, il ritmo cambiò e si fece più rapido.

Un sibilo trattenuto gli sfuggì dalle labbra, poi lui si voltò su un fianco. Si sollevò, puntò il gomito contro il cuscino e la testa sulla mano: con l'altra, iniziò ad accarezzarla. Lei seguì, incantata, il percorso delle dita lunghe e agili; il loro modo di toccarla, un po' pigro e molto compiaciuto, le provocava la pelle d'oca: giocarono con la punta dei seni, ne sollevarono la pesantezza, premettero sulle costole. Poi si allargarono, un ventaglio grande e bruno, contro il candore del suo ventre. «Mia sposa.» Un'affermazione, o meglio, una rivendicazione di possesso.

«Non ancora» gli rispose, nascondendo un sorriso.

«Presto. Molto presto. Se Ralph non avesse già provveduto a inviare qualcuno al Priorato con la richiesta di un prete, sarei partito io stesso, domattina. E avrei trascinato fin qui quel benedetto chierico, a costo di farlo salire sul mio cavallo.»

«Oh!» L'affermazione non era da prendere alla leggera, perché Fleur le aveva raccontato quanto lui tenesse al suo Raziel e non permettesse a nessuno di cavalcarlo. «Perché tanta fretta? In fondo, non è una condizione necessaria.» Deglutì e si costrinse a continuare. «Volevo dire, le nozze sono già state consumate, no? Ora, per un po'...» Inspirò e trattenne il fiato. La sua mano si era spostata verso il basso. E poi ancora più giù. Le s'insinuò fra le gambe e raggiunse le pieghe umide e calde della sua femminilità.

«*Un po'*» ripeté. Serio, come se stesse meditando sulla questione. «Molto poco, credo.» Non aggiunse altro, ma non ve n'era bisogno.

Avvertiva la sua erezione, di nuovo dura e pulsante, anche senza controllare.

Com'era possibile che fosse ancora in quello stato? La sua inesperienza lo aveva lasciato insoddisfatto a tal punto? «È colpa mia?» mormorò. Cercò di mantenere ferma la voce e tenne gli occhi bassi per non incontrare la sua delusione.

Richard borbottò qualcosa: sembrava un brontolio cupo e lontano, finché si rese conto che si trattava di una risata a mala pena trattenuta.

«Non ridere di me!» scattò. E fece per allontanare le dita che la tormentavano.

Lui, però, non cedette di un palmo, anzi, penetrò ancora più a fondo. Le strappò un sussulto e con immensa vergogna sentì la sua carne divenire, ancora una volta, bagnata e cedevole.

«Ah! Mia piccola, ingenua volpe» le sussurrò sulle labbra. «Faresti impazzire qualunque uomo, lo sai? Ma non te lo permetterò. Guardami.»

Non rideva più, adesso. La voce, seria, aveva assunto una sfumatura indefinibile, che non poteva ignorare.

Eleanor alzò lo sguardo.

Il cuore le tremò per l'ansia. Il volto di Richard era teso per un'emozione che non gli aveva mai visto. Gli occhi erano pozzi scuri, la bocca tirata in una linea severa.

«Sei mia, Lennie. Da ora e per sempre.»

Lei batté le palpebre, confusa da quella dichiarazione che implicava possesso, forse gelosia. Definitiva come una sentenza, annullava la possibilità di qualsiasi altra scelta. Le venne da piangere. E poi da ridere, anche se non fece né l'una né l'altra cosa e si limitò a mordersi la lingua: non "aveva scelta" da quattro anni, ormai. Certo, non glielo avrebbe detto. Sollevò il mento. «E tu, Richard? Vale anche per te?»

Lui annuì. Una volta, poi ancora un'altra. «Da ora e per sempre» ripeté. «Non dimenticarlo mai, qualunque cosa accada.»

Trattenne il respiro e gli domandò: «Che cosa vuoi dire? Perché mi dici questo? E perché ora?»

«È la nostra prima volta, la notte delle nostre nozze. Mi hai donato la tua innocenza, io ho versato in te il mio seme: di due, siamo diventati uno. E non permetterò a nessuno di dividerci.» Scosse la testa. Una smorfia amara apparve e sparì tanto in fretta che pensò di averla immaginata. «Nessuno, capisci? Uomo o donna, vivo o morto che sia.»

Eleanor rabbrividì, pervasa da una sottile sensazione d'angoscia. «Io non...»

Non riuscì a concludere la frase, la bocca sigillata da un bacio rovente, mentre le sue dita riprendevano ad accarezzarla intimamente.

Intossicata dalla potente malia della passione, la mente di Eleanor si svuotò di ogni pensiero. Dimenticò le sofferenze del passato e ignorò le ansie celate nel futuro. I dubbi e le domande evaporarono come nebbia; non esisteva nient'altro al di fuori del letto caldo che li accoglieva. C'erano solo loro e la forza potente che li univa.

Era amore?

Per la seconda volta, Richard entrò in lei e la colmò di sé con forza e generosità. Chiedeva molto, le dava tutto. La incitava a seguirlo, si fermava ad attenderla. Tornava a guidarla. Sempre più avanti, sempre più in alto. Finché s'innalzarono in volo oltre i confini del piacere.

Insieme.

Era amore?

Una sola era la risposta ed Eleanor la nascose, al sicuro, in fondo al suo cuore.

*La brughiera iniziava a fiorire; l'erba, ancora bagnata di rugiada, era già punteggiata di giallo, bianco e viola. Il pallido sole d'aprile illuminava il cielo di seta azzurra, qua e là rattoppata di nuvole bianche.*

*"È una bella giornata per farsi onore" disse John Neville.*

*Lui voltò la testa: l'esercito di York era un muro nero di cinquemila uomini.*

*I fianchi di Raziel fremettero; aveva annusato l'eccitazione della battaglia imminente e scalpitava, impaziente di partire al galoppo. Cercò di calmarlo.*

*"Sì, mio signore. Una splendida mattina".*

*Lo era davvero.*

*Per vivere, per sorridere, per amare. Troppo bella per morire.*

*L'insegna di Percy sventolava nella prima fila dello schieramento nemico. Eppure, era stato perdonato da Edward e gli aveva, di nuovo, giurato fedeltà.*

*"Ecco il traditore!" sibilò, mentre lo indicava al comandante.*

*Lo sguardo che Neville gli restituì era un po' triste e un po' beffardo. "Di questi tempi è la norma, siete voi l'eccezione. Nella melée, molte rose bianche diventeranno rosse. E viceversa, siatene certo." Scosse la testa. "L'onore è un concetto bello, ma poco reale."*

*Avrebbe voluto rispondergli che non era così. Che erano gli uomini a fare la differenza: onore, amicizia e lealtà esistevano. Bastava crederci ed essere disposti a tutto, in loro nome.*

*Ma era già troppo tardi.*

*Dov'era finita l'erba verde? La primavera di colori in boccio? Solo chiazze vermiglie sul terreno, massacrato da zoccoli furibondi. Nuvole di polvere. Grida inumane, imprecazioni. Sibili di frecce, roteare di spade, cozzare di armature. L'odore del sangue e della morte.*

*Il braccio iniziava a dolergli, ma lui non poteva fermarsi; quello era il momento di incalzare i Lancaster, di sfondare le loro difese. "York!", urlò con tutto il fiato.*

*"York!" gli fece eco un cavaliere in armatura brunita, slanciandosi in avanti.*

*Maledizione, non doveva essere lì! Perché non era rimasto indietro come gli aveva detto? L'ardore era il pregio e il difetto della sua età. E se gli fosse capitato qualcosa...*

*Proprio in quell'istante, il destriero del giovane amico stramazzò al suolo e lui venne sbalzato di sella, un piede impigliato nella staffa.*

*Raziel s'impennò.*

*"No!", urlò.*

*Ma non poteva far nulla.*

*Il clangore degli zoccoli che calpestavano l'armatura superò il rumore della battaglia.*

Si svegliò con un sussulto. Il sudore gli inzuppava la schiena, in bocca avvertiva il sapore metallico del sangue. Si accorse di essersi morso la lingua, ma ne fu contento. Almeno, non aveva gridato nel sonno, non aveva pronunciato quel nome.

Al solo pensiero, rabbrividì. La mano corse alla cicatrice e la strofinò, cercando di placare l'ansia che gli attanagliava l'anima. Da settimane, ormai, aveva smesso di rivivere in sogno quella terribile giornata, eppure sapeva bene perché l'incubo si fosse ripresentato. Era logico, dopotutto. E, nel contempo, terribile.

Lo sguardo gli scivolò su Eleanor, bagnata dalla pallida luce della luna; si era addormentata con le ginocchia raccolte, il morbido fondoschiena che gli premeva il fianco. Con una mano sotto la guancia e i capelli sparpagliati sul cuscino, era l'immagine stessa della grazia e dell'innocenza; lo colpì dritto al cuore, con un effetto più letale e devastante della lama Lancaster che, in quel fatale attimo di distrazione, si era insinuata rapida e subdola nel punto lasciato scoperto dal cosciale di acciaio.

Lennie si mosse e, nel sonno, gli si strusciò contro.

Richard trattenne il respiro per tema di svegliarla.

La ferita lo aveva segnato per sempre nel corpo e quasi certamente lo avrebbe privato della paternità. Però non era morto. Ne aveva sempre attribuito il merito alla propria testardaggine e soprattutto alle cure di Fleur, ma ora sentiva di essere rimasto in vita per un diverso e superiore disegno del destino.

Dedicarsi a Eleanor, ripagarla del male che le aveva fatto. Renderla, per quanto possibile, felice.

Amarla con tutto se stesso sarebbe stato facile; non disperava neppure di conquistare il suo cuore, già addolcito dalla passione.

Purché lei non venisse mai a sapere la verità.

Non era affatto sicuro di sopravvivere se la sua piccola volpe lo avesse abbandonato.

# *Capitolo 19*

*Com'era bello riposare sulle rive erbose dell'Arrow! Alla dolce canzone del fiume si univa lo stormire delle fronde, mosse dal vento leggero. Non si era mai sentita tanto felice. Una donna completa, adorata nonostante i suoi difetti. Era tutto merito di Richard: il suo meraviglioso cavaliere senza macchia. Il suo uomo. Voleva baciarlo di nuovo, né si sarebbe vergognata del proprio desiderio insaziabile; lui le aveva dimostrato, più volte, di apprezzarlo. E poi erano marito e moglie, anche se non ricordava i particolari della cerimonia. Chissà, forse perché aveva sonno. Era normale, dopo aver fatto l'amore? O, almeno, per lei era stato amore. E se, per Richard, fosse stato solo uno sfogo fisico? No, no! Quel pensiero era fastidioso quanto la farfalla che continuava a posarsi sulla sua fronte. La scacciò e...*

...incontrò le sue dita. Forti, grandi, eppure incredibilmente delicate. Sapevano operare meraviglie, quelle dita, facevano vibrare il suo corpo nello stesso modo in cui un musico riusciva a trarre suoni incantevoli dalle semplici corde di un liuto.

Eleanor sbatté le palpebre. Ormai sveglia, anche se ancora illanguidita dal sogno, sorrise al volto a un soffio dal suo. «Mi hai svegliata» si lamentò con un finto broncio e la speranza che lo dissipasse con un bacio. Magari anche con qualcosa di più.

Richard sorrise. Dio, quel sorriso! Ogni volta le procurava un tuffo al cuore. La prima volta che lo aveva visto era rimasta senza parole, e per un attimo non era riuscita a formulare neppure il più semplice dei pensieri. Raro e prezioso nei primi giorni, gli aveva poi illuminato il viso più volte durante tutta la notte. Con quel sorriso sulle labbra e negli occhi, diventava un altro: più giovane e persino più affascinante di quanto già non fosse.

Sollevò una mano e gli sfiorò il mento, strofinando la barba con un sussulto un po' colpevole: possibile che le piacesse proprio tutto di lui? E così tanto? Che avesse in sé, come era solito insultarla Lyon, l'istinto della sgualdrina?

Richard fermò le sue dita vagabonde e prese a baciarne i polpastrelli, uno a uno. «Che succede, mia cara? Che significa quello sguardo triste?»

Lei si affrettò a scacciare i ricordi. Era strano che fossero emersi ora, nel momento in cui doveva solo provare felicità. «Nulla, proprio nulla. Sono solo assonnata.»

Gli aveva dato accesso totale al suo corpo, ma era troppo presto per i segreti del cuore. Avrebbe potuto giudicare infantile il suo rifiuto di accettare la morte di Oliver o la speranza che, nonostante tutto, già accarezzava di dargli un figlio. Non voleva che soffrisse per le sue fantasie, ma neppure che gliele distruggesse.

«Mhmm. Capisco e mi dispiace di aver interrotto i tuoi sogni. Spero, almeno, che fossero piacevoli.»

«Molto.» Consapevole di arrossire, ma incapace di trattenersi, gli mise le braccia attorno al collo. «Vuoi che te lo dimostri?»

«Ah, piccola volpe!» La passione con la quale s'impadronì della sua bocca bruciò in una vampa ardente anche la più tenue malinconia. Ma, dopo qualche minuto, Richard interruppe il bacio. «Così, è ancora più difficile» mormorò, mentre le accarezzava i capelli. «Fra poco, te lo prometto, passeremo intere mattine in questo letto; verrà l'inverno, il ghiaccio e la neve isoleranno Evershine, ma fra queste lenzuola non proverai mai freddo. Ti riscalderò il corpo e l'anima, lo giuro.»

«Perché non ora? Ho i piedi gelati» lo provocò, maliziosa. Lui rise, un brontolio profondo e roco. «Tu ruggisci! È per questo, dunque, che ti chiamano *Leone Bianco*!»

«Certo! Non lo sapevi?» le rispose, stando al gioco.

«Oppure è per via della criniera.» Gli passò una mano fra i capelli, ancora una volta stupita di quanto fossero folti e pesanti.

«Forse.» Scosse la testa. «Che te ne pare?»

«Mah!» Lo studiò, seria. «Gli unici leoni che conosco sono quelli ricamati sugli stemmi e le bandiere. Non ne ho mai incontrato uno.»

«Per fortuna!» Eppure, nonostante il tono scherzoso, non la stava prendendo in giro. Cercò a fondo nei suoi occhi blu e vide tenerezza e preoccupazione.

Non poteva sbagliarsi, ora che brillavano come zaffiri alla luce del sole. Sussultò, sgomenta. «Ma è giorno!» I primi raggi dorati entravano dalle finestre; il cielo di settembre, terso e lucente come uno specchio, aveva già dimenticato il rossore dell'aurora.

«Era proprio quello che tentavo di dirti» confermò Richard con un sospiro di frustrazione. «Non che qualcuno si azzarderebbe mai a mancarti di rispetto, ma immagino che tu voglia tornare nella tua stanza prima che ti trovino qui.»

«Hai ragione!» Spaventata all'idea e ormai del tutto sveglia, lo spinse via e rotolò di lato.

«Aspetta» la richiamò. Raccolse la camicia da terra, vi affondò il viso e inspirò a fondo. «Il tuo profumo. Il tuo meraviglioso profumo.»

«Non faccio uso di essenze» gli rispose, intimidita ed eccitata dall'espressione di piacere che gli scorgeva sul viso. Tese la mano e afferrò il tessuto sottile.

«Lo so. Per questo ho detto che è tuo. Sei tu, Lennie. La tua pelle, i tuoi capelli. La bocca. Persino la tua...»

«Taci!» lo interruppe in fretta. Per quanto il far l'amore l'avesse resa audace, non era ancora disinibita al punto di poter affrontare discorsi soffusi di erotismo. E poi, ormai era giorno fatto.

Lui rise, divertito dal suo imbarazzo, ma non disse altro. La aiutò a rivestirsi, solo un po' più lento della vecchia Nan. Certo, la nutrice non sfiorava, carezzava, baciava ogni pollice della sua pelle come invece faceva Richard.

«Sei perfetta» le disse infine, con un ultimo sguardo goloso incollato al seno, che debordava un poco dal corpetto aderente.

Eleanor sospirò. «Non direi proprio» ribatté, mentre cercava di costringere in una treccia sommaria la massa arruffata delle sue chiome indomabili. Dio solo sapeva quante lacrime le sarebbe costato, poi, sciogliere i nodi che si erano formati. «Non che abbia molti vestiti ad Alcester, ma ammetto di essere felice all'idea di potermi cambiare. Hai mandato un carro ad Arrowgate Manor, non è vero?»

Richard annuì. «Ci ha pensato Ralph, sì. Ma non metterti a elogiare lui e a disprezzare me: è stato un suggerimento di sua moglie.»

«Lady Fleur è deliziosa. Spero con tutto il cuore che non mi consideri un'intrusa.» Mosse un passo verso la porta, ma si trovò bloccata contro l'ampio petto di lui.

«E cos'altro sei, tu che t'intrufoli di notte nella camera del lord?» Le alzò il mento con la mano e si chinò sul suo viso. «La mia splendida, meravigliosa intrusa» sussurrò prima di prenderle le labbra in un bacio. «E adesso vai, piccola volpe, o finirò per portarti di nuovo a letto. E al diavolo tutti.»

Per un istante, Eleanor fu tentata di provocarlo perché lui attuasse quella che le sembrava più una promessa di Paradiso che non una minaccia. Rendendosi conto di dove la stavano conducendo quei pensieri, gemette per la frustrazione e la vergogna e si precipitò fuori dalla stanza, senza dir nulla e, soprattutto, senza guardarlo.

Come se avesse una schiera di diavoli alle calcagna, volò per il corridoio, raggiunse la porta della sua camera, l'aprì e se la richiuse in fretta alle spalle. A passi incerti raggiunse il letto e sedette sul bordo, le braccia strette attorno al busto per calmare il battito furioso del cuore.

Un uscio sbatté, seguito dai passi frettolosi di una domestica: aveva evitato per un pelo che tutti venissero a sapere di lei e D'Arcy.

Si portò le mani alle guance che scottavano. Fra poco, l'avrebbe di nuovo incontrato a colazione. Alla presenza di Fleur, sir Ralph, Rosalynn e Ailith. Buon Dio! Di sicuro avrebbero capito quello che era successo: era impossibile che non le si leggesse in viso che aveva fatto l'amore.

"E allora?" le sussurrò, sfrontata, Lennie. "Lascia che lo pensino. C'è un tempo per la tristezza e un tempo per la gioia. Te ne meriti un poca".

Eleanor non era così sicura di meritarla, ma era felice lo stesso.

Molto felice. Si stese, giusto un attimo, il tempo di rivivere la meravigliosa metamorfosi accaduta quella notte.

E si addormentò con un sorriso beato sulle labbra, ancora gonfie per i baci dati e ricevuti.

«Metti le donne ai telai. In fretta. Che realizzino arazzi, tappeti, coperte o quel che diavolo serve per rendere più calda e comoda la mia camera. Non voglio sentire uno spiffero, quest'inverno.»

«Benissimo.» Ralph assentì, l'espressione il più possibile neutra, per non lasciarsi sfuggire neppure una smorfia. Non aveva ancora compreso di che umore fosse Richard, quella mattina. Di sicuro era determinato e più energico che mai. Poteva formulare delle ipotesi, anzi, aveva un paio di idee in proposito che aspettavano solo conferma. «Devo provvedere anche per la stanza che ospiterà lady D'Arcy?»

«No.»

«No?»

«Insomma, se è necessario, puoi far rifare le cortine del letto, ma nient'altro.» Un sorriso sghembo gli sollevò gli angoli della bocca. «La mia camera dev'essere di gran lunga più confortevole della sua. Non credo di doverti spiegare perché, vero?» Gli occhi scintillarono maliziosi.

Dunque, non si era sbagliato.

«Certo che no!» si affrettò a replicare. «Stai parlando con un uomo sposato. *Felicemente sposato.*» Ammiccò, poi tornò serio. «Ti auguro di trovare nel matrimonio la mia stessa gioia. Non dico di più, perché sono convinto che non sia possibile. E, certo, c'è solo una Fleur al mondo, ma...»

Lo scatto improvviso con il quale il cugino si alzò dalla sedia, fu la risposta più eloquente. Quella che si aspettava. Alzò le mani in segno di resa. «Va bene! Va bene! Non alterarti milord. Sono certo, anzi, lo siamo tutti a Evershine, che lady Eleanor sarà una splendida castellana. Oltretutto, va' d'amore e d'accordo con mia moglie.»

«Il che, certo, è la cosa più importante» ribatté Richard.

Lo stava prendendo in giro, ma fino a un certo punto e, comunque, niente poteva fargli più piacere. Lo riportò indietro nel tempo, quando erano due ragazzi e si divertivano a punzecchiarsi a vicenda. In un paio di occasioni, erano persino volati dei pugni: non c'era nulla di meglio per rinsaldare un'amicizia fraterna.

«Sicuro!» affermò soddisfatto. Gli strinse una spalla. «Sono contento per te, amico mio.»

«Lo so. Posso solo sperare, ma no, non voglio pensarci. Non ora. Voglio renderla felice, Ralph.»

Lui annuì. «Ti capisco. Quando si è tanto fortunati da incontrare la persona che ti cambia la vita, non vi è altro scopo, altro fine che quello. Perché la sua felicità è la tua e non può essere altrimenti.»

Richard si rabbuiò. «Non riesco a dimenticare di averla fatta penare fin troppo. È stata tanto coraggiosa da venire fin qui.» Scosse la testa. «L'ho costretta ad attraversare la foresta, affrontare mille pericoli. Come credi che mi senta? E mi vantavo di essere un uomo d'onore! Da Hedgeley Moor in poi, non ho più nulla in cui credere.»

«Hai Evershine. Hai me, Fleur e la tua gente.» Ralph lo scrollò. «Soprattutto, adesso hai Eleanor.»

«È vero.» Il suo sguardo, che si era incupito, tornò a brillare. «Devo ancora abituarmi. Ricordare a me stesso che sono stato terribilmente fortunato.» Gli posò una mano sul braccio e la strinse con forza. «Non la lascerò andare, sai. Ora che l'ho trovata, non le permetterò di abbandonarmi.»

"Perché dovrebbe farlo?", avrebbe voluto chiedergli. Ma sul volto di Richard era comparsa la sua espressione più impenetrabile, perciò era inutile insistere.

«Non c'è niente di cui preoccuparti» si limitò a dire. «Tu pensa ad amarla. E bene. Tutto il resto verrà di conseguenza.»

«È proprio quel che intendo fare. Amarla e prendermi cura di lei. A proposito: nessuna notizia del carro inviato ad Arrowgate Manor? Eleanor ha bisogno dei suoi bauli.»

Il momento delle confidenze era finito. Ralph, in parte dispiaciuto, ma anche sollevato, si concentrò sul problema concreto. «Immagino che sarà di ritorno stasera. Preparare i bagagli di una signora richiede tempo. Certo, capisco il disagio di madamigella Lyon: posso chiedere a Fleur di aiutarla.»

«Lennie è molto più alta di tua moglie! E i suoi vestiti non le entrerebbero di sicuro.»

«Infatti, non era quello che intendevo proporre.» Ralph stavolta non riuscì a trattenere del tutto un sorriso malizioso. «Volevo suggerire che *mia moglie* potrebbe intervenire presso la cucitrice per farle realizzare in fretta un nuovo abito. Magari una bella veste nuziale, eh?»

Questa volta, Richard scoppiò a ridere.

Eleanor leccò via dalle labbra le ultime tracce di mandorle e miele, ma si fermò nel vedere lo sguardo avido del promesso sposo che seguiva il movimento della sua lingua. Le mancò il fiato ed ebbe l'impressione di andare a fuoco: santo Cielo, se ne sarebbero accorti tutti! Deglutì ed evitò di guardare gli altri commensali, mentre cercava una risposta alla domanda che Richard le aveva posto. C'era qualche parte del castello che desiderava visitare? Avevano appena terminato di pranzare e c'era ancora luce. Perché non approfittarne?

«Mi piacerebbe salire sul cammino di ronda» disse in fretta. «Di lassù mi renderei conto di quanto Evershine dista dal fiume e dalla foresta.»

«Ottima scelta» confermò Richard. «Forse riusciremo a scorgere anche la guglia del campanile del monastero di Santa Etheldreda o di quello del Priorato.»

«Veniamo anche noi.» Fleur scostò la sedia e si rivolse ad Ailith. «Mi accompagnerete, non è vero? Sono sicura che due passi non potranno che farmi bene. Ci sarà tempo tutto l'inverno per restare al chiuso e fratello Benedict sosteneva che la pigrizia nuoce alle donne nella mia condizione.»

Era chiaro che Fleur si era assunta l'onere di farle da scorta, ma a Eleanor non dispiacque troppo. Le emozioni che Richard le suscitava erano fin troppo vivide e tanto nuove e sconvolgenti che temeva di non riuscire a dominarle. E poi, mancavano solo pochi giorni alle nozze: un sacrificio di breve durata le avrebbe permesso di fare una migliore impressione sulla gente di Evershine: sarebbe diventata anche la "sua gente", e scoprì di tenerci moltissimo.

«Ah! Se lo diceva fratello Benedict!» intervenne Ralph. Scambiò uno sguardo complice con il cugino. Si fregò le mani e annunciò, tutto allegro. «Verrò anch'io, se non vi dispiace. Voglio controllare di persona lo stato dei gradini: mi è stato riferito che in alcuni punti sono troppo consumati.»

Eleanor prese il braccio che Richard le porgeva. «È molto antico il castello?» s'informò, interessata, mentre uscivano per ultimi dalla sala.

«Vecchissimo. La prima costruzione risale all'epoca della conquista normanna. Per secoli è stato il dominio dei Fortescue, ma Fleur potrà, meglio di me, raccontarti la loro storia. L'ultimo signore era suo padre.»

Lei osservò la schiena della giovane lady che camminava fra Ailith e Rosalynn, seguita da sir Ralph. «Anche ad Alcester è giunta la notizia della tragica fine di Elmar il Pallido: in fuga verso il Nord è stato trucidato da una banda di malfattori insieme con tutto il suo seguito. Non sapevo, però, che la figlia si fosse salvata.»

«Un caso fortunato. Né io né Ralph ne eravamo al corrente. Se non ti dispiace, preferirei che fosse lei stessa a parlartene. Magari quando sarete ancora più in confidenza: in fondo, fra poco diventerete cugine.»

«Non mi sembra ancora vero» sospirò. «Solo una settimana fa ero così...così...»

«Furibonda? Avevi voglia di piantarmi un pugnale in petto e cibarti del mio cuore?» Richard ristette, costringendola a fermarsi a sua volta, in modo da distanziarsi maggiormente dal quartetto che li precedeva. «Qualunque sia stato il motivo che ti ha portato a inscenare quella fantastica mascherata, non posso che esserne, adesso, felice. Anche se rabbrividisco al pensiero dei pericoli che hai corso. Ti sarebbe potuto accadere di tutto, piccola incosciente.»

«Non iniziare anche tu, ora! Mi sembra di sentire la vecchia Nan» gli replicò, un po' divertita, un po' orgogliosa. Lo strattonò, riprendendo a camminare. «Andiamo, su. Non vorrai che gli altri pensino che stiamo già discutendo, non è vero?»

«Chi è Nan?»

«La mia balia.»

«Una donna molto saggia.»

«Mi vuole bene e si preoccupa per me. Ho dovuto penare per convincerla che non mi sarebbe accaduto proprio nulla. Non con la scorta di Ailith, comunque.»

«A proposito» Richard abbassò la voce. «Quella fanciulla m'incuriosisce.»

«Sarebbe strano il contrario: non se ne vedono molte della sua statura.»

«Non per quello: è chiaro che deve avere sangue quantomeno sassone nelle vene.»

Eleanor annuì. «È perché veste come un ragazzo, allora. E non l'hai neppure vista tirar d'arco o maneggiare una spada. Quello sì, ti avrebbe lasciato a bocca aperta: sono sicura che riuscirebbe a battere uno dei tuoi uomini. Un giorno, potresti organizzare una gara.» Lo tirò per una manica. «Purché non sappia che è una mia idea: non ama mettersi in mostra e non ne sarebbe affatto contenta.»

«Come mai?»

Lei rifletté, prima di rispondere. «È l'unica figlia di un bravissimo armaiolo, un artigiano fra i più valenti d'Inghilterra. Un tipo assai strano, che l'ha educata come un maschio. Questo è tutto ciò che so: non parla mai molto di sé.»

«Pensi che riuscirai a convincerla a vestirsi come si conviene per le nostre nozze?» le chiese, mentre la sosteneva sotto il gomito per aiutarla nella lunga rampa di scale che portava al cammino di ronda.

Eleanor alzò la testa e indicò con un cenno l'amica e gli altri che, ormai giunti in cima, li stavano aspettando. «Quello è un argomento ancora più spinoso.»

«Milord! Milady!» li chiamò Ralph in quel momento. «Novità in arrivo!»

«È il carro da Arrowgate Manor?» Eleanor raccolse più in su la veste e salì in fretta gli ultimi gradini. Affiancò Fleur che già si stava sporgendo fra i merli. La bellezza del paesaggio che si godeva da quell'altezza era tale da lasciare chiunque senza fiato, ma in quel momento il suo sguardo lo esaminò in modo sommario alla ricerca del particolare che la interessava.

«Laggiù!» le indicò Ailith.

Seguì il dito puntato dell'amica ed ecco, proprio al limitare di Thornwood, individuò il veicolo trainato da cavalli al galoppo. «Sembra un giocattolo» mormorò, un nodo di commozione che le pizzicava la gola.

«Come sempre, è tutta questione di punti di vista» commentò Fleur. «Ma quello che importa è che finalmente potremo iniziare a preparare il matrimonio come si conviene.»

«Non vedo l'ora» le scappò detto. E poi arrossì, per tema di essere sembrata troppo audace.

Allungò un'occhiata in tralice a Richard, per vedere come avesse interpretato quella sua frase, ma lui non la stava guardando. Fissava il carro con un cipiglio assorto, noncurante del vento che gli spingeva i capelli davanti al viso.

«Qualcosa non va» gli sentì dire. E all'improvviso il sangue le si ghiacciò nelle vene.

Ralph si fece subito attento e portò le mani davanti agli occhi per proteggersi dal riverbero degli ultimi raggi di sole. «Hai ragione. Non ho mai visto il vecchio Thomas frustare i *suoi* bigi in quel modo. Per San Dustano! Se non rallenta, rischia di rompere una ruota, se non tutte.»

Richard si voltò. Un'espressione cupa e tempestosa gli aveva irrigidito i lineamenti e in quel momento le ricordò il guerriero che, quattro anni prima, aveva sfoderato la spada contro suo zio. Gridò un comando a una delle guardie, e quello si precipitò a trasmetterlo agli altri affinché fossero subito sollevate entrambe le saracinesche che davano accesso al castello.

Poi, senza aggiungere una parola, la afferrò per la mano e la trascinò in fretta giù per la scala.

# *Capitolo 20*

I gradini erano in qualche punto consumati e se Richard non l'avesse sostenuta con la sua presa salda e sicura, sarebbe di certo scivolata, considerando la velocità con la quale stavano scendendo.

Non che Eleanor pensasse a lamentarsi o lo esortasse ad andare più piano; l'ansia di capire cosa fosse successo le toglieva il respiro e il cuore le batteva in gola a colpi sordi. Un'andatura vivace avrebbe forse potuto suggerire un motivo gioioso per spronare i cavalli e, per un istante, le era balenata l'idea dell'inatteso ritorno a casa di Oliver; il carro, però, procedeva quasi con furia, il che indicava senza dubbio una situazione di pericolo. Che *l'Allegra Brigata di Thornwood* si fosse a un tratto mutata in una banda di malfattori violenti? All'improvviso le sovvenne l'uomo che aveva denunciato a Richard: dopo tutto ciò che era accaduto, l'aveva cancellato dalla mente, né si era informata di cosa ne fosse stato di lui. Che D'Arcy l'avesse imprigionato o, peggio, fatto uccidere? E che, di conseguenza, i suoi compagni si fossero vendicati?

«Mio Dio!» gemette. E poiché era finalmente arrivata in fondo alla scala senza rompersi l'osso del collo, si precipitò dietro Richard, che stava attraversando la corte a gran passi.

Le ruote del carro stridettero e cigolarono mentre affrontavano la rampa. «Oh! Ferma! Oh! Oh!» sentì gridare il conducente prima ancora di riuscire a vederlo.

Comparvero i cavalli: si arrestarono all'ultimo momento, quando già lei temeva che l'avrebbero travolta. Eppure, poiché Richard non si era spostato di un pollice, rimase immobile al suo fianco.

Un lieve sorriso si disegnò sulle labbra del Leone Bianco. «Thomas è un mago con i suoi bigi. Gli obbediscono in modo simultaneo come se fossero un solo cavallo. Se gli uomini fossero dotati di un simile senso di disciplina, molte guerre si vincerebbero assai più facilmente.» Mentre i garzoni di stalla si affaccendavano intorno agli animali che sbuffavano e agitavano con insofferenza le criniere, andò incontro al vecchio conducente, già smontato dalla sua postazione. «Cos'è successo?»

«Guai seri, Signoria» gli rispose, dondolando la grossa testa canuta infilata in un cappellaccio troppo piccolo.

«Volete tenerci con il fiato sospeso?» domandò Ralph sopraggiunto in quel momento.

Prima che l'altro potesse replicare, il telo che ricopriva il carro si agitò e si sollevò di scatto. Jack ne scese al volo.

Lo sguardo di Richard si fece scuro d'attenzione. «Che cos'è successo? Problemi con i briganti di Thornwood, forse? Per questo avete impiegato tanto tempo a tornare?»

«Magari, milord.» Il ragazzo squadrò le spalle, un'espressione spavalda sul giovane viso. «A quelli avrei fatto fronte volentieri, ma neppure uno di quei *coraggiosi* ha osato mostrare il suo brutto muso fra le fronde. Purtroppo, è molto peggio di così: in realtà, non sono neppure riuscito a entrare in Arrowgate Manor.» Indirizzò a Eleanor uno sguardo mesto. «Mi dispiace, milady. Sir Malcom Salford si è impadronito della vostra bella residenza.»

«Com'è accaduto? E da quando? E le difese di Arrowgate Manor?» gli chiese, disperata.

«Perdute, temo.»

Richard strinse i pugni. Mise un braccio attorno alla vita di Eleanor per sostenerla: si era fatta bianca come cera e sembrava sul punto di svenire. Scambiò uno sguardo d'intesa con Ralph, che gli si affiancò subito. «Entriamo, Jack. Voglio che mi raccontiate con la massima precisione tutto ciò che è accaduto.» Stringendosi al fianco il suo amore, guidò la piccola, dolente processione nella Sala Grande.

«E dunque?» Richard aveva atteso che tutti fossero seduti e che Burton, raccolto il cenno di Fleur, avesse fatto portare alcuni boccali di birra e calici di vino caldo per le dame.

«Usciti da Thornwood e prima di arrivare al fiume, s'incontra un'abitazione isolata» iniziò a raccontare lo scudiero.

«Sì, sì. La fattoria del cognato di Nan. Continuate» lo esortò Eleanor, impaziente. Poi colse il suo sguardo e prese a tormentarsi le mani. «Scusate, milord. Dimenticavo che voi non conoscete il posto.»

Non era un rimprovero, eppure gli fece male. Si domandò quanti altri errori avesse commesso, oltre a quello di averla trascurata tanto a lungo. E aveva pensato di essere nel giusto. Strinse le labbra. «Proseguite, Jack.»

Quello esitò un attimo, lo sguardo che correva dall'uno all'altra. «Be', ecco. Stavamo per oltrepassare la proprietà, quando un paio di monelli hanno preso a rincorrerci, urlando.»

«I nipotini della mia balia, senza dubbio.»

Il ragazzo annuì. «Sì. La vostra nutrice, infatti, era lì con loro. È stata lei a fornirmi tutti i particolari; per una fortunata coincidenza, era in visita dalla sorella quando Salford si è presentato alle porte di Arrowgate Manor.»

«Sia lodato il Cielo!» Eleanor rabbrividì. «Non le è accaduto nulla di male, vero?»

Jack si affrettò a rassicurarla. «No, state tranquilla. Mi è parsa in buona salute, anche se faticava a parlare, poveretta.»

Lei sbiancò. «Non respira bene quando si agita.»

Richard le strinse una mano per incoraggiarla, poi si rivolse di nuovo allo scudiero. «Raccontate ciò che vi ha detto.»

«Sì, milord. Dunque: Arrowgate Manor era caduta già da due giorni nelle mani di sir Mortimer. Quel diavolo fa il doppio gioco, sapete: dovrebbero creare una rosa fatta apposta per lui, con i petali metà bianchi e metà rossi; oppure tutta di un altro colore, perché non persegue che il proprio interesse. Fa finta di stare con York, strizza l'occhio a Lancaster ma, se potesse, farebbe a meno di entrambi.»

Richard scosse la testa. «Non m'importa di quel maledetto. Ciò che voglio capire è come ha fatto a superare le difese. Sebbene non l'abbia mai vista, so per certo che è una delle case fortificate più sicure di tutta l'Inghilterra. Warwick ne parlava spesso. Addossata a una rupe da una parte e circondata dall'Arrow dall'altra, ha un ponte levatoio e una torre, se non sbaglio.» Guardò Eleanor. «E un contingente di guardie.»

«Non molti uomini, ma ben addestrati» confermò lei. «Che ne è stato di Godfrey? Oliver lo riteneva un comandante eccezionale.»

«È morto, milady.» Jack si fece scuro in volto. «Ma non è questa la brutta notizia. A quanto ho saputo, sembra sia stato proprio Godfrey a "vendere" Arrowgate Manor al nemico. Di fatto, è lui che ha ordinato di aprirgli le porte. Ha eliminato alcuni che avevano tentato di ribellarsi e imprigionato gli altri. Il tradimento, però, alla fine viene ricompensato con la stessa moneta: quando è andato a riscuotere il pagamento da Salford lo ha avuto, sì, ma con un colpo di pugnale.»

Simili eventi avrebbero atterrito chiunque. Eppure, Eleanor non si accasciò; anzi, irrigidì la schiena come per effetto di una frustata: strinse le mani con tanta forza che le nocche sbiancarono e serrò le palpebre, ma neppure una lacrima sfuggì di sotto le ciglia abbassate. Poi riaprì gli occhi e lo fissò con uno sguardo asciutto.

E così triste che il cuore di Richard si contrasse per la pena.

Per l'ira e il dolore.

Per amore.

La realtà lo folgorò più rapida e accecante di un lampo. Lo stordì, ma nel contempo mise in fuga le tenebre che lo avevano circondato fino a quell'istante e gli permise di vedere con chiarezza in se stesso.

Gli scoprì il passato e gli additò il futuro. E al centro, al centro di tutto, ora vedeva l'amore per lei.

All'inizio, una dolce ossessione negata, incompresa, rifiutata, ma poi era diventato il più forte dei sentimenti, quello che lo avrebbe guidato come una stella polare per il resto dei giorni. Purché gli fosse concessa l'opportunità di guadagnarsi il suo cuore e di dimostrarle che, nonostante tutto, era l'unico uomo della sua vita.

Si sporse verso di lei, quasi a escludere gli altri. «La riprenderemo. La casa che vi è stata tolta con l'inganno rientrerà in vostro possesso. Ve lo prometto.»

«Arrowgate Manor è di mio fratello» precisò Eleanor. «Non è mai stata mia. E Oliver potrebbe non essere morto. Il suo corpo non è stato ritrovato» concluse con un filo di voce.

Richard sospirò. «Ma se non dovesse tornare entro l'anno, la Corona assegnerà a voi la proprietà.»

«Dunque, mi aiuterete? Per questo motivo?»

«Lo farò per voi, ma l'avrei fatto anche per Lyon. Nessuno può chiamarsi cavaliere se non prende la spada per combattere i soprusi e difendere i diritti dei più deboli.»

Gli occhi di lei tornarono a scintillare. «E nessun cavaliere ha un senso dell'onore pari al vostro.»

Richard tacque. Serrò la mascella con forza, fino a far scricchiolare i denti; fece un cenno vago, poi si raddrizzò. «Jack: domani partirai per Londra. Warwick dev'essere informato dell'accaduto.»

«Sì, milord. Ma ci vorranno giorni prima che io riesca a incontrarlo.»

Era vero, ma non poteva certo ammettere che la fiducia nel conte si era ormai incrinata.

I sospetti che aveva iniziato a nutrire nei suoi confronti si erano persino inaspriti dopo l'intervento a favore di Robin di Redesdale.

Un comportamento strano e incomprensibile, così lontano dall'intransigente rettitudine che, in passato, aveva contraddistinto Warwick e sulla quale lui stesso si era formato. Sembrava che ormai parlassero due linguaggi diversi e non riusciva a raccapezzarsene, ma qualunque fosse la ragione del cambiamento, per lui era inaccettabile.

«È probabile» confermò con un cenno. «E spero anche che, per allora, saremo già riusciti a riconquistare Arrowgate Manor. Non che sottovaluti quest'impresa o le forze di Salford. Al contrario, invece, sarà necessaria una strategia molto accurata.» Si alzò. «Ralph: convoca il capo delle guardie e raggiungimi nello studio.»

Poi, il suo sguardo scivolò su Eleanor. «Mi dispiace moltissimo, amor mio, ma saremo costretti a rimandare ancora una volta il nostro matrimonio. Purtroppo, non c'è tempo da perdere: più a lungo sir Mortimer riesce a consolidare la sua posizione, più difficile sarà sconfiggerlo. La tempestività in questi casi è essenziale tanto quanto l'elemento sorpresa.»

Fino a quel momento non l'aveva mai chiamata "amore", neppure negli attimi di passione. Ma ora, all'improvviso, aveva provato il desiderio, la *necessità* di farlo, perché tutti, lei per prima, comprendessero quanto gli costava, questa volta, ritardare il matrimonio.

Sapeva di averla sorpresa.

E tuttavia, solo lui che la fissava con il cuore negli occhi colse il fugace battere di ciglia, la sfumatura di perla del volto e il tremito leggero delle mani, subito intrecciate.

E quando parlò, la sua voce era ferma, solo più dolce di sempre. «Vi ringrazio, invece, milord. Perché anteponete il dovere alla gioia e tenete in così alto conto i miei desideri.»

Richard non replicò. Chinò la testa in cenno di commiato e si affrettò a lasciare la sala perché nessuno gli leggesse in volto le emozioni suscitate da quelle parole.

"Non ti deluderò!", giurò a se stesso.

E a lei.

Bella, regale, fiera.

Eleanor, la sua leonessa.

*"Sarà il vostro trastullo, mio signore. Eh? Che ne dite? Non è male, se vi piacciono i capelli rossi."*

*"È brava a letto, almeno?"*

*"Immagino di sì." Sul viso di sir Geoffrey si aprì un sorriso cattivo. "Assomiglia a quella baldracca di sua madre."*

*"Bene. Bene. E vostro nipote? Credevo che voleste salvare il patrimonio per lui."*

*La testa di Lyon si trasformò. La pelle si tese sul cranio, gli occhi diventarono due orbite vuote. Il teschio aprì i denti corrotti e proclamò: "Oliver è morto."*

«No!» Eleanor balzò a sedere sul letto.

Un sudore gelido le correva fra i seni e giù per le spalle, le lacrime le bagnavano di sale le labbra e poi gocciolavano dal mento.

«Non è vero! Non è morto!» ripeté fra i singhiozzi. Le cortine pesanti circondavano il letto come un sepolcro: le afferrò e tirò con tanta forza che un lembo si strappò dagli anelli di sostegno.

Che importava? Fuori, c'era la luce. Era giorno. E quello era stato solo un incubo. Un orribile, stupido e inutile brutto sogno.

Mise in terra i piedi: il freddo sotto le piante le fece arricciare le dita, ma andava bene così; la realtà era benedetta quando dissipava le angosce della notte.

Si passò una mano sulla fronte, si scostò i capelli umidi e respirò lentamente, fino a che sentì il cuore tornare dalla gola in seno e le orecchie smettere di ronzare.

Dio, che paura! E per cosa, poi! Cercò di ridere di se stessa, ma non le riuscì.

Da bambina, se le capitava di fare un brutto sogno, correva da Nan, le nascondeva la testa nell'ampio petto e poi glielo raccontava tutto, dal principio alla fine, finché la nutrice non riusciva a calmarla. Ora, però, era una donna adulta e non si sarebbe fatta impressionare da sciocchezze o da stupide superstizioni. Quell'incubo era solo frutto della tensione del giorno prima, generato dall'angoscia di sapere Arrowgate Manor nelle mani di Salford.

«Ancora per poco, bastardo!» si sfogò a dire.

Il Leone Bianco lo avrebbe vinto e scacciato. Il suo cavaliere senza macchia. Il suo Richard.

Stavolta, il sorriso che veniva dal cuore sciolse la rigidità delle labbra. Com'era nobile e leale *il suo Richard*! Aveva preso su di sé quell'onere e senza por tempo di mezzo.

Era stato chiuso fino a notte fonda nello studio, insieme con Ralph e gli altri uomini, per studiare il piano d'attacco contro l'invasore. Ne era certa, perché era rimasta sveglia finché non aveva udito i passi risuonare lungo il corridoio. Aveva atteso un ultimo istante, prima di spalancare l'uscio: voleva gettarsi fra le sue braccia e dirgli, con un bacio, quanto lo ammirava. Quanto gli era grata.

E sì, quanto lo amava; insieme, sarebbero poi andati nella sua stanza e lì, accanto al fuoco, gli avrebbe rivelato ciò che nessuno sapeva a proposito di Arrowgate Manor.

In quel mentre, aveva però udito la voce di Jack, così si era allontanata dalla porta; era tornata nel suo letto, a stropicciare le lenzuola fredde e solitarie, finendo per addormentarsi e sognare.

Tuttavia, anche la notte più lunga e buia non aspetta che l'alba per fuggire a nascondersi, e a quel che poteva vedere si stava annunciando una splendida giornata d'autunno. Non intendeva perderne un solo minuto. In fretta, in fretta: lavarsi, vestirsi, una colazione sommaria e poi subito da Richard.

Un nitrito. Poi un altro. Gli zoccoli di molti cavalli battevano il terreno. Il suono di un corno.

Eleanor impietrì. Che cosa stava succedendo?

Qualcuno gridò un ordine. No, non *qualcuno*. Quella era la voce di Richard, non poteva sbagliarsi.

Si alzò di scatto e fece per correre verso la finestra, ma la camicia troppo lunga le si arrotolò intorno alle caviglie; v'inciampò e finì in terra. Si rialzò a fatica, trattenendo il fiato per il dolore e stringendosi il fianco che bruciava come se l'avessero marchiata a fuoco, si trascinò alla finestra. La spalancò.

«Mio Dio!» Dovette sorreggersi al davanzale per non cadere.

Dove aveva trovato tutti quegli uomini? E come aveva fatto a radunarli tanto in fretta? La maggior parte a piedi, un buon numero a cavallo. Armati di bastoni, falci e roncole i primi, di spade e lance gli altri. Qualcuno aveva una faretra sulle spalle e un lungo arco a tracolla.

E alla testa di quel piccolo esercito, Richard, in sella a un enorme destriero, bianco come latte appena munto.

Indossava l'elmo e un corsetto di acciaio lucido sulla sopravveste imbottita.

Il cuore le si gonfiò di amore e di orgoglio.

E poi di paura e di rabbia. Perché non l'aveva aspettata? Perché se ne andava così, alle prime luci del giorno, senza neppure averla salutata?

«D'Arcy!» chiamò.

Ma la sua voce fu sopraffatta dal suono del corno.

Vide Vernon avanzare e affiancare il cugino in sella al suo baio. Recava lo stendardo con il leone rampante.

«D'Arcy!» gridò di nuovo, più forte.

Stavolta, Richard la sentì. Alzò la testa e la fissò. Poi si portò la mano chiusa a pugno sul petto, in un antico gesto di saluto.

«D'Arcy» ripeté ancora, più piano.

Ma lui aveva già fatto voltare Raziel. Sollevò un braccio e un improvviso silenzio calò sulla scena.

Gli uomini tacquero, gli animali si fermarono, immobili. Solo la seta azzurra e bianca schioccava al vento.

Richard diede il segnale e il drappello partì, in una marcia ordinata che rivelava la perfetta disciplina.

Eleanor inghiottì le lacrime e chiuse la finestra.

# *Capitolo 21*

«Io non starò qui, ad aspettare.» Eleanor strinse i pugni sotto il mantello, per non lasciar scorgere il tremito che la scuoteva. Era agitazione, non paura.

«Capisco.»

«Quattro anni, Fleur! Ho atteso quattro lunghissimi anni.»

«Però non dovreste...»

«*Devo*, invece. E non venite a dirmi che sono una donna e che non so nulla di guerre, assedi e battaglie: Arrowgate Manor è la casa dove sono nata e la conosco molto meglio di vostro marito o dello stesso D'Arcy. Se solo mi avesse dato il tempo di parlargli, invece di partire così!» L'ansia e la delusione le strinsero la gola e le impedirono di continuare.

«Non volevo scoraggiarvi dal partire. Non era quello che intendevo dirvi.»

«No?» Stupita, la fissò con maggiore attenzione. Gli occhi d'oro verde di *madame* Vernon mostravano una comprensione affettuosa: non sdegno, né rimprovero. Neppure stupore o, perlomeno, non troppo.

Fleur lasciò andare un sospiro.

«Vedo che siete decisa, amica mia. E anche ben equipaggiata. Quanto alla vostra sicurezza, sono certa che Ailith sia un bravissimo arciere.» Sorrise e accennò alla ragazza bionda, dalla cui schiena pendevano arco e faretra. Scansò il velo che le scendeva dall'*hennin* con un piccolo gesto di fastidio che tradiva ancora la mancanza di abitudine a nascondere le proprie chiome sotto l'alto copricapo. «Comprendo anche che siate irritata, sapete? In fondo, si tratta di casa vostra.»

«Non è per quello» precisò Eleanor. «Il fatto è che Arrowgate Manor è davvero ardua da conquistare. Metterla sotto assedio non risolverà nulla. E i nostri» arrossì un poco, ma proseguì decisa «si troveranno in una posizione difficile. Il fiume li costringerà ad accamparsi lontano e in una zona esposta. Io, solo io, so come risolvere il problema.»

Fleur si sporse un poco, lo sguardo acceso d'interesse. «Allora è di fondamentale importanza che D'Arcy e Vernon ne siano informati. Comunque...» vide che l'altra stava per protestare e la tacitò con un gesto. «Aspettate, fatemi finire. Ciò che intendo dire è che non potete attraversare di nuovo Thornwood senza almeno una scorta. Il vostro travestimento precedente è stato scoperto e questa volta vi attirerebbe guai invece di proteggervi. E sia Vernon sia D'Arcy mi toglierebbero la pelle, se non riuscissi a farvi ragionare.» Arricciò le labbra in una smorfia graziosa. «Se non di me, abbiate almeno pietà della creatura che porto in seno.»

«Che dite, milady!» esclamò Ailith, con gli occhi sbarrati. «Nessuno di loro due vi toccherebbe. Neppure con una piuma, sono sicura.»

Lei rise, maliziosa. «Ve lo concedo per quanto riguarda Richard, ma Ralph! Quando discutiamo, finisce proprio così: prende una penna d'oca e mi tortura finché non mi contorco dalle risate. Si diverte un mondo a farmi il solletico.»

Eleanor arrossì ma sorrise, un po' rasserenata e forse convinta. Infatti, chiese: «Che scorta avevate in mente?»

«Be' ecco. Questo, in effetti, è un piccolo problema, perché tutti gli uomini migliori sono partiti per Alcester. Lo scudiero di D'Arcy, però, è ancora al castello e se lo conosco bene, starà rimpin... rifocillandosi in cucina, prima di partire per Londra. Burton?» Chiamò il servitore, intento a sorvegliare il lavoro delle donne che ripulivano la sala. «Puoi dire a Jack di venire qui?»

Quello annuì. «Vado subito, signora.» E si voltò per andare a eseguire l'ordine.

Fleur ne osservò con interesse la schiena ampia. «Aspetta!» lo richiamò.

«Sì, milady?»

Lei studiò il volto barbuto, che avrebbe messo in fuga più di un malvivente. «Quali sono i tuoi compiti, qui? Quelli per i quali sir Ralph ti ha assunto.»

Anche se la domanda lo aveva stupito, lui non lo diede a vedere. «Organizzo la servitù addetta al mastio, alla Sala Grande e agli appartamenti privati delle loro signorie, sia nelle giornate normali, sia in occasione dei ricevimenti. Sono responsabile delle cantine e della dispensa. Inoltre, mi occupo personalmente delle necessità di lord D'Arcy.»

«E per quanto riguarda la mia sicurezza? Non è un caso che tu sia sempre presente quando non c'è Vernon, giusto?»

Lui raddrizzò le spalle e sembrò persino più imponente. «Nossignora. Cioè, sì, milady. Ho avuto l'incarico di proteggervi fino al suo ritorno.»

«Mhmm. Proprio come pensavo. E dal momento che lady Eleanor sarà la futura castellana, immagino che il tuo compito si estenda anche a lei, dico bene?»

Burton aggrottò la fronte. «Credo di sì» rispose a mezza voce.

«Certo che è così.» Fleur batté le mani, soddisfatta. «È tutto a posto, quindi. Tu e Jack scorterete madamigella Lyon e madamigella Ailith fino a che non raggiungerete lord D'Arcy e il suo esercito. Poi, il ragazzo partirà per raggiungere il conte di Warwick, mentre tu tornerai a Evershine.»

«Ma, milady...»

«Niente "ma". Io starò qui, buona buona. Il castello non è del tutto sguarnito: Vernon mi ha assicurato di aver lasciato un certo numero di sentinelle e le nuove fortificazioni sono più che sicure. Che cosa mai potrebbe accadere in un paio di giorni? Lady Eleanor, invece, rischia di incorrere in chissà quali pericoli nella foresta. Vedi bene qual è il tuo dovere.»

«Posso portare delle armi, almeno?» chiese, scuro in volto, ma a corto di argomenti con cui controbattere.

«*Devi*, Burton. Immagino tu sappia usare almeno una spada.»

L'uomo gonfiò il petto. «Più che bene, mia signora.»

«Dunque, chiama Jack. Preparatevi e tenetevi pronti a partire.»

Lui s'inchinò. E avendo accettato l'ordine come un dato di fatto, all'improvviso parve un condottiero e non un servitore. Con un passo più energico e veloce del solito, si voltò e uscì dalla sala.

«Tutto sommato, credo di avergli fatto un gran favore» mormorò Fleur. «Molte volte ho avuto l'impressione che la sua divisa gli stesse stretta. Ma, di questi tempi, la necessità costringe le persone ad adattarsi.»

Eleanor, che aveva assistito in silenzio a quel dialogo serrato, si avvicinò. «Sono senza parole, sapete. A volte, io fatico a impormi persino con la mia Nan, che pure è un pezzo di pane. Burton, invece, è un uomo grande e grosso. Molto grosso, eppure siete riuscita a fargli fare ciò che volevate.»

«È proprio quella la differenza, cara amica. Noi donne siamo più difficili da convincere perché usiamo la testa. I muscoli degli uomini sono belli a vedersi e utili per difenderci, ma quando si tratta di ragionare...» Ammiccò maliziosa e fu felice quando l'altra scoppiò a ridere. Dio solo sapeva quanto ne avesse bisogno prima di affrontare quella nuova avventura. Per non parlare del malumore di D'Arcy: conosceva abbastanza suo cugino per sapere che, scorta o non scorta, non sarebbe stato per nulla felice nel vedersi comparire davanti all'improvviso la promessa sposa.

«Siete impagabile, Fleur!» Eleanor si asciugò due lacrime. «Io non diventerò mai una castellana brava quanto voi.»

«Sarete migliore di me, invece.» La prese sottobraccio e se la strinse al fianco con affetto. «Io non ero per nulla pronta per questa vita: il mio mondo era fatto di distillati e di alambicchi. Di erbe e malanni da curare. E poi...»

«E poi?»

«Ho incontrato Ralph.» Si accarezzò la lieve sporgenza del ventre. «E tutto è cambiato. Vedrete, sarà così anche per voi. Sposerete Richard e ogni cosa sarà diversa.»

«Lo è già» le rispose con un sospiro. «Lo è già.»

«Bene.» Nascose la commozione dietro il sorriso più brillante che riuscì a sfoderare. «Allora, venite. Vi farò portare un cesto con un po' di provviste, prima che vi mettiate in viaggio. E voglio che indossiate entrambe un mantello più caldo e pesante. Quando non c'è da temere freddo o fame, il successo di una spedizione è già, in buona parte, assicurato.»

«Credete che abbiano ormai oltrepassato Thornwood?» domandò Eleanor, inquieta. «Hanno almeno un paio d'ore di vantaggio su di noi.»

«È vero, milady» Jack voltò la testa per risponderle. «Ma il sentiero è tanto stretto. In alcuni punti passano appena due cavalli appaiati, perciò la loro marcia è di sicuro rallentata. Vedrete: li raggiungeremo poco dopo la radura.»

Al suo fianco, Ailith borbottò qualcosa d'incomprensibile, forse un'imprecazione. Poi aggiunse: «Non vedo l'ora. Non mi piace dover restare indietro.»

Eleanor lo immaginava, ma la formazione nella quale avevano deciso di attraversare la foresta aveva un senso: all'avanguardia Jack, vista acuta e gambe lunghe, loro due al centro e da ultimo Burton, che indossava un farsetto di cuoio ed era armato di tutto punto. Cercò di tranquillizzare l'amica. «Non eri così nervosa la prima volta che siamo passate da queste parti. O, almeno, non lo davi a vedere. Eppure, adesso siamo certo più scortate e sicure di allora.»

«Uhm.» Ailith sollevò la testa e il suo sguardo corse al fogliame ancora fitto. «Sono sicura che i briganti ci stanno sorvegliando. Riesco ad avvertire i loro occhi; mi pungono, proprio come spilli.»

Lei annuì. «Certo che sì. Lascia perdere, non cercare di vederli; è peggio. Fai come me: testa bassa e bada a dove metti i piedi.»

«Questo non è il consiglio da dare a un arciere» ribatté l'altra. «Come farei a incoccare in tempo una freccia?»

«Perché dovresti farlo? Non credo ci daranno noia. Il drappello guidato dal Leone Bianco è appena passato e di certo non è stato pagato alcun pedaggio. Tuttavia, non lo hanno fermato, ma se ne sono rimasti nascosti fra le fronde.» Scosse la testa. «Credo che l'*Allegra Brigata* sia stata sopravvalutata: magari non sono che un pugno di poveri contadini disperati.»

«Il loro capo non mi aveva dato quell'impressione. O meglio: magari era ciò che voleva far credere, ma proprio per questo...»

«Silenzio!» Jack fece un cenno. «Aspettate qui. Mi sembra di sentire qualcosa.» Avanzò di qualche passo e poi ancora. La vegetazione lo nascose alla vista.

Ailith tese le orecchie. «Ha ragione. Lo sento anch'io, adesso» mormorò.

«Che sia l'Arrow?»

«No. Sembrano voci.»

«Lo sono» disse Burton. «Ma è impossibile capire se appartengono o no a quelli dell'*Allegra Brigata*.»

«Evershine!» Jack riapparve, un sorriso enorme sul volto magro. «Sono i nostri uomini, guidati dal Leone Bianco. A poca distanza, nella radura, proprio come avevo pensato.»

«Ti hanno visto? Sanno che siamo qui?» chiese Eleanor, mentre cercava di contenere l'agitazione.

«Sì, milady.» Jack arrossì e abbassò la testa. «Lord D'Arcy vi sta aspettando. Temo non sia molto felice del nostro arrivo.»

«Bene, andiamo.» S'incamminò decisa, senza scambiare neppure uno sguardo con gli altri.

E così, il Leone Bianco pensava di accoglierla con un rimprovero? Credeva sul serio che lei fosse una ragazzetta sciocca, pronta a mettere in pericolo se stessa e gli altri senza una ragione importante?

E poi, perché se n'era andato senza neppure avvisarla? Sir Ralph aveva salutato Fleur: invece, se lei non si fosse svegliata in tempo, non lo avrebbe neppure visto partire. Questo era ciò che le bruciava più di tutto.

Strinse le labbra e allungò il passo.

Le querce si diradarono all'improvviso nella radura; gli elmi brillavano al sole, le criniere e gli stendardi erano mossi dal vento. L'Arrow mormorava in lontananza e le fronde stormivano garrule, ma la tensione era nell'aria. I destrieri tenuti con mano ferma dai cavalieri formavano un cerchio a protezione del piccolo esercito e gli arcieri avevano le frecce incoccate e miravano in alto.

Richard spronò Raziel e le andò vicino. «Signora. Dovete avere un motivo ben grave per aver messo in pericolo voi stessa e gli altri.»

Almeno, le stava riconoscendo davanti a tutti il beneficio del dubbio e le dava motivo di spiegarsi. Ricambiò il suo sguardo cupo con altrettanta severità. «È ovvio, milord, anche se non sarei giunta a tanto se aveste avuto la bontà di ascoltarmi prima di organizzare tutto questo. Vogliate scendere, per favore e io... Ah!»

La frase terminò in un grido più di sorpresa che di paura. D'Arcy si era curvato su di lei e l'aveva afferrata con una presa forte e improvvisa; neppure il tempo di agitare i piedi in aria e si ritrovò in sella davanti a lui, il fianco premuto contro l'acciaio.

«Ditemi quel che dovete. E subito, Eleanor» le disse a bassa voce, ma il tono cupo e adirato si venò di sensualità quando aggiunse: «Prima che la vicinanza con il vostro meraviglioso corpo mi faccia venire in mente altre idee.»

Lei, che aveva pensato di mostrarsi algida oltre che offesa, si ritrovò senza fiato, le guance bollenti, eccitata in modo vergognoso. Si agitò, sperando di riacquistare il proprio contegno.

«State ferma» la redarguì. «O sarà anche peggio di così.»

Era un'idea tanto mortificante che s'irrigidì subito e rimase immobile come una pupattola di legno.

«Non ero sola, come vedete» gracchiò nell'indicargli Ailith, Jack e Burton, decisa a superare quel momento difficile.

«Mi sbaglio nel riconoscere lo zampino di Fleur?» chiese sir Ralph, avvicinandosi in sella al suo baio. «Burton, vecchio mio, quale sorpresa» commentò poi, nel fissare con apprezzamento il servitore nell'insolita veste di guerriero. «Dovevo immaginarlo, a pensarci bene.»

«Basta con questo scambio di cortesie» tuonò Richard, di nuovo accigliato. «Siamo nel bel mezzo di Thornwood e fin troppo esposti. Non ho alcun desiderio di restare qui un solo minuto più del necessario. Finora non abbiamo avuto noie, ma...»

Un sibilo spezzò a metà la frase.

La freccia si conficcò nel terreno, a un passo dagli zoccoli di Raziel, che scartò di lato: l'asta vibrò per qualche istante, poi ristette.

All'intorno, si scatenò il pandemonio.

«Fermi!» urlò D'Arcy ai suoi.

Tese il braccio, la mano aperta. E attese.

L'uomo apparve all'improvviso, ai piedi di una quercia gigantesca. Avanzava con calma; aveva un arco lungo fra le mani, ma non lo teneva sotto mira.

«Rob di Redesdale!» Richard lasciò in sella Eleanor e smontò con un balzo. Fece un cenno a Ralph che gli fu subito accanto, la mano sull'elsa della spada.

«In persona» rispose quello. «Non ho intenzione di uccidervi, D'Arcy, o lo avrei già fatto. Perciò, dite ai vostri di stare calmi. Altrimenti...» Non terminò la frase, ma alzò la testa e indicò gli alberi che incoronavano la radura.

Richard non si lasciò distrarre. Sapeva benissimo che, tutt'al più, sarebbe riuscito a distinguere le fronde che si agitavano. Era però altrettanto sicuro che dietro lo schermo verde, incoccate e pronte, decine di frecce fossero puntate su di loro. Magari anche un centinaio, forse più. Un'imboscata in piena regola, che avrebbe potuto concludersi in una carneficina. Quelli, però, erano gli *Allegri Briganti* di Thornwood, il cui principale interesse era spennare gli incauti polli che attraversavano la foresta; in fondo, se l'era aspettato e aveva preparato un sacchetto di monete, abbastanza pesante da accontentare i malviventi.

«Nessuno si muova» ordinò di nuovo ai suoi, per scongiurare qualsiasi iniziativa. Il nervosismo era un pericoloso consigliere.

L'*Aggiustatutto*, ormai a due passi di distanza, si arrestò. Annuì, una specie di sorriso sarcastico sulle labbra, una linea sottile incorniciata dai baffi e dalla barba folta e nera. «Siete intelligente e ragionevole, milord. Me n'ero già accorto al castello. Anche se non sono sicuro quale fine mi avreste riservato se non fosse intervenuto il nostro comune amico.»

*Amico*? Richard strinse i denti, attento a non lasciarsi sfuggire un'imprecazione. Sentir definire in quel modo Warwick era olio sul fuoco dei suoi sospetti. Anche se non riusciva proprio a immaginare che collegamento potesse esservi fra due persone tanto diverse: un conte ricco, potente, elegante e un miserevole brigante.

No, non era uno straccione. All'improvviso comprese cosa lo avesse insospettito fin dall'inizio. L'uomo vestiva calzebraghe di lana scura, ma gli stivali, ancorché sformati e appesantiti dal fango, erano di un ottimo cuoio, così come il giubbetto le cui impunture rivelavano l'accortezza di un bravo artigiano. I capelli e la barba avrebbero avuto urgente bisogno di cure, eppure non riuscivano a nascondere un volto dai lineamenti per nulla grossolani. Quanto al suo modo di esprimersi, quello rappresentava la risposta più evidente ai propri dubbi: a Evershine, Redesdale aveva esibito un accento popolare e fatto uso di espressioni volgari, ma lì si era trovato in una situazione di pericolo e quindi poteva aver orchestrato una messa in scena. Ora, invece, la correttezza della frase e l'inflessione con la quale l'aveva pronunciata lo qualificavano senza dubbio come una persona istruita e di rango.

Restava da capire come mai si fosse mischiato ai briganti e cosa avesse in mente nei suoi riguardi.

Richard provò la sensazione di essere finito dritto nel centro di una strana tela di ragno.

# Capitolo 22

«Si tratta di soldi, mio signor brigante?» La voce di Eleanor squillò chiara e forte: solo a lei poteva venire in mente di rivolgersi a un fuorilegge con tanta gentilezza. Orgoglioso e preoccupato nello stesso tempo, D'Arcy evitò di guardarla.

«E perché no?» Redesdale sogghignò, beffardo. «C'è forse qualcosa più importante? Ditemelo. Tutto il resto sono solo chiacchiere vuote, buone per ricchi. Non riempiono la pancia dei miei uomini.»

Richard si sfilò dal fianco il sacchetto con le monete e lo soppesò fra le mani. «D'accordo, finiamola. Suppongo che qui ve ne sia abbastanza per sfamare la vostra combriccola per tutto l'inverno.»

«*Supponete.* Ah! Che cosa ne sapete di quanti siamo?»

«Giudicate voi, dunque.» Gli lanciò la borsa, che l'altro afferrò al volo. La aprì, controllò il contenuto, poi la richiuse e la sollevò in alto, mostrandola in quel modo alle molte paia di occhi celate dalle fronde. «Che ne dite? Siete soddisfatto?»

«Può andare, D'Arcy. Può andare. Almeno per il momento.»

«Lasciateci proseguire, allora.»

«Non abbiate fretta, milord. Il rame va bene per i miei uomini, ma io voglio qualcosa di più. Sono curioso, vedete. E Thornwood è la mia casa: perciò stavolta tocca a me fare le domande e a voi rispondere.» Accarezzò con fare distratto il proprio arco.

Richard ribolliva d'ira, eppure la tenne a freno. Un tempo si sarebbe fatto beffe delle minacce dei malviventi; dopotutto, combattere era il suo mestiere e si era ripromesso di liberare Thornwood da quel flagello. Ma ora c'era Eleanor, un bersaglio maledettamente visibile in sella a Raziel. Solo il pensiero che, per colpa sua, potesse accaderle qualcosa di male, era sufficiente a raffreddare ogni velleità di lotta. «Che cosa volete sapere?» ringhiò.

«Facciamo delle ipotesi. State per impalmare madamigella Lyon di Arrowgate Manor, questo è un fatto. Ma, guarda caso, la sua proprietà» indicò con il pollice la foresta dietro di sé «è caduta in mano a Salford.»

«Siete molto bene informato.»

«È mio interesse sapere con chi ho a che fare a nord e a sud di Thornwood. Dunque: dal numero di gente armata che vi portate appresso, è chiaro che avete tutte le intenzioni di muovere contro sir Mortimer. Lo capisce anche un rozzo brigante come me.»

«Basta con questa pagliacciata, *Robin di Redesdale*. O chiunque siate per davvero.»

Rob si strinse nelle spalle.

«Come volete, D'Arcy. Un nome non ha molta importanza. Piuttosto: rammentate quel che vi ho detto a Evershine? L'*Allegra Brigata* può esservi utile. Molto utile, anzi. Ora più di allora.»

«Non vedo come» commentò, secco, il Leone Bianco.

«È presto detto: i miei sono validissimi arcieri e sanno menar le mani, se occorre. Vi offro il nostro aiuto per scacciare l'invasore. Credo, anzi sono certo, che vi convenga accettarlo: non avete un grande esercito, a quanto vedo.»

Le sue parole generarono un silenzio che avrebbe atterrito un cuore pavido. Nessuno si muoveva, persino l'erba aveva smesso di ondeggiare. Gli occhi di tutti erano adesso puntati sul Leone Bianco, forse attendendo una sua reazione violenta.

Rob sapeva che molti nobili si sarebbero sdegnati e avrebbero preteso di lavare nel sangue una proposta giudicata offensiva. Aveva, però, fatto i suoi calcoli e infine deciso di lanciare quella mano di dadi: D'Arcy era un valido uomo d'armi o non sarebbe sopravvissuto a tanti anni di battaglie, ma era anche un cavaliere e non avrebbe messo in pericolo la sua gente. E due donne, una delle quali era la futura sposa. Quanto all'altra, era fin troppo consapevole della sua presenza. L'aveva sorvegliata fin dal suo ingresso nella foresta e anche ora continuava a tenerla d'occhio. Se ne rese conto, il che lo irritò. «Allora, milord?» lo sollecitò infastidito. «Vi ci vuole sempre tanto a decidere?»

«Perché lo fate?»

D'Arcy gli aveva posto la domanda quasi senza muovere le labbra, in un tono che avrebbe gelato l'inferno. Tuttavia, in qualche modo questo non fece che rafforzare le sue intuizioni. «Perché l'inverno è lungo, freddo e arriverà fra poco. Perché molti dei miei compagni hanno famiglie da mantenere e in tanti casi neppure un tetto. Vi basta?»

«No. Per queste stesse ragioni avreste potuto scegliere di andare da Salford. Che avrebbe accettato senza tante storie: di sicuro, immagina di doversi difendere. Invece, avete scelto di offrire a me i vostri servigi. Voglio sapere perché.»

Un uomo acuto, che non si accontentava di spiegazioni superficiali, ma lui non poteva offrirgliene di più profonde: l'odio che nutriva nei confronti di sir Mortimer era solo affar suo o, piuttosto, di Christopher Conyers. Unirsi a D'Arcy per espugnare Arrowgate Manor gli forniva un'ottima opportunità per vendicarsi e pareggiare i conti con quel verme maledetto.

Inoltre, da quando si era ritrovato a Evershine e aveva verificato di persona che la leggenda del Leone Bianco rispondeva a verità, si era trovato ad ammirarlo suo malgrado. Non gli dispiaceva per niente aiutarlo a entrare in possesso di Arrowgate Manor, il che avrebbe rafforzato la sua posizione nei confronti dello strapotere della famiglia

Neville. L'impegno preso con Warwick non gli andava più molto a genio: un conto era organizzare un gruppetto di fuorilegge e dar vita, al momento opportuno, a un focolaio di rivolte che dessero al conte il pretesto di muoversi in armi, un conto era invischiare in questo gioco un cavaliere leale come D'Arcy. Come, un tempo, anche lui era stato.

«Mi state suggerendo di rivolgermi al vostro nemico?» chiese, con tutta l'arroganza che doveva identificare il capo dei briganti di Thornwood e consapevole che, pur con tutti i suoi dubbi, il Leone Bianco non poteva permettersi di compiere un simile errore.

«Smettetela. Tutti e due.» Madamigella Lyon s'inserì nel loro dialogo con lo stesso tono di voce che aveva avuto la vecchia balia di Hornby, l'unica che riusciva a dividere lui e suoi fratelli quando si azzuffavano.

Certo, era molto più giovane e graziosa. Rob se ne rese conto in quel momento: aveva spinto all'indietro il cappuccio del mantello, rivelando uno splendido manto di capelli rossi e un viso che, alla luce del sole, dimostrava una pura bellezza. Non c'era da meravigliarsi che D'Arcy la scrutasse con quel fiero cipiglio di possesso.

«In realtà, messer Rob» proseguì lei, decisa «può essere che la vostra collaborazione sia di utilità per entrambi. Ma i termini di un accordo devono essere studiati con maggior accuratezza e c'è qualcosa di cui devo mettervi al corrente. Non sono venuta fin qui per fare una passeggiata.» Si guardò attorno e osservò con attenzione la radura. «Non c'è un posto dove si possa discutere con un po' di calma? E, per favore, qualcuno mi aiuti a scendere da quassù: non ho alcuna intenzione di rompermi l'osso del collo.»

«Senza dubbio, milady, l'esistenza della galleria di cui parlate ci consentirà di riprendere Arrowgate Manor molto più in fretta.»

Richard le rivolse un sorriso appena accennato, nel quale lei lesse le sue scuse per essersene andato all'alba, senza salutarla. «Tuttavia, dovremo comunque impegnarci in un assedio, se non altro come azione diversiva. Salford non è uno sciocco, e di certo le sue spie gli hanno già rivelato il nostro avanzare. La mancanza di azione da parte mia lo metterebbe ancora di più in allarme.»

«E dunque vedete bene che i miei uomini vi saranno d'aiuto» ribadì Redesdale. «Faranno un bel po' di baccano e tireranno abbastanza frecce da tenere occupati i nemici per tutto il tempo necessario. Quello, cioè, che servirà a noi tre per penetrare nel castello attraverso il passaggio segreto.»

Eleanor si sforzò di ignorare il lampo di sdegno che si accese nello sguardo di Richard. Né lui né Ralph avevano accettato di buon grado la partecipazione di mastro Rob all'impresa, ma quello l'aveva posta come condizione non negoziabile e, con il loro piccolo esercito tenuto sotto scacco nella radura, non avevano molta scelta. Del resto, una terza persona sarebbe stata più che utile per attuare al meglio il piano prefissato: prendere di sorpresa Salford nella sua stessa camera, liberare gli uomini che erano rimasti fedeli ai Lyon, poi scacciare gli invasori. Certo, era indispensabile che vi fosse accordo fra loro. Si sforzò di sorridere, per alleggerire la tensione. «Sono fiduciosa che non incontrerete grande resistenza, signori: quel tiranno non è amato neppure fra i suoi.»

D'Arcy aggrottò le sopracciglia. «Siete sicura che la galleria sia ancora agibile? Se è tanto antica quanto dite, è possibile che la volta sia crollata.»

«È in buone condizioni» confermò. Si agitò un poco, a disagio. Il pavimento di ruvide assi era piuttosto umido, ma non era possibile restare in piedi: pur non essendo alta come la sua amica, avrebbe urtato con la testa contro i rami. La dimora aerea di Redesdale non era di sicuro una reggia, ma non era pensabile discutere il loro "consiglio di guerra" in mezzo alla radura, perciò erano saliti sulla quercia grazie a una scala di corda. «Io e Ailith l'abbiamo attraversata per uscire da Arrowgate Manor. Non volevo che si sapesse della mia partenza; m'illudevo che in quel modo la casa sarebbe stata al sicuro.»

«Sempreché, nel frattempo, sir Mortimer non abbia trovato l'ingresso nascosto e l'abbia fatto murare» obiettò Ralph.

Lei strinse le labbra. «Non credo sia possibile. Sotto i grandi arazzi che le ricoprono, le pareti della camera padronale sono di nuda pietra e solo azionando una leva, posta all'interno del caminetto, nel muro di fondo si apre il varco segreto. In pratica, è impossibile individuarlo a occhio nudo: io stessa l'ho scoperto per caso, dopo la morte di Lyon.»

L'*Aggiustatutto* aggrottò la fronte. «Vostro fratello?»

«No, suo zio. Oliver non è morto.» Respirò a fondo. «Non sappiamo se lo sia. E comunque, neppure lui ne era a conoscenza.»

Richard si schiarì la voce. «Abbiamo bisogno di qualcosa che vi permetta di disegnarci una mappa di Arrowgate Manor.»

Il brigante annuì. Andò in un angolo, dove erano ammassati alcuni oggetti d'uso quotidiano e tornò con un legno carbonizzato. Glielo porse con un gesto cortese che risultò piuttosto buffo, dato che si muoveva carponi. «Per voi, damigella.»

Lei prese il bastoncino, mentre gli altri si scostavano per lasciare uno spazio libero sull'impiantito. Si chinò e prese a tracciare una pianta sommaria, nominando man mano quel che rappresentava: l'estremità settentrionale di Thornwood, il corso del fiume, Arrowgate Manor e la rupe a ridosso della quale era stata costruita, l'alta e scabra propaggine di una sequenza di affioramenti granitici. «Ecco.» Segnò una croce alla base della roccia, un po' a nord-est rispetto alle mura che fortificavano la casa. «L'ingresso si trova all'incirca qui.»

Ailith si protese sulla sua spalla. «Forse, appena più spostato sulla sinistra» la corresse. Fino a quel momento non aveva aperto bocca e si era limitata a rimanerle sempre vicina, quasi a proteggerla da quel numero esuberante di maschi. «La galleria forma un angolo retto prima di trovare le scale che salgono fino alla camera padronale.»

«Ah! Avete ritrovato la parola» commentò Redesdale, sarcastico. «Credevo l'aveste persa del tutto. Capita, a chi ne fa un uso eccessivo.»

«Siete entrato a Evershine con l'inganno, cosa vi aspettavate?» gli rispose la ragazza, replicando con uno sguardo di fuoco all'accusa di essersi comportata da spia.

«Non ero armato e lo sapevate. Vi avevo detto di non avere cattive intenzioni.»

«E avrei dovuto credere a un brigante? Avete un bel concetto dell'intelligenza femminile!»

Eleanor osservò i due che si fronteggiavano con l'animosità di galli da combattimento. Quel battibecco era assurdo, ma quello che più la stupiva era la foga di Ailith: cosa stava capitando alla sua taciturna amica?

«Vorrei capire come faremo a individuare l'ingresso» intervenne Ralph, pacato, ma con una traccia d'impazienza nella voce. «Immagino sia ben nascosto.»

«Non è difficile. Un paio di secoli fa, i costruttori del castelletto deviarono una parte del fiume perché lo circondasse sui tre lati esposti. È un ramo modesto dell'Arrow, poco più largo di un semplice fossato, che a ovest confluisce in un affluente dell'Avon.» Eleanor si chinò e disegnò un cerchio. «Qui, ancora celata dagli ultimi alberi di Thornwood, l'acqua è poco profonda e in questa stagione affiorano dei massi che permettono di attraversarlo senza fatica. Poi, una volta sull'altra sponda, c'è solo una striscia di sabbia da percorrere, prima di arrivare allo sperone. L'imbocco del passaggio si trova dietro grossi cespugli di biancospino. Dovrete fare attenzione: le spine sono lunghe e affilate come pugnali.»

«Lo so bene» replicò Ralph con una buffa inflessione. «Ho una grande esperienza di tutto ciò che concerne il fiore di maggio.»

«I rovi non sono un problema.» L'*Aggiustatutto* aveva voltato le spalle ad Ailith come per ignorarne la presenza. «Dunque, milady: descriveteci un'altra volta, e con la massima precisione, il percorso da seguire per entrare all'interno di Arrowgate Manor.»

Lei lo fece, cercando di coinvolgere l'amica perché confermasse le sue parole, ma stavolta non ottenne che qualche cenno di assenso.

«Bene.» D'Arcy si strofinò la coscia, indolenzita per l'insolita posizione. «Non avremo che la luna per illuminarci la via, ma non credo sia possibile sbagliare. Ora non resta che organizzare l'assedio appena fuori Thornwood: accerchieremo Arrowgate Manor e Salford finirà per esporsi. Quanto a voi, gentili signore, partendo subito riuscirete a rientrare a Evershine prima di sera.»

«Proprio no.» Eleanor gettò indietro i capelli e lo fissò decisa. «Non sarò lasciata in disparte un'altra volta, ad aspettare con il cuore in gola e senza sapere quale sarà il mio destino.»

«Non potete restare qui!»

Gli occhi blu di Richard sembrarono trapassarla da parte a parte, ma lei non si arrese. «Avreste dovuto pensarci stamattina prima di andarvene» concluse serafica. «E comunque non sono sola. C'è Ailith con me. Oltre a Burton e Jack, ricordate?»

«Questo non significa niente!»

Redesdale lo interruppe con un gesto. «La soluzione c'è, se siete disposti ad accontentarvi. L'*Allegra Brigata* di Thornwood non è composta di soli uomini: le nostre donne non vivono sugli alberi, ma in un piccolo accampamento e fra esse ve n'è qualcuna di garbo che potrà provvedere alle esigenze di milady. Quanto a madamigella Ailith, non sarà costretta a camminare piegata in due» aggiunse, in tono di provocazione.

«Perfetto!» Eleanor si affrettò ad accettare prima che si accendesse una nuova polemica. «Non c'è altro da decidere, dunque.»

Ignorò lo sguardo compassionevole che Vernon allungò al cugino, ma mentre scendeva la scala di corda sentì che gli domandava: «Sono tutte così le donne di queste parti?»

«Solo le migliori» gli rispose Richard.

Lei soffocò un sorriso.

«È una fortuna che non piova, anche se fra poco salirà la nebbia dal fiume.»

Richard si strinse nelle spalle e non le rispose.

Dopo un attimo di silenzio, Eleanor riprese: «Avete terminato l'accampamento? Siete ben sistemati?»

«Sì. E sì: sono un uomo d'armi, abituato a dormire in tende di fortuna durante una campagna.»

«Siete in collera con me, D'Arcy?»

Richard trattenne un sospiro.

In collera? Certo che lo era, ma con se stesso. Fin dalle prime luci del giorno, cioè ormai da più di dodici ore.

La decisione di partire alla volta di Arrowgate Manor e la necessità di organizzare gli uomini aveva impegnato tutta la sera e la notte precedenti, ma non era quello il motivo per il quale aveva evitato di incontrare Eleanor. Sentiva che se fosse andato nella sua stanza, se l'avesse abbracciata e baciata, non sarebbe riuscito a staccarsene senza far l'amore e questo avrebbe rallentato la partenza. Invece, sapeva di dover agire e in fretta. Non solo per cogliere Salford di sorpresa, ma anche perché era un atto di riparazione nei confronti della donna che amava. Com'era possibile che continuasse a farle del male pur senza volerlo? Oltre al resto, ora avrebbe anche perso Arrowgate Manor. No! Non lo avrebbe permesso. Il rimorso non gli aveva dato un solo attimo di tregua, così era montato in sella non appena il cielo aveva assunto l'opalescenza dell'alba. Ma prima di partire si era voltato e l'aveva scorta alla finestra.

Subito, il cuore gli si era fermato in petto.

E poi, di nuovo, quando era comparsa a Thornwood, come uscita da un sogno. E ancora, nel dover accettare la sua decisione di rimanere lì, nella foresta, ad aspettare.

Non poteva continuare così.

«Vieni, Eleanor. Allontaniamoci un poco, vuoi?»

Lei non accettò subito il suo braccio. «Cosa penseranno gli altri?»

Richard si guardò attorno.

Nel cuore di Thornwood, *l'Allegra Brigata* aveva realizzato delle capanne piuttosto primitive, ma ben mimetizzate da frasche e fronde. Lì le famiglie si riunivano al calar della sera, quando non vi erano da temere incursioni e nessun viandante osava attraversare la foresta. Il fuoco acceso nel cerchio di pietre consentiva di scacciare l'umidità della notte e di preparare un pasto caldo: la tensione del giorno si allentava e chiacchiere e risate rompevano il silenzio. E canti, perché, con grande sorpresa, avevano ritrovato messer Jude con il suo liuto. Ralph se n'era sdegnato, ricordando al menestrello l'ospitalità e i favori goduti a Evershine, ma quello gli aveva risposto con un inchino beffardo che la sua musica piaceva a tutti, non solo a dame e cavalieri.

«Chi potrebbe obiettare?» le indicò una coppia di amanti che sedeva discosta dagli altri, scambiandosi tenerezze. «Siamo a Thornwood, Lennie. Qui non valgono le regole comuni.»

Lei si decise. «Allora, portami a vedere l'accampamento. C'è ancora luce e sono curiosa.»

Ah! Avrebbe dovuto immaginarlo. Mentre consumavano la cena frugale ma appetitosa, gli aveva rivolto molte domande in proposito, interessate e intelligenti, e si era accorto che le sue risposte non l'avevano soddisfatta. Che strano! Non pensava che una donna s'intendesse di particolari tecnici. Eleanor era una sorpresa continua.

«Andiamo. Ma stammi vicina e fai attenzione a dove metti i piedi. Il sentiero è stretto e scivoloso, il bosco fin troppo fitto.»

«Lo so bene» replicò lei. Ma prese il braccio che le offriva come sostegno.

Camminarono in silenzio, nella penombra umida che odorava di terra e foglie ingiallite, fino a quando le ultime querce si diradarono.

La pianura digradava con dolcezza. Poco distante, una fattoria isolata era circondata da bruni campi a riposo; il fiume era un nastro di rame incendiato dal tramonto.

«Arrowgate Manor!» sussurrò Eleanor. Indicò le mura fortificate e ornate da due torrette che la rendevano simile a un piccolo castello. Il ponte levatoio era sollevato e, circondata com'era dall'acqua, la casa sembrava costruita su un'isola; l'impressione di maestosità era accresciuta dalla rupe alta e scabra che la sovrastava.

«È proprio magnifica. Non mi sorprende la mossa di Salford. Senza contare che sperava di avere in premio anche te.» Contrasse la mascella e lo sguardo gli s'incupì d'odio. «In fondo, la tua idea di venire a Evershine potrebbe avergli salvato la vita: se accetta di andarsene, non sarò costretto a ucciderlo.»

Lei lo fissò, gli occhi verdi accesi da uno stupore compiaciuto. «Perché, Richard? Perché ti saresti sentito in dovere di intervenire in mio aiuto? Eravamo poco più che estranei e avevi rotto il fidanzamento.»

«Proprio per quello.» Si portò la sua mano alle labbra e la baciò. «Dio è testimone della mia buona fede, nondimeno tu avresti pagato per il mio errore.»

«Tutti possiamo sbagliare» gli rispose con un sorriso tanto dolce da fargli male.

*Oh, Lennie*!

Ingoiò il rimorso e si affrettò a indicarle l'accampamento. I profili delle tende si stagliavano netti e scuri nella luce sempre più sanguigna.

«Cos'è quello?» gli chiese puntando l'indice contro un ammasso di pali e travi, proprio di fronte al ponte levatoio.

«Dovrebbe diventare un trabucco, ma naturalmente non si andrà oltre un primo stadio di costruzione. Però fa parte della messa in scena e ti assicuro che ha già creato un bel po' di agitazione fra gli assediati. Dovevi vedere le sentinelle come correvano!»

Lei rabbrividì. «È strano: l'ho sempre considerata la mia casa, persino quando le parole di Lyon mi hanno fatto comprendere di non averne diritto. Ma sono cresciuta fra quelle mura; ero lì quando è nato mio fratello, sono morti i miei genitori, sono diventata donna. E questo ha creato un legame che gli anni trascorsi a Warwick non hanno potuto indebolire.» La voce le si affievolì in un sussurro. «Il giorno in cui Oliver mi ha chiesto di tornare, è stato il più bello della mia vita.»

Richard la afferrò per le spalle e la strinse a sé. «Io, invece, non ho mai avuto una casa prima di Evershine.»

Eleanor inarcò la testa all'addietro, per guardarlo senza voltarsi. «È per questo, dunque, che significa così tanto per te.»

«No. Il castello è importante perché offre protezione e sicurezza a tanta gente e perché il suo possesso mi rende indipendente. Eppure, fino a qualche giorno fa non era che un mucchio di pietre.» Le baciò i capelli e confessò: «Ti avevo rifiutata, ma nessun'altra donna avrebbe preso il tuo posto.»

La sentì trattenere il respiro. «Perché?»

La voltò verso di sé. Le racchiuse il viso fra le mani, lo inclinò un poco per studiarne l'espressione alla luce morente e le accarezzò le tempie con i pollici. «Allora non lo capivo. Se me lo avessi chiesto solo la settimana scorsa, non avrei saputo risponderti.»

«E ora?»

«Ora lo so. Dovevi essere mia e mia soltanto. Come io ero tuo. E tuo soltanto. Eravamo il destino l'uno dell'altra, fin dall'inizio.»

Una lacrima le scivolò da sotto le ciglia.

«Non piangere» le sussurrò. «Non riesco a sopportarlo.»

«Allora baciami, Richard. Domani notte affronterai Salford e il mio cuore tremerà per te. Ma questa sera è nostra.»

«Non sarà l'ultima, piccola volpe.»

«Giuralo.»

«Te lo prometto» le sussurrò contro l'angolo della bocca.

Le labbra di lei, morbide e profumate, lo facevano impazzire di desiderio. Le sentì tremare, muoversi contro le sue nella ricerca di un appagamento più profondo e completo. La dolcezza di quello che voleva essere solo un bacio di commiato s'incendiò della passione che non riusciva più a contenere.

Amore e tenerezza, rimorso e dolore, passato e presente si fusero in un crogiolo ardente. Si purificarono delle scorie e diedero vita a un sentimento che il tempo non avrebbe offuscato.

«Ho bisogno di te» le sussurrò, quasi con disperazione. «Ma non ti prenderò qui, su questa terra dura e sotto gli occhi degli uomini di guardia. Non ti disonorerò fino a questo punto.»

«Credi che m'importi?» Lo strinse più forte; premette i seni contro il torace e il morbido ventre contro la dura evidenza del suo desiderio. «Anch'io ho bisogno di te.» La sua mano scese ad accarezzarlo, tremante eppure audace.

Richard trattenne un'imprecazione, mentre sentiva venir meno la propria risolutezza. Il desiderio di unirsi a lei si fece struggente, una prova quasi impossibile da superare. Prese un respiro profondo. «No, amore. No, mia dolce sposa. Riconquisterò Arrowgate Manor e sarà il mio dono nuziale. Diventerò degno di te e tu perdonerai la mia insensatezza.»

«Non c'è nulla da perdonare. Nulla da conquistare. Il mio cuore è già tuo. Forse lo è sempre stato.»

Le seppellì il volto nella spalla. «C'è ancora così tanto...» iniziò. La tentazione di rivelarle la verità era fortissima e spaventosa nello stesso tempo. E se l'amore di Lennie fosse stato troppo fragile per sopportarla? No, non poteva rischiare di perderlo. «Così tanto da vivere.»

«Non correrai rischi inutili, vero?» gli chiese all'improvviso, con un filo di voce. «Non fidarti di quell'uomo. Devi tornare da me.»

«Lo farò, cara.»

Ma poiché lei stava tremando, pensò che fosse necessario rassicurarla.

Così tornò a baciarla.

E poi ancora e ancora.

Le prime stelle occhieggiarono nel cielo e la luna sbirciò gli amanti abbracciati sull'erba umida. Poi scivolò via con discrezione e disse al vento di raccogliere le loro parole d'amore.

## Capitolo 23

«Se quelle maledette nubi coprissero il cielo» borbottò Ralph, intento a scrutare tra il fogliame «non farebbero altro che il loro dovere.» Proprio in quel momento inciampò in una radice e proruppe in un'imprecazione colorita. «Non ci si vede un accidente.»

Richard sghignazzò. «Decidi di cosa vuoi lamentarti; non mi sembri molto coerente.»

«E tu mi sembri fin troppo allegro: stiamo per entrare in un covo di vipere, rischiando la pelle, ma non mi pare che te ne dia troppa pena. A pensarci bene, è da stamani che sei di buon umore. Mi domando perché; anzi, forse è meglio di no.»

Lui non raccolse la provocazione. Quanto era accaduto la notte prima era qualcosa di troppo privato per condividerlo con alcuno, fosse pure il cugino. Si voltò verso Redesdale. «Abbiamo contato una ventina di uomini, ma è possibile che all'interno ve ne siano ancora.»

«Non più di altri due o tre; i fedelissimi, che formano la guardia personale di Salford.» L'*Aggiustatutto* spezzò un ramoscello che bloccava il passaggio e gli si affiancò. «Sa di essere odiato e non si muove senza circondarsene; saranno appostati alla sua porta e pronti a intervenire. Per questo, dovremmo impedir loro di gridare o chiamare aiuto.»

Richard avrebbe voluto guardarlo negli occhi, ma era davvero molto buio. Oltretutto, il suo sguardo non gli avrebbe rivelato nulla: era impenetrabile, così scuro e minaccioso; lo sguardo di un uomo che nascondeva molti segreti. Già a Evershine aveva provato una strana sensazione nei suoi confronti, che ora si era trasformata in una sorta di rispetto; Redesdale non solo aveva prestato la propria collaborazione per predisporre un assedio che, seppure di copertura, si presentasse del tutto credibile, ma aveva chiesto di partecipare alla sortita. Lo aveva preteso, in effetti, come se avesse un interesse personale nella questione.

«Sembrate conoscere piuttosto bene il nostro comune nemico» azzardò pertanto.

«Un po', ma non abbastanza: serpi come sir Mortimer possono mutar pelle all'improvviso. Questa volta, però...» Lasciò la frase in sospeso, ma decapitò con furia una felce che gli ostruiva il cammino.

Richard gli pose una mano sul braccio e lo costrinse a fermarsi. «Niente colpi di testa, amico. Voglio riconquistare Arrowgate Manor per conto della mia futura moglie, non dar luogo a una carneficina.»

«E c'è da considerare che, se riuscissimo a farlo prigioniero» intervenne Ralph «Salford sarebbe costretto a versare un ingente riscatto per riavere la libertà.»

«Ah! Come se il denaro potesse ripagare il dolore.» Redesdale s'interruppe all'improvviso. «Sentite? Questo è il mormorio dell'Arrow: seguiamolo e incontreremo il punto indicato da milady per attraversarlo.» E liberandosi dalla sua presa, s'incamminò di nuovo, deviando un poco verso sud.

Richard fece un cenno al cugino. «Andiamo. Sarà una lunga notte.»

Il ramo del fiume che circondava Arrowgate Manor era poco profondo, ma i massi di cui aveva parlato Eleanor erano meno piatti e più sdrucciolevoli di quanto avesse immaginato; Richard se la figurò mentre saltava dall'uno all'altro, rivestita dal lungo mantello da pellegrina e represse un sospiro di orgogliosa esasperazione. Per immaginazione e coraggio, la sua Lennie poteva dare dei punti a un uomo, ma era anche la donna più affascinante che conoscesse, tant'era che non riusciva a negarle nulla. Scacciò in fretta il ricordo di quanto era accaduto la sera avanti, prima che lo catturasse con la sua magia e gli impedisse di concentrarsi sulla missione.

«Da qui in avanti, saremo allo scoperto.» Alzò lo sguardo per controllare le mura di cinta del castelletto: bagliori arancioni indicavano il punto in cui il cammino di ronda era illuminato dalle torce, ma da quella distanza era impossibile individuare la presenza o meno di sentinelle. «Non ci resta che aspettare che abbia inizio l'azione diversiva: a quel punto, nessuno baderà a noi.»

«Dovremmo esserci, ormai.» Redesdale era teso a fissare il corso del fiume più a valle. Grande e nero com'era, sembrava un orso che fiutava il pericolo. «Ah, ecco. Guardate là.»

Un punto di luce rossa brillò nell'accampamento, poi un altro e un altro ancora.

«Forza, tirate!» L'esclamazione di Richard accompagnò la traiettoria della prima freccia incendiaria, scagliata da un arco lungo.

«Sì! » Rob esultò nel vedere le scie luminose che striavano il cielo e si conficcavano con precisione assoluta nelle zattere incatramate che erano state sospinte nell'acqua col favore del buio. La legna prese ad ardere con un crepitio assordante e un denso fumo nero si sollevò verso l'alto.

«Guarda come corrono!» Soddisfatto, Ralph indicò le sentinelle che si radunavano nella parte frontale del castelletto.

«Andiamo!» Richard si slanciò sulla prima pietra che sporgeva dall'acqua scura e con pochi balzi sicuri atterrò sull'altra sponda. Corse tenendosi curvo e non si rialzò fino a quando non si trovò al riparo della rupe. Senza guardarsi indietro, raggiunse l'enorme cespuglio di biancospino; sfoderò la spada e recise in fretta i rami fino a mettere a nudo la cavità che si apriva alla base della roccia.

«Avanti!» esortò i compagni alle sue spalle. Entrò nella galleria e prese a contare i passi. Eleanor aveva detto che erano trenta e che sulla sinistra avrebbe trovato l'inizio della scala, ma aveva appena mormorato "venticinque" che finì contro la parete di fondo.

«Maledizione!» imprecò, tastandosi la fronte.

«Se fosse stata madamigella Ailith a contare i passi, questo non sarebbe successo. Lei sì che ha le gambe lunghe come quelle di un uomo» commentò Rob. «I gradini, comunque, iniziano qui e questa volta non dovrebbero esserci problemi: terminano proprio davanti alla porta segreta.»

«Andrò per primo» disse Richard. «Silenzio!»

La scala a chiocciola era ripida e stretta, i muri viscidi per l'umidità che saliva dal fiume. L'aria odorava di muffa e il buio era quello di un antico sepolcro. L'ultima svolta portò a un piccolo pianerottolo, sul quale si fermò ad attendere i compagni.

Redesdale gli sfiorò un braccio, come pure Ralph, sopraggiunto dopo un istante. Allora sfoderò la spada con attenzione e attese che gli altri facessero altrettanto.

Non serviva altro, quello era il momento.

Tastò la parete, alla ricerca del punto d'unione fra le gelide pietre; poi spostò la mano più in alto e a sinistra, dove Eleanor aveva detto trovarsi la leva che avrebbe azionato il meccanismo di apertura.

Non la trovò.

Si allungò un poco: nulla.

«Più in basso» gli mormorò Robin all'orecchio. «Ricordatevi le proporzioni.»

Il commento lo infastidì, però aveva una sua logica; scese con le dita e finalmente avvertì una nicchia e una sorta di fredda maniglia.

La afferrò e la tirò a sé, irrigidendosi poiché immaginava che l'apertura del passaggio avrebbe creato un forte rumore e svegliato sir Mortimer. Invece, lo slittamento dei due blocchi causò un cigolio piuttosto lieve, di sicuro coperto dalla confusione e dalle grida che provenivano dall'interno.

Grida di donna. Un pianto disperato. Un sibilo sinistro. Risate crudeli.

Richard scansò con una spallata l'arazzo che ricopriva la parete e si precipitò nella stanza, seguito dagli altri, a spada sguainata.

Salford era nudo, armato di una frusta e di un'erezione mostruosa e con entrambe minacciava una servetta, giovanissima e in lacrime. L'aveva stretta in un angolo e i brandelli della camicia che le pendevano dalle spalle erano già sporchi di sangue. Il maledetto satiro si voltò di scatto e, mostrando i pronti riflessi di un uomo d'armi, li affrontò facendo schioccare i flagelli. Scoprì i denti in un ghigno osceno e aprì la bocca per chiamare i suoi in aiuto, ma Redesdale gli piombò addosso come una belva inferocita, prima che una sola sillaba gli si formasse sulle labbra. Lo atterrò, schiacciandolo con tutta la forza del suo corpo muscoloso e gli avrebbe fracassato la nuca contro l'impiantito se lui e Ralph non fossero riusciti a fermato. Con molta fatica, perché sembrava intenzionato a ucciderlo. Un odio feroce gli alterava i lineamenti e fu necessaria una gran forza per sottrargli il corpo ormai inerte.

«Basta, Rob!» Richard lo chiamò per nome, cercando di farlo ritornare in sé. «Non vedi che è svenuto? Leghiamolo e imbavagliamolo, piuttosto.» Per allontanarlo da Salford, gli indicò la ragazza. «Pensa a lei.»

Robin chiuse gli occhi e serrò i pugni, poi scosse la testa con forza. Si rialzò e si avvicinò alla poverina, ammutolita di paura e di orrore, addossata al muro. Le tese una mano. «È tutto finito. Quel porco non ti farà più del male.»

La servetta sbarrò gli occhi, incredula. «Grazie! Grazie!» Gli si gettò ai piedi. «Mi avete salvato la vita. La povera Nellie è morta e Maggie... Oh, Signore!» Si sciolse in un fiume di lacrime.

Rob la sollevò. Si guardò intorno, afferrò il copriletto di seta dal letto sfatto e glielo mise sulle spalle, con ruvida gentilezza. «Taci, su. O ci scopriranno.»

Quella squittì terrorizzata e fece silenzio.

«Quanti sono gli uomini di guardia fuori dalla porta?»

Lei alzò la mano che tremava come se fosse in preda alla febbre e mostrò due dita.

«Qui abbiamo finito.» D'Arcy gli toccò un braccio e gli indicò il baronetto. Era bianco come le lenzuola che lo legavano al letto, a eccezione dei rivoli di sangue che colavano da un grosso taglio sulla fronte. «Dormirà per un bel pezzo, credo. Ammesso che si risvegli; ma se lo farà, sarà per ritrovarsi nella peggiore prigione del Regno. Te lo giuro, Rob; questo maiale ha smesso di stuprare e di uccidere. Se penso che aveva intenzione di possedere Eleanor! Dannazione! Ho voglia di evirarlo con le mie mani.» Fece un passo indietro, la mano sul pugnale.

«No!» Stavolta fu Rob a trattenerlo. «Non c'è tempo. Ora dobbiamo liberare Arrowgate Manor.» Inspirò con forza. Si guardò attorno; raddrizzò uno sgabello rovesciato e, con un colpo secco, ne staccò una gamba, che porse alla ragazza, a mo' di randello. «Daglielo in testa, se dovesse svegliarsi. E rispediscilo nel mondo dei sogni o all'inferno.»

Richard annuì. «È giusto.» Indicò la porta: «Noi ci occuperemo dei due sgherri lì fuori, mentre Vernon scenderà a liberare i prigionieri. E poi, se Dio vuole, ripuliremo Arrowgate Manor e l'Inghilterra da questa feccia.» Impugnò la spada con forza e ordinò: «Aprite!»

Il cielo non era mai stato più puro, splendeva lucido come una moneta fresca di conio. A oriente, l'alba si annunciava con sfumature rosa, via via più accese.

L'aria era fredda e pulita e Richard se ne saziò con un respiro profondo; dopo l'eccitazione della battaglia, il cuore aveva ripreso a battere con regolarità e il sangue era tornato a scorrergli caldo nelle vene.

Sentì Ralph gridare un ordine e subito dopo il cigolio degli argani e lo stridere delle catene; si sporse dalla torre e osservò la lenta discesa del ponte levatoio. Quando toccò la sponda opposta, urla di gioia ed esclamazioni di vittoria si levarono dall'una e dall'altra parte del fiume.

Era finita, dunque.

Non vedeva l'ora di comunicare a Eleanor la buona notizia. Era impaziente di tornare a Thornwood per farla rientrare, con il suo piccolo seguito, ad Arrowgate Manor.

La casa che lei amava; grazie al Cielo e all'aiuto dei suoi amici ora poteva restituirgliela, di nuovo libera dalla nefasta presenza di Salford.

Sir Mortimer, conciato assai male per la verità, era stato sistemato su un carro per essere trasportato nelle prigioni di Warwick, in attesa che il conte ne giudicasse il destino. Quanto al piccolo esercito del baronetto, era formato da mercenari che non nutrivano il minimo rispetto per chi li pagava: avevano ceduto subito le armi, senza neppure un tentativo di opposizione e anzi si erano dichiarati disposti a passare subito sotto le sue insegne. Peccato che lui, a differenza di quanti seguivano un costume più che diffuso in quel periodo di lotte intestine, non avesse intenzione di annoverare fra i suoi uomini gente la cui lealtà si poteva comprare con un po' di spiccioli. E così li aveva *incoraggiati* ad andarsene in fretta: potevano offrire i loro servigi in qualunque altra parte d'Inghilterra, purché a molte miglia di distanza da Alcester o Evershine.

Restava da provvedere ad Arrowgate Manor. Era pur vero che il suo intervento aveva reso chiaro a tutti che il Leone Bianco aveva assunto la tutela della proprietà, che sarebbe divenuta sua, *jure uxoris,* attraverso il matrimonio, ma le difese avevano comunque bisogno di essere rafforzate.

Ne avrebbe parlato con Eleanor e si sarebbe offerto di inviarle da Evershine maestranze e uomini di guardia. Sperava solo che questo non richiedesse troppo tempo e che non fosse necessario rimandare oltre le nozze. Soprattutto, si augurava che Arrowgate Manor e ciò che esso rappresentava, non si trasformasse in un motivo di attrito o, peggio, creasse una frattura. Il legame che li univa era ancora nuovo e fragile e vi era un fantasma da combattere o meglio da acquietare, per poterlo consegnare alla pace eterna.

Un raggio di sole bucò l'azzurro e fece brillare la superficie del fiume, traendone barbagli dorati. Richard si augurò che fosse un segno di speranza: con tutto se stesso desiderava lasciarsi il passato alle spalle e vivere il futuro insieme al suo unico amore.

# Capitolo 24

Nel corridoio non c'era nessuno.

Una torcia, infissa nel suo supporto, sfrigolava piano, la luce sempre più debole che anelava a spegnersi del tutto. Richard decise di aiutarla: soffiò e poi disperse con la mano il fumo resinoso.

L'oscurità lo avvolse, un'amica discreta che gli celava il corpo nudo, coperto solo dalla fascia lombare. Ancora pochi passi, fino alla porta successiva. Comprendeva alla perfezione la ripugnanza di Eleanor, che aveva preferito tornare nella sua vecchia camera da ragazza piuttosto che occupare quella padronale, insozzata dalla presenza di Salford. Per lui, naturalmente, non si era posto alcun problema. Aveva accettato di soggiornarvi dopo che era stata ripulita da cima a fondo – e con notevole entusiasmo – dalla servetta scampata allo stupro. Del resto, fin dall'inizio non aveva avuto alcuna intenzione di dormirvi.

Abbassò con cautela la maniglia e scivolò all'interno, senza far rumore.

Un letto occupava la maggior parte dell'ambiente modesto e di piccole dimensioni. L'argenteo lucore della luna delineava le morbide forme femminili che intravedeva sotto le coperte. Non che ne avesse bisogno, perché anche nel buio più totale avrebbe avvertito la sua presenza: il profumo, quella rara essenza di donna, che gli era entrata nell'anima fin dal primo istante.

Si avvicinò, cauto: non voleva spaventarla.

Lei sospirò. «Benvenuto. Finalmente. Iniziavo a pensare che ti fossi addormentato.»

Il fruscio delle lenzuola scostate era la musica più celestiale che avesse mai sentito. Il cuore gli si allagò di gioia. «Piccola volpe» sussurrò, mentre si liberava della fascia e le scivolava al fianco. «La mia piccola, furbissima volpe.»

«Non tanto furba» protestò. «Un'altra ti avrebbe fatto capire con maggior chiarezza il proprio desiderio e non sarebbe rimasta qui a contare i minuti nel buio, con il timore che ti fossi dimenticato di me.»

Richard ridacchiò. «Questo non è possibile, amor mio.» Le disegnò il profilo delle labbra con un dito, poi le mordicchiò e le succhiò, finché non si dischiusero, concedendogli il permesso di divorarla. Se ne nutrì, affamato, i sensi eccitati allo spasimo da quella giornata di sangue e di vittoria. La risposta di Lennie, appassionata, sincera e quasi disperata, rischiò di farlo impazzire di desiderio.

Le mani scesero lungo il collo sottile, impazienti di trovare la morbidezza voluttuosa dei seni e già pronte a strappare la camicia che li copriva. Ma non c'era nulla, neppure un velo di lino, che gli impedisse di accarezzare quella pelle di seta. S'irrigidì, l'eccitazione che lo colpiva con una staffilata alle reni, il sesso indurito che minacciava di esplodere. «Sei nuda!» Soffiò contro la sua gola. «Sei nuda per me.»

Sentì il suo sorriso aprirsi contro la propria guancia e poi spegnersi in un sospiro di resa. «Che cosa mi stai facendo?» gli chiese, mentre le prendeva i capezzoli fra i denti e li tirava e suggeva.

«Ti piace, amore?» le rispose fra un colpo di lingua e l'altro. E intanto con le dita era sceso a cercare il cuore della sua femminilità. Eccolo: umido, pulsante e morbido. Lo accarezzò, lo stimolò, preparando per se stesso quel nido accogliente. L'unico nel quale voleva, *doveva* perdersi. Per potersi ritrovare. L'urgenza montava in lui come un'onda, trattenerla stava diventando un esercizio di abilità e di pazienza che rischiava di mandare in pezzi il proprio autocontrollo.

Né Eleanor aveva intenzione di rendergli le cose facili. I fianchi si erano sollevati invitanti contro il suo bacino, piccoli morsi e baci delicati gli annebbiavano la mente. E le dita che gli affondavano nei muscoli della schiena gli provocavano brividi bollenti.

Non poteva rischiare di comportarsi come un ragazzo al suo primo, intenso rapporto. «No, aspetta. Questa volta è per te.» Ritirandosi un poco, rotolò su se stesso, con lei fra le braccia.

«Richard, perché ti sei fermato? Era così bello! Che intendi fare?» gli sussurrò, la testa contro la spalla, i capelli come seta filata. Il seno schiacciato contro il proprio petto, le punte aguzze dei capezzoli, le gambe di velluto contro le cosce ruvide.

Un sospiro di soddisfazione, di orgoglio e di pura felicità gli sfuggì dalle labbra. La sua piccola sposa si affidava a lui in quell'esperienza sublime che coniugava il più alto dei sentimenti con il piacere dei sensi.

«Sai montare a cavallo, vero?»

«Ora? Non possiamo aspettare domattina? Per favore?»

Una supplica tanto ardente, mossa con una voce così languida e sensuale avrebbe piegato anche il più incorruttibile degli asceti. Il punto era, naturalmente, che lui non aveva affatto bisogno di essere convinto. E l'ingenuità di quelle parole versò olio sul fuoco della sua impazienza. La afferrò per la vita e la sollevò di peso.

«Oh!» Eleanor, in ginocchio, studiò per un istante la sua virilità, tesa in modo impossibile. La mano fresca circondò la carne bollente e si mosse in una carezza inesperta e per questo ancora più erotica. «Oh!» ripeté. «Sarà dunque questo il mio destriero?»

«Sì» Trattenne il fiato e poi lo lasciò uscire. «Ed è tutto tuo. Solo tuo. Vai, Lennie.»

Intravide il suo sorriso. Era quello di una donna che scopriva il proprio potere e che, per istinto, sapeva come esercitarlo. La bella strega poteva farlo danzare alla sua musica e non gli importava. Non gli importava affatto.

Un sibilo gli sfuggì dalle labbra mentre lei lo accoglieva dentro di sé, fino in fondo, scivolando in su e in giù in una meravigliosa tortura. Sarebbe morto di piacere, la fine più gloriosa che un uomo potesse desiderare.

Ma prima si sarebbe assicurato di farle raggiungere un'estasi intensa e devastante, impossibile da dimenticare. L'avrebbe legata a lui per l'eternità.

La prese per i fianchi e le impose il proprio ritmo finché non gli si abbandonò contro, gridando il suo nome.

Allora, solo allora, la raggiunse. Nel paradiso degli amanti, dove cuore e anima s'incontravano e tutto il resto non aveva importanza.

La mattina era il momento del giorno che preferiva. Eleanor era abituata ad alzarsi presto, non a poltrire sotto le coperte, ma poiché si svegliava piena di energie, non le pesava per niente. Forse, pensò mentre si stiracchiava con un delizioso senso di languore, perché fino a quel momento aveva considerato il letto solo un posto per dormire. Che sprovveduta era stata! Per fortuna, Richard sembrava tutt'altro che disprezzare la sua ingenuità.

Si portò una mano alla bocca per nascondere il sorriso sciocco che non era riuscita a trattenere.

«Ancora sonno?» Richard la intrappolò fra le braccia. La sua voce era roca e vellutata. Le strofinò il naso nel collo, appena sotto l'orecchio. Vagabondò con le labbra, le sfiorò con i denti la pelle delicata, la lambì con la lingua. «Mhmm. Sai di buono.»

«E tu hai fame, D'Arcy» replicò, per vincere l'emozione che rischiava di farla nuovamente sciogliere come neve al sole.

Nella sua inesperienza, aveva sempre sottovalutato o sopravvalutato l'amore. Lo aveva considerato un sentimento che, con appena un po' di buon senso, si potesse tenere sotto controllo. Qualcosa di paragonabile al fuoco di un caminetto: una volta acceso, con la semplice aggiunta di un legnetto ogni tanto, avrebbe diffuso un calore piacevole nelle notti d'inverno. Oppure, al contrario, lo aveva assimilato a un incendio le cui alte vampe bruciavano in fretta, per esaurirsi alla fine in uno strato di cenere nera. Quanto c'era di più, invece!

Sentirsi completa solo insieme all'altro, oppure una triste metà a causa della sua assenza.

Non aver paura di parlare e non temere di rimanere in silenzio.

Provare la sensazione di essere "a casa" fra le sue braccia, anche con la terra come letto e il cielo come soffitto, ma sfinirsi di solitudine a causa della lontananza. Aveva rischiato di non conoscere tutto questo. Perché, ne era certa oltre ogni dubbio, con nessun altro uomo all'infuori di Richard avrebbe raggiunto una simile unione di corpo e anima.

«Sì, signora! Affamato come un leone!» Ne imitò il ruggito, ma le sue carezze dimostravano che non alludeva per nulla al cibo.

Rise, emozionata. Si voltò un poco, ma il materasso era stretto e gli urtò la spalla. Lui strinse i denti in una smorfia di dolore. «Ti ho fatto male!» In un balzo, scese dal letto e si chinò per controllare.

«È solo un indolenzimento» protestò Richard, mentre tentava di riacciuffarla.

«Non mi hai detto nulla» lo rimproverò. «Avresti dovuto permettermi di mettervi dell'unguento e poi lasciare che la fasciassi.»

«Ah sì? E così perdermi il premio di questa notte? Non se ne parla neppure; e poi, è proprio una sciocchezza.»

Lei strinse le labbra. «Non ne sono troppo sicura.»

«Io sì. Fatti guardare, amore mio: sei uno splendore, alla luce del sole.»

Quel commento le ricordò che era nuda. Inorridì: un conto era aver aspettato l'amante fra le lenzuola, un conto rimanere lì, in piedi, vestita solo della propria pelle. E in pieno giorno, per di più. Afferrò la camicia che aveva lasciato sulla sedia la notte prima e se la infilò in fretta. Liberò la fronte dai capelli e incontrò lo sguardo bruciante di lui.

«Non nasconderti. Mai. Mai davanti a me.» Il tono era grave e terribilmente serio. Poi, all'improvviso, quasi a volersi scusare, i suoi occhi si schiarirono e il blu delle iridi brillò. Con un movimento fluido e sensuale abbandonò il giaciglio, raccolse la fascia abbandonata in terra e se ne cinse i fianchi con tranquilla disinvoltura. «Bene, mia signora. Sono pronto. Anche se immagino di dovermi vestire in modo un po' più decente prima di poter raggiungere gli altri; confesso che non mi dispiacerebbe mettere qualcosa sotto i denti. Ammesso, certo, che dopo ieri sera sia rimasto qualcosa nelle dispense. Hai avuto un'idea splendida a voler offrire a tutti una cena più che meritata dopo tante privazioni e sofferenze ma, da quel che ho capito, le riserve di Arrowgate Manor non sono poi così abbondanti.»

Eleanor, ancora distratta dalla vista di quel magnifico corpo, deglutì in fretta per ritrovare la voce. «Basteranno per qualche altro giorno e di sicuro sono sufficienti per la colazione di questa mattina. Ci penserà Nan, vedrai: è tornata neppure da una mezza giornata, ma ha già iniziato a impartire ordini in cucina. Quella donna è un portento e sa mettere tutti in riga: altro che nutrice!»

«Me ne sono accorto» ridacchiò. «Così come ho notato quanto ti è affezionata. Però è anziana, poveretta: che ne dici se Burton la aiutasse un poco, almeno per quanto riguarda il rifornimento delle scorte? È un uomo molto in gamba ed è una fortuna che tu abbia deciso di portarlo con te. Anche Ailith potrebbe darvi una mano, mentre io e Vernon ci occuperemo delle difese da approntare. Dobbiamo controllare i danni causati dalla permanenza di Salford e organizzare i turni di guardia degli uomini.»

«E Redesdale?»

Richard s'incupì. «Se n'è andato.»

«Com'è possibile? Eravate insieme, giù nel salone, quando io mi sono ritirata per la notte.»

«In effetti, ha sorpreso Ralph e anche me, con la sua decisione improvvisa» ammise. «Abbiamo anche tentato di fargli cambiare idea, di convincerlo almeno ad aspettare il mattino, ma non c'è stato verso. È un uomo forte e risoluto, più abituato a dispensare ordini che a riceverli.»

Lei annuì. «Sì, lo credo anch'io. Tuttavia, pensavo che fra voi qualcosa fosse cambiato: non avrei osato definirla amicizia, ma mi era parso di capire che ci fosse rispetto e stima da entrambe le parti.»

«È così, infatti. Niente ti permette di capire il carattere di un uomo quanto combattere a fianco a fianco per un fine comune. E lui si è dimostrato coraggioso e nobile nel prendere la difesa dei più deboli. Ora sono certo di ciò che immaginavo già da un po': ignoro la sua vera identità e non so come o perché sia diventato il capo dell'*Allegra Brigata* di Thornwood, anche se è chiaro che ha a che fare con Warwick, ma ti assicuro che Robin di Redesdale non è un brigante. Non uno come gli altri, comunque.»

«Forse, è tormentato da qualche demone del passato.»

«E chi non lo è?» Aggrottò la fronte e un'espressione indecifrabile gli attraversò lo sguardo. Sembrava perso in un ricordo lontano, poi si riscosse. «Magari, un giorno una donna gli permetterà di trovare la pace dell'anima e gli placherà le ansie del cuore.» Le prese una mano e se la portò alle labbra. «Ma per quanto fortunato, non potrà mai esserlo quanto me.»

«Amore mio!» Quella dichiarazione involontaria le era sfuggita, ma non se ne rammaricò: i sentimenti che provava erano ormai troppo evidenti e forti per nasconderli. «Chissà! Ho avuto una strana impressione, ieri sera. In più di un'occasione, i suoi occhi hanno cercato Ailith e ti assicuro che non erano per niente indifferenti quanto volevano sembrare. Dal canto suo, lei lo ha ignorato in un modo persino troppo ostentato.»

«Ah, tesoro! Non iniziare a tessere sogni d'argento su di loro. Non farti influenzare dalle canzoni dei bardi: spesso finiscono in tragedia, lo sai. Sono due persone troppo difficili e distanti. In ogni senso.»

«Vedremo.» Sorrise, ma non insistette. «Dunque, mastro Rob è tornato nella foresta. Chissà se lo incontreremo ancora, magari nel riattraversarla, per tornare a Evershine.»

Richard scosse la testa. «Lo rivedremo solo se e quando ne avrà voglia.» La attirò fra le braccia. «Ma ora basta parlare di lui.» Le catturò le labbra in un bacio che la privò di ogni forza, così gli si aggrappò alle spalle per non scivolare in terra. «Ah, piccola volpe! Quando riuscirò a fare di te mia moglie agli occhi del mondo? Voglio amarti alla luce del sole, non limitarmi al buio e a incontri segreti. Questo nuovo ritardo mi uccide.»

L'anima le si gonfiò di gioia. Aveva atteso quattro anni e sofferto orrendi mesi di dubbi, amarezze e dolori. Eppure, tutte le sue angosce avevano portato a questi attimi sublimi di pace e di confidenza. Come poteva, ora, non essere felice?

Guardò Richard con l'anima e il cuore negli occhi.

«Solo pochi giorni, mio amore. Solo pochi giorni e poi nessuno potrà più dividerci.»

La grigia austerità con la quale Arrowgate Manor si presentava ai visitatori, all'interno si stemperava nella dolcezza domestica del vasto cortile, le cui aiuole, multicolori in primavera, erano adesso sepolte sotto un tappeto di foglie rosse e dorate. Nell'angolo estremo, il frutteto spandeva nella sera un vago profumo di mele. Eleanor gli sfiorò un braccio, per indicargli un cespuglio e una vecchia panca di pietra. «Ho sempre amato questo posto più di ogni altro. Anche il ponte sull'Arrow ha il suo fascino, è vero, e da piccola mi divertivo a osservare le anatre con i loro piccoli, ma lì non ero mai sola.»

Richard sedette. «È umida e fredda» borbottò, tirandosela sulle ginocchia. «Vieni qui; la siepe ci nasconde e non ci vedrà nessuno. Dimmi: perché volevi restare da sola? T'immagino bambina, con le trecce di fuoco e gli occhi verdi come le foglie nuove. E tanta voglia di giocare.»

«Non c'erano ragazzine della mia età, ma non m'importava. O almeno non molto» aggiunse in fretta. «Dopo la morte della mamma iniziai a occuparmi del mio fratellino. Che birbante era! Mi faceva correre su e giù per le scale dalla mattina alla sera, ma quando lo acciuffavo, ridevamo come pazzi. Quante volte si nascondeva dietro gli alberi o sotto questa panca, credendo di essere invisibile!» Il sorriso si fece tremulo di tristezza. «Oliver mi amava molto.» Si morse un labbro e alzò il mento con aria di sfida. «Mi ama, anzi.»

«Certo. Dal Cielo.»

«No! È vivo. Da qualche parte, lo so. Forse ferito, forse...» La voce le si spezzò. «È vivo» ripeté caparbia. «Lo sento, nessuno può convincermi del contrario. Vedrai: arriverà in sella al suo morello, a un galoppo folle. E davanti al ponte levatoio tirerà le redini e il cavallo s'impennerà; lo faceva sempre, sai? Per farmi inquietare.»

Lui le accarezzò i capelli. «Lennie. *Lennie.* Ti prego, amor mio, non fare così. Devi accettare la sua scomparsa o finirai per attendere all'infinito e quest'ansia insoddisfatta diventerà sempre più dolorosa. Ti priverà della serenità, t'impedirà di guardare al futuro.»

«Non è possibile! Non è possibile, ti dico.» Si alzò di scatto. «Se fossi certa che Oliver è morto, se avessi una tomba da onorare, forse potrei rassegnarmi. Ma non così!» Scoppiò a piangere e si nascose il viso fra le mani. «Non puoi capire!»

Richard sentì il sangue ghiacciarsi nelle vene.

Dunque, erano giunti al nodo. Avrebbe dovuto immaginare che, prima o poi, la vita gli avrebbe presentato il conto. Aveva sperato, pregato persino, di non dover mai affrontare questo momento.

Ancora adesso, in realtà, avrebbe potuto farne a meno. Ignorare l'affanno che gli stringeva il cuore nel vedere le spalle dell'amata scosse dai singhiozzi; limitarsi a consolarla, dirle qualche parola d'inutile conforto e sperare che il tempo operasse la sua magia buona, cancellando a poco a poco il dolore e stemperandone l'alito gelido con il tepore della malinconia.

Aveva provato a convincersi, Dio solo sapeva quanto, che fosse la soluzione migliore per entrambi. Ma era una menzogna; dentro di sé, ne era sempre stato consapevole. E l'idea di costruire la vita matrimoniale su fondamenta tanto fragili, all'improvviso gli sembrava oscena.

Non c'era altro da fare, questa era la verità. Solo sperare che lei capisse e perdonasse.

Il rimorso gli si gonfiò nel petto e minacciò di soffocarlo, ma si costrinse a tenerlo sotto controllo. Prese un respiro profondo e si alzò a sua volta.

«Eleanor. Ascoltami. Tuo fratello è morto. Devi credermi.»

Forse lei avvertì il cambiamento nel tono della sua voce, perché sollevò il volto e lo fissò attraverso le lacrime. «Come puoi esserne certo?»

«L'ho ucciso io.»

Chinò la testa sotto la mannaia del destino e attese.

# *Capitolo 25*

«Che cosa hai detto?»

La sua voce, la sua dolcissima voce, si fece sibilo e schiocco di frusta. Gli graffiò l'anima in profondità e la fece sanguinare.

Eleanor voleva risposte; purtroppo, quelle che poteva darle le avrebbero causato un infinito dolore. Il rimorso si acuì e si tinse di frustrazione e di odio verso se stesso.

«Sono stato io. Mia è la colpa.»

Gli afferrò le braccia, le dita serrate attorno alla lana delle maniche. «Non è possibile. Dimmi che ho capito male.»

Lui scosse la testa. «Vorrei essere caduto al suo posto, te lo giuro. Ma il fato...»

«*Fato*? È questo il nome che hai dato alla tua spada?» gridò, amara e disperata. «L'arma di un assassino e quasi di un fratricida!»

«No! Non così! Pensi davvero che mi sarei macchiato di una simile infamia?»

«E come, allora? *Come?* Dimmelo!» Lo lasciò andare e strinse i pugni, il viso una maschera di bianca angoscia. Richard cercò di prenderla per un gomito, ma lei scartò di lato come una giumenta spaventata. «Non toccarmi. Voglio sapere cos'è successo. Tutto. Subito.»

«Ho conosciuto Oliver un paio di giorni prima della battaglia di Hedgeley Moor» iniziò a raccontare.

Le parole cadevano pesanti come pietre, una sopra l'altra e gli sembrava formassero un muro. «Venne lui a cercarmi, nell'accampamento di lord Neville. Mi disse che voleva essere presentato al "fortunato cavaliere" che avrebbe sposato la sua preziosissima sorella.»

Eleanor rabbrividì, ma rimase in silenzio.

Allora proseguì, attento a rammentare ogni particolare. «Un uomo molto giovane, poco più che un ragazzo. Agile, ben fatto. Indossava un'armatura di acciaio bruno, nuovissima. Neppure un graffio o una scalfittura. E realizzata con grande maestria: immagino fosse opera del padre di Ailith.»

Lei batté le palpebre. «Continua» lo incalzò.

«Chiese a Neville chi comandasse le forze avversarie; quando seppe che si trattava del duca di Somerset e che fra le sue fila militava quel traditore di Percy, s'infiammò di sdegno. Ne fui lieto e lo ammirai per il suo senso dell'onore. Iniziammo a parlare e fra noi nacque una simpatia istintiva. Pensai, ecco, pensai che avrei potuto essergli utile.»

«E come? Uccidendolo, forse?» lo provocò.

Richard ingoiò a fatica. «Scherzava, rideva molto. Vivace, allegro. Fin troppo. Doveva essere emozionato per la sua prima battaglia oppure aveva paura.»

«Oliver non è mai stato un codardo!» proclamò, sdegnata.

«Certo che no! Era coraggioso, invece, perché in quel modo si sforzava di superare il timore e di non mostrarlo agli altri.»

«Che cosa ne sai, tu!» Lo tirò per la manica. «Non lo conosci per nulla!»

*Non lo conosci.*

Dunque, non accettava ancora la sua morte.

Richard strinse le labbra. «L'amicizia nata sui campi di battaglia insegna molte cose, Lennie. Sono giorni lunghi, che valgono quanto anni.»

«Ti è bastato bere qualche boccale di birra insieme con lui per avere la sua confidenza? Io non credo: ti ha parlato dei suoi sogni? Dell'infanzia, del rapporto difficile con suo zio o della vocazione religiosa che ha dovuto soffocare?»

«No, questo no.» Scosse il capo. «Ma, credimi, non mi meraviglia per nulla ciò che dici. Anzi, ora capisco molte cose: i suoi discorsi, la gentilezza d'animo.»

«E allora, perché?» Un singhiozzo rauco le impedì di continuare. Poi si fece forza. «Vai avanti. Voglio sapere cosa è accaduto.»

«Ho provato un senso di protezione nei suoi confronti. Poteva aver ricevuto un'ottima preparazione, ma il *battesimo di sangue* del primo scontro sarebbe stato comunque un momento molto traumatico. Inoltre, era tuo fratello. Sapevo quanto foste uniti, Warwick mi aveva parlato del vostro legame speciale: "Quei due ragazzi", mi disse una volta, "sembrano gemelli". Io non volevo che gli accadesse nulla di male» proseguì con tristezza.

Non riuscì a decifrare lo sguardo di Eleanor, tenacemente rivolto verso il basso, ma il mento le tremava e si vedeva che inghiottiva le lacrime. «Per questo gli raccomandai di restare nelle retrovie.»

Di scatto, gli occhi di lei si sollevarono, brillanti di lacrime. «Ah! Se lo avessi conosciuto bene, avresti saputo quale effetto avrebbe provocato una simile frase! Come agitare un drappo davanti agli occhi di un giovane toro; si sarà sentito sfidato a comportarsi in modo contrario.»

«Temo di sì.» Si costrinse a rivivere quegli attimi, così come continuavano a perseguitarlo nell'incubo che, da allora, lo tormentava. «Lo scontro si svolse nel solito modo: per primi tirarono gli arcieri e le frecce si alzarono in volo come uccelli di morte, poi i cavalieri partirono all'attacco, puntando a cuneo verso il centro della formazione Lancaster, dove si trovavano Somerset e Percy. Eliminati loro, Neville era certo che gli altri si sarebbero arresi. Lo scontro fu violento, molto più furioso di quanto avessimo previsto, perché il traditore sapeva che non avrebbe ottenuto misericordia per una seconda volta. In breve, ci accerchiarono; a quel punto, andare avanti e sfondare del tutto le difese nemiche divenne l'unico modo per salvarsi, oltre che per vincere. E proprio allora, in quel momento critico, ho visto Oliver al mio fianco. Vicino, troppo vicino. È accaduto tutto in un attimo: qualcuno ha colpito ai garretti il suo cavallo, che è stramazzato e lo ha sbalzato di sella. Il piede, però, dev'essergli rimasto impigliato nella staffa e lui non è riuscito a liberarsene in fretta. E Raziel si è impennato. Dio! Non ho potuto far nulla.»

Eleanor sbiancò di un pallore mortale e portò una mano alle labbra livide. «Lo hai calpestato. È così?»

La voce, un fiato appena, si alzò di tono e si trasformò in un grido di angoscia. «*È così?*»

Annuì. «Non sono riuscito a impedirlo. Mi sono sbilanciato per afferrarlo: ho esposto il fianco e una lama Lancaster mi ha colpito. Ho un ricordo confuso di quegli istanti convulsi; intorno a noi la *melée* era divenuta un caos indistinto di corpi e sangue.»

Lei si lasciò cadere sulla panca. Il busto piegato, le braccia strette intorno al corpo e la fronte sulle ginocchia, si scorgeva solo il manto rosso delle chiome.

Richard avrebbe voluto abbracciarla, accarezzarle i capelli. Trasferire su di sé il dolore immenso che aveva provocato.

Se solo ci fosse stato un modo! Non c'era, purtroppo, e a quel punto non gli restava che vuotare fino in fondo quel calice e narrarle il seguito. E poi pregare. Che lo perdonasse o, almeno, non lo cacciasse via.

«Perché, dopo, non hai provveduto a recuperare il suo corpo?» La domanda gli giunse, soffocata, prima che avesse ripreso a parlare. «Era troppo chiederti un simile atto di pietà?»

«No. Era mio dovere, anzi. E l'ho fatto, te lo giuro, non appena lo scontro è terminato. Ma per quanto abbia tentato, non mi è stato possibile trovarlo.»

Non aggiunse che aveva percorso il campo di battaglia come un pazzo, stordito dal dolore e dalla perdita di sangue.

Che aveva continuato a urlare "Lyon!" fino a quando lo avevano trasportato di peso dal cerusico, perché gli arrestasse alla bell'e meglio l'emorragia. E neppure le disse di essersi trascinato subito dopo nelle tende dei feriti e di aver cercato persino nelle fosse scavate per i cadaveri.

Non c'erano giustificazioni per ciò che era avvenuto, né lui le voleva.

Si sentiva, anzi, più colpevole che mai. «È inutile, Eleanor. Darei il mio sangue, se servisse a riportare in vita tuo fratello. Non posso far nulla, invece: solo sperare che tu mi creda e che, con il tempo, riesca a perdonarmi.»

Il vento si levò improvviso e un girotondo di foglie color bronzo le mulinò, vorticoso, intorno ai piedi. Eleanor rabbrividì.

Com'era possibile che l'aria fosse diventata, a un tratto, più gelida di quella di gennaio? Erano solo gli ultimi giorni di settembre. E, a occidente, il sole non era ancora scomparso del tutto, anche se il cielo era già incendiato dal tramonto e, di lì a poco, sarebbe trascolorato nell'indaco, per poi velarsi di buio.

Quella non era forse la prima stella della sera? Batté le palpebre, più e più volte, ma il tenue, pulsante luccichio sembrava scomparso: continuò a cercarlo, lo sguardo rivolto verso l'alto.

Non voleva incontrare gli occhi di Richard.

«Lennie.»

Scosse la testa.

Non voleva neppure ascoltarlo. Avvertì il calore del suo corpo che si avvicinava e si ritrasse.

«No!» Intendeva gridare, ma era solo un sibilo roco. «Vai via!»

Lui si scostò e il freddo tornò a pungerle il cuore.

«Lennie.» Sospirò, di nuovo, il suo nome. «Ora conosci la vera ragione che mi spinse a scriverti quel maledetto messaggio: immaginavo la tua ripulsa, mille e mille volte mi sono figurato la tua reazione. Come potevo chiederti di sposarmi? Però non mi risolvevo a dirti la verità: mi sembrava di spargere sale sulla ferita causata dalla scomparsa di tuo fratello. E, sì: speravo di uscire dalla tua vita senza che mai venissi a sapere cos'era accaduto; disprezzato per averti ripudiata, ma, almeno, non mi avresti odiato. Non potevo immaginare chi eri in realtà.»

S'interruppe, la voce spezzata.

Riprese: «Quando l'ho scoperto, era già troppo tardi. Il fuoco che avevi acceso minacciava di consumarmi: mi sarei potuto opporre, ma non ho voluto farlo, forse non ci sarei neppure riuscito. Allora ho capito di amarti: con forza, disperazione e la consapevolezza di non poter rinunciare a te. Onore? Lealtà? Orgoglio? All'improvviso, non avevano più senso. No, se ti avessero strappato a me. Non potevo cambiare il passato, ma volevo un futuro diverso. E non avevo scelta. Così, ho taciuto.»

Tacque anche ora e il silenzio avvolse Eleanor come un gelido sudario, anche se il cuore continuava a batterle sotto la veste e il respiro le sollevava il seno.

Era viva.

Al contrario di Oliver, il cui corpo giaceva chissà dove, depredato e forse mutilato dai ladri di armature.

Era viva.

E non sapeva cosa farsene di una vita che le appariva più desolata di una distesa di neve. In pochi attimi, la gioia era scomparsa, i sogni distrutti, i progetti infranti.

Adesso non provava più nulla, neppure dolore. Né collera o disperazione: evaporate all'improvviso, l'avevano lasciata un guscio vuoto.

Era viva?

Richard le si inginocchiò accanto. In quel modo la costringeva a guardarlo e a prendere consapevolezza di quello che le stava dicendo. Avrebbe voluto evitarlo.

«Che cosa farai, ora?» le sussurrò.

*Fare*? C'era qualcosa che potesse *fare*? Non lo sapeva. Non ne aveva idea. Dormire, forse? Un sonno lunghissimo, profondo, immagine della morte. Non le veniva in mente nient'altro e non rispose.

Lui chinò il capo, fino a sfiorarle il grembo. «Qualunque sia, ora, la tua decisione, io la rispetterò. Ho perso ogni diritto, ogni speranza: non sono degno di perdono, tanto meno del tuo amore, ma il mio cuore e la mia vita ti appartengono. Te li ho donati e non sono più miei. Puoi farne ciò che vuoi: io ti aspetterò comunque, per sempre. Solo, ti prego: se dentro di te avverti anche solo la speranza di una scintilla di perdono, non ignorarla. Non sacrificarla sull'altare dell'odio e della vendetta.»

La luce sempre più incerta aveva spento del tutto i riflessi d'oro dei suoi capelli. Di lì a poco, il buio avrebbe uniformato i colori sotto un'unica mano di smalto nero e annullato qualsiasi differenza. Il mattino seguente, però, tutto sarebbe tornato come prima.

Non era sicura che per lei sarebbe stato lo stesso. La caligine che le soffocava l'anima e le intorpidiva la mente le sembrava uno strato troppo denso e vischioso per potersene mai liberare.

Richard era ancora lì, immobile, ai suoi piedi. Aspettava una risposta, una decisione che non era in grado di prendere. Non ora, forse mai.

«Lasciami sola.»

Lui si rialzò. «Si sta facendo notte. E la nebbia inizia a formarsi.» Però non aggiunse: "Rientra in casa con me", né le porse la mano. Attese solo qualche istante, poi prese ad allontanarsi.

Un fremito le si formò in seno. «D'Arcy!»

Subito si voltò, quasi non avesse atteso che di essere richiamato.

«Non ti odio.»

Era tutto ciò che poteva dirgli, almeno per il momento.

Il letto era un luogo di tortura. Scomodo il materasso, fredde le lenzuola e il fuoco nel camino non era sufficiente a scacciare l'umidità che gli faceva dolere la cicatrice.

Richard si rialzò e si rivestì in fretta.

No, la colpa non era della stagione, né degli arredi di Arrowgate Manor; solo la notte prima, aveva trovato paradisiaco un giaciglio assai più stretto.

Allora, però, lo aveva condiviso con Eleanor e questo era il punto. Il suo amore gli mancava in modo disperato. Un sudore ghiacciato gli velò il labbro superiore; lo deterse in fretta, con la mano. Non poteva restare in quella stanza un solo minuto in più.

Si guardò attorno, al riverbero delle fiamme: sulla mensola del camino, una lucerna di legno e alabastro. Accese la candela all'interno e poi cercò a tastoni la leva che avrebbe aperto la porta segreta. Imprecò un paio di volte: i mattoni scottavano, ma si rifiutò di indossare il guanto e proseguì finché la sua testardaggine fu ricompensata. Quando avvertì il rumore prodotto dallo slittamento dei blocchi di pietra, afferrò il lume e scostò l'arazzo. La scala gli apparve più stretta e buia di quanto non rammentasse; forse era stato un bene che l'avessero salita quasi a tentoni, senza rendersi conto dei gradini rozzamente intagliati e piuttosto scivolosi. Ma, solo due sere prima, il suo cuore era saldo e nella mente non c'erano che piani di azione e la speranza di una dolce ricompensa.

Basta! Prese a scendere, in fretta, quasi senza guardare dove posava i piedi e pazienza se fosse scivolato, rompendosi l'osso del collo: a chi sarebbe importato? Non a lui, questo era certo.

Si trovò in fondo alla scala e svoltò a destra: l'apertura alla base della rupe era una bocca spalancata, rischiarata dal bagliore lunare. Superò i rami di biancospino, tranciati con entusiasmo dalla sua spada e la ghiaia scricchiolò sotto le suole degli stivali. Pochi passi ancora, poi si fermò sulle sponde dell'Arrow: l'acqua scorreva silenziosa e nera, qua e là illuminata da scaglie d'argento.

La notte aveva un sentore di fiume e d'autunno.

"Se la malinconia avesse un proprio odore, sarebbe questo", pensò. Di sicuro, lo avrebbe sempre associato alla tristezza di quel momento.

A cosa era servito combattere, superare i demoni che lo avevano attanagliato in quei lunghi mesi? A nulla, e ora si ritrovava al punto di partenza. Ancora peggio, era sprofondato in un abisso dal quale non era certo di poter risalire.

Se Eleanor non si fosse recata a Evershine.

Se Warwick non fosse giunto al castello.

E, soprattutto, se il cuore non lo avesse convinto a ignorare ciò che, inevitabilmente, sarebbe accaduto, quanta sofferenza si sarebbero risparmiati!

Il dolore che provava era subdolo e pulsante; tuttavia, in qualche modo, vi era preparato, e il rimorso gli suggeriva che era un giusto scotto da pagare.

Ma Eleanor! Che colpa aveva? Il destino sembrava accanirsi su di lei; le porgeva un po' di gioia e poi, subito, si divertiva a levargliela nel modo più crudele. Questa era la sua angoscia più profonda, il cancro che lo divorava.

Perché non c'era nulla che potesse fare al riguardo. Solo lei avrebbe potuto porvi rimedio, perdonandolo e accettando di ricominciare a vivere.

La luna scomparve dietro le nubi, trasportate all'improvviso da un vento ghiacciato.

Richard cadde in ginocchio. Posò la lucerna e incrociò le mani sul petto. Non sapeva pregare, non lo aveva fatto che di rado, nelle funzioni pubbliche alle quali aveva dovuto presenziare, e anche in quelle occasioni si era limitato ad assumere un'aria di circostanza.

Eppure, un cuore dolente non aveva bisogno di parole.

E quando si rialzò, molto più tardi, una scintilla di speranza aveva iniziato a scaldargli l'anima intorpidita. L'Amore lo avrebbe aiutato. Un amore infinito, paziente e tenace, che non sarebbe arretrato davanti a nulla. E il Tempo, il Grande Guaritore, sarebbe stato dalla sua parte.

Purché Eleanor gli consentisse di rimanere al suo fianco.

# Capitolo 26

Ralph infilzò il cosciotto e osservò con disgusto la scia di sangue sul tagliere; non che lui fosse schizzinoso, ma, diamine! Il montone semi crudo non si poteva certo definire una leccornia. E il resto non sembrava migliore: la farinata d'avena era colla, il pane acido, la birra calda. Cos'era accaduto in cucina? Eppure, la cena della sera prima era stata superba. Cercò Nan con lo sguardo, ma la nutrice era indaffarata e aveva inalberato l'aria seccata di chi non ha alcuna intenzione di ascoltare lamentele. Pazienza! Avrebbe chiesto direttamente alla signora di Arrowgate Manor. Era strano, piuttosto, che non l'avesse ancora incontrata, dato che il giorno era ormai avanzato. «Dov'è milady?» le chiese.

La donna continuò a piegare un lungo telo di lino, come se non avesse sentito. Che fosse un po' dura d'orecchi? Strano, non se n'era accorto. Sbatté il boccale sul tavolo e aprì la bocca per riformulare la domanda, a voce più alta.

La vista di Richard che si precipitava nella stanza, cupo in volto come un cielo in tempesta, gli bloccò le parole in gola.

«Non c'è!» gridava. «Da nessuna parte!»

Gli fu accanto d'un balzo e lo afferrò per una manica. «Di chi parli?» Poi vide il suo sguardo sconvolto e comprese all'istante. «Madamigella Eleanor?» chiese, solo per conferma. «Che cosa le è accaduto?»

«Non lo so! Ho controllato ogni maledetta stanza di questo posto!»

«Calmati! Potrebbe essere nel giardino o nel frutteto. Magari è salita sulla torretta o è scesa in cantina per verificare le scorte.»

«E credi che non abbia già controllato? Non c'è, ti dico!»

«Ma non può essersene andata, ti pare?»

A questa domanda, il volto già pallido di Richard, divenne terreo e gli occhi s'incupirono di dolore. Ah! Dunque, era accaduto qualcosa. E piuttosto grave, senza dubbio. Non aveva mai veduto il Leone Bianco in quelle condizioni: nessun nemico lo atterriva, nessuna battaglia gli aveva mai fatto perdere il controllo. Eppure, lo capiva: quando la sua Fleur era sparita da Evershine aveva reagito nello stesso modo.

Il che, non gli lasciava alcun dubbio sulla natura dei sentimenti che D'Arcy provava nei confronti della promessa sposa. «Ascolta» cercò di tranquillizzarlo «anche se ha lasciato Arrowgate Manor, è sola e non può essersi allontanata molto. Dobbiamo giusto capire dov'è andata.»

Richard gli lanciò uno sguardo indecifrabile. «Anche Ailith è scomparsa.» Si svincolò dalla sua presa e si affrettò a bloccare il passo a Nan, che sembrava intenzionata a lasciare la sala. «Voi lo sapete. Ditemi dov'è la vostra signora.»

La nutrice alzò la testa. «Non lo so. E anche se lo sapessi, non ve lo direi.» I pugni sui fianchi, aveva l'aria bellicosa di una chioccia pronta a beccare chiunque mettesse a repentaglio la sicurezza del proprio pulcino.

Ralph, pure ammirato per la temerarietà della donna, quasi soffocò per la sorpresa. Come poteva rispondere in quel modo al signore di Evershine? La reazione di suo cugino, tuttavia, lo stupì assai di più; lo vide chinarsi e prendere fra le sue le mani nodose della vecchia. E poi stringerle. «Voi sapete dov'è» ripeté, convinto. «Eleanor si fida di voi.»

«E se anche fosse? Quella bambina è sola al mondo.»

«Non è più una bambina, balia. E non sarà mai più sola, ve lo giuro. Però, dovete dirmi come posso trovarla.»

«Perché possiate ferirla di nuovo? Non vi sembra di averle già fatto male abbastanza?» Nan scosse la testa, ma non sembrava più convinta come prima.

«Credetemi» insistette. «Passerò la mia vita a renderla felice, se solo me lo permetterà. La proteggerò e la difenderò da tutto e da tutti, persino da se stessa: mi sarà più cara della mia carne e del mio sangue.»

Lei tirò su con il naso. «È una buona cosa. Ammesso che sia vero.»

Questa volta, Ralph non riuscì a trattenersi. «Nessuno ha mai messo in dubbio la parola del Leone Bianco.»

Richard, però, gli fece un cenno. «Lascia stare, il passato non conta. C'è solo Eleanor nel mio futuro, purché riesca a convincerla a dividerlo con me.»

«Non sarà semplice» lo avvertì la nutrice. «La mia signora ha il cuore più tenero del mondo, è generosa e dolce, ma è anche piuttosto determinata. Insomma, se ha preso una decisione, non c'è verso che la cambi. Il suo povero fratello la prendeva sempre in giro per questo: "testa rossa, testa dura", diceva. Ma se qualcuno può farle mutare idea, be' credo si tratti di voi. Spero solo che siate abbastanza persuasivo» aggiunse, mostrando il primo segno di cedimento.

«È quello che spero. E che desidero con tutto il cuore» le rispose, con un sorriso appena accennato.

La balia annuì e parve soddisfatta.

Ralph cercò di non mostrare la propria impazienza. Conquistare la fiducia di quella donna anziana, più spinosa di un istrice, era un'impresa nella quale solo D'Arcy poteva riuscire. Forse, però, erano giunti al punto.

«Non dovrei proprio dirvelo» iniziò, infatti, ancora un po' titubante. Poi, vedendo che D'Arcy non la pressava in alcun modo, ma continuava a guardarla fiducioso, capitolò. «Non è ad Arrowgate Manor e neppure ad Alcester. È inutile che la cerchiate nei dintorni: lei e Ailith sono dirette molto più lontano.»

«Non a Warwick, vero? È un viaggio troppo lungo e pericoloso per due donne.»

«No. Per quanto, anche così...» Nan si rabbuiò. «Non ha voluto intendere ragioni: "Attraversare Thornwood non ci fa più paura e viaggeremo spedite grazie a Black e White".»

«Cavalli?» Richard inarcò le sopracciglia.

«Asini. Due brave bestie, non dico di no, ma la strada fino al monastero non è certo delle migliori.»

Ralph tirò un sospiro di sollievo. «Stanno andando a Santa Etheldreda? Vivaddio, donna, con tutto il tempo che vi c'è voluto a dirlo, saranno già arrivate!» esclamò con una punta di sarcasmo. In realtà, la notizia era abbastanza rassicurante. Il monastero era una destinazione sicura e neppure troppo distante da Evershine. Guardò Richard, convinto di leggergli in volto il suo identico sollievo.

Ne fu deluso.

Serissimo e più pallido che mai, lo vide curvarsi e abbracciare la balia. «Grazie. Non dimenticherò il vostro aiuto. Spero solo di arrivare in tempo.»

Gli occhi di lei si velarono di lacrime. «Lo spero anch'io. Che Dio vi accompagni, milord.»

Wotan e Raziel avanzavano al galoppo lungo il fiume, gli zoccoli potenti che schizzavano in alto il terreno nero e molle.

«Thornwood!» gridò Ralph. La pioggia formava una cortina lattea: gocce minuscole, come di nebbia, ma tanto fitte che a malapena si distingueva il profilo scuro e indistinto della foresta.

Richard annuì e fece rallentare il cavallo, ma non si fermò a depositare il pedaggio ai piedi della quercia e si addentrò nel sentiero. Per un poco procedettero in silenzio.

«Qui sotto è buio come l'interno di una cattedrale a mezzanotte» brontolò a un tratto suo cugino «e altrettanto umido.»

«Mhmm» mugolò in risposta, con la speranza di ritardare l'inevitabile fila di domande che aveva visto formarsi negli occhi chiari di Ralph e che pure, doveva dargliene atto, era riuscito a trattenere fino a quel momento.

«Che intenzioni hai? Come pensi di comportarti una volta giunto al convento?»

«Parlarle. Cercare di convincerla a tornare con me a Evershine. Per sposarmi. Questo è tutto ciò che posso fare.» Infastidito, scacciò con la mano un nugolo di moscerini. Quegli insetti noiosi e molesti davano noia al povero Raziel: accidenti a quella stagione troppo umida e non abbastanza fredda. Il tempo non era più quello di una volta.

«Parole! Credi servano a qualcosa? La tua Eleanor e la mia Fleur non sono donne comuni. Perdonami, ma credo che tu abbia bisogno di fatti.»

«Non lo so, forse? È ben per questo che sto andando a prendermela. Purché non sia troppo tardi.»

«*Tardi*? Per cosa? Lo hai detto anche a quella povera vecchia ma, sinceramente, non ho capito.»

«Pensaci. Dannazione!» imprecò, investito da un'improvvisa cascata d'acqua. Alzò lo sguardo e frugò fra le fronde smosse. «Potresti scendere da lì, mastro Rob, invece di divertirti ad annaffiarmi. Ho bisogno di parlarti.»

Un ghigno si aprì sul volto bruno di Redesdale, fra barba e baffi, poi scomparve subito; si calò dalla piattaforma ma rimase a cavalcioni dell'ultimo ramo, il che lo portò quasi alla sua stessa altezza. «Immagino di cosa: vuoi sapere quando sono passate di qui» disse, senza tanti giri di parole. Entrambi sapevano a chi si riferiva. «Un bel po' di tempo fa, ormai. Era ancora buio quando si sono lasciate Thornwood alle spalle.»

«Maledizione! A questo punto, saranno arrivate al convento già da diverse ore.»

«Ah! Non erano dirette a Evershine, quindi. A dire il vero, mi sembrava strano, se non sconsiderato da parte del Leone Bianco, permettere alla sua promessa sposa di viaggiare a quell'ora. E con l'unica scorta di un'altra donna. Anche se, stavolta, erano equipaggiate con degli asini e l'*Allegra Brigata* non costituiva certo una minaccia. Non permetterei a nessuno di far loro del male, non dopo quello che abbiamo condiviso. Parola di *brigante onesto*.»

Richard si limitò a indirizzargli un'occhiata di traverso, per dissuaderlo dal fare altre illazioni.

L'*Aggiustatutto*, però, sembrava determinato a sapere come fossero andate le cose tanto quanto lui era intenzionato a tacere; forse, persino di più. «Magari, madamigella Lyon intende portare a compimento il suo pellegrinaggio, in vista delle prossime nozze» insistette. «Per pregare sulla tomba della Santa e chiedere la grazia di una prole numerosa: le donne credono a queste cose. Quanto alla sua compagna» aggiunse con una smorfia «può essere che sentisse bisogno di fare un po' di penitenza.»

«Purché non decidano di portare questa pia intenzione all'estrema conseguenza. E prendere il velo» concluse lui, scuro in volto.

«È questo, dunque, ciò che ti preoccupa!» commentò Ralph. «Per San Dunstano, Richard! Non si diventa monache da un'ora all'altra. Per quanto ne so, è necessario un bel po' di tempo.»

«Sì, prima di pronunciare i voti definitivi. Ma cosa credi accadrebbe se chiedessero aiuto e rifugio a Santa Madre Chiesa, perché perseguitate da uomini indegni che mettono a rischio la loro anima? Pensi che riuscirei a rivedere Eleanor e a parlarle? Non dimenticarti che può sempre vantare l'eredità di suo fratello e dunque una dote molto sostanziosa. Tanto da bastare e di gran lunga avanzare per entrambe. Per questo ti dico: dobbiamo sbrigarci.»

«Monaca!» quasi gridò Rob. E pronunciò una violenta imprecazione. «Una donna come quella!»

Richard lo guardò, stupito e risentito di quell'apprezzamento troppo istintivo e confidenziale nei confronti di Eleanor. Ma poi ricordò il sospetto che lei gli aveva manifestato e la comprensione si fece strada nella sua mente. «Se Ailith t'interessa sul serio» precisò a ogni buon conto, per eliminare qualsiasi equivoco «ti consiglio di darti da fare. Quando una donna ti entra nel cuore, è per sempre. E, per sempre, rimarrà l'unica.»

L'altro impallidì. «Parli per esperienza, vedo» commentò. Ma anche se aveva inteso essere sarcastico, nella sua voce vi era una sfumatura di amara invidia. «E allora vai. E in fretta. Che aspetti? Galoppa come il vento in sella al tuo bianco destriero e salva due donzelle da un destino che non può renderle felici.»

Lui annuì, serio. «Questa è la mia intenzione.»

Rob lo scrutò a fondo, con grande serietà. «Bene» disse alla fine. «È ora che il Leone Bianco abbia una degna compagna al suo fianco. E mi auguro di sentire presto le campane di Evershine suonare a festa.»

«Volesse il Cielo! In quel caso, considerati invitato alle nozze.» Gli lanciò uno sguardo penetrante e allusivo. «I matrimoni offrono sempre occasioni molto interessanti. Addio!»

E con un colpo di talloni incitò Raziel a ripartire. Non disse più una parola finché non ebbe attraversato Thornwood, né si voltò indietro. Ma era certo che Redesdale li avesse accompagnati, di quercia in quercia, fino al limitare del suo regno.

Chissà, forse un giorno gli avrebbe detto il vero nome e in che modo perseguiva l'oscuro piano di Warwick. In un altro momento, la cosa lo avrebbe incuriosito. Ora, invece, i suoi pensieri erano tutti per una meravigliosa ragazza dai capelli di fuoco e dagli occhi verdi come la primavera. Che vincesse York o Lancaster non aveva più importanza. Né gli interessava quale re avrebbe governato il Paese o cosa sarebbe accaduto all'Inghilterra.

Voleva Eleanor.

Solo Eleanor.

«E così, hai pensato di venire a cercare rifugio fra queste mura.»

«Sì, madre.»

La badessa sorrise. «Hai fatto bene, figlia mia. La preghiera è sempre un'ottima soluzione per un cuore affranto.»

La ragazza alzò su di lei gli occhi arrossati dalla polvere e dalla stanchezza del viaggio. E dalle lacrime: suor Hilda sospettava che ne avesse versate molte, fino a sfinirsi. La storia che le aveva appena raccontato era, del resto, così toccante che se n'era commossa; aveva accresciuto la simpatia naturale e istintiva da subito provata per Eleanor Lyon.

Notò le occhiaie profonde, il pallore delle guance e le labbra screpolate. Il suo vecchio cuore ne provò compassione. Batté le mani e mormorò qualcosa alla novizia accorsa; quella scappò via e tornò dopo solo qualche minuto con un vassoio. Lo posò sul tavolo, giunse le mani, chinò la testa in segno di rispetto e si ritirò di nuovo sulla panca in un angolo della stanza.

«Ecco, prendi, figliola. Ristorati un poco.» Le protese una ciotola e la incoraggiò. «È solo latte.» Attese, in silenzio, che lei finisse di bere. «Va già meglio, non è vero? Il cibo è necessario al corpo quanto la serenità all'anima. Sono certa che qualche giorno di meditazione ti consentirà di tornare nel mondo più forte.»

La giovane posò la tazza con attenzione, poi la fissò con un'espressione determinata. «Il mondo mi ha delusa: io voglio restare qui, reverenda madre e diventare una delle *Pie Sorelle*. Spero che possiate accettarmi.»

Suor Hilda strinse fra le mani il crocefisso che portava al collo e che proclamava il suo ruolo all'interno del monastero. Lo accarezzò, pensosa. Eleanor non era la prima e non sarebbe stata l'ultima: quante fanciulle avevano cercato consolazione alle pene di cuore nel silenzio e nella solitudine di Santa Etheldreda! Per qualcuna, era vero, la disperazione iniziale si era tramutata in una vocazione sincera, ma la maggior parte aveva finito col rimpiangere quella decisione. Senza contare le numerose giovinette destinate alla vita monastica dalle famiglie, nonostante le poverine avessero sognato il matrimonio e la benedizione dei figli.

Il convento proteggeva da molte brutture del mondo, ma l'esistenza al suo interno non era così serena e idilliaca quanto molti credevano. Pronunciare i voti per un motivo sbagliato causava odi e rancori dagli esiti terribili. Era sicura che tutto questo non fosse gradito a Dio: perciò, da quando aveva assunto la direzione del monastero, vagliava con grande attenzione le richieste delle aspiranti, sebbene ciò contravvenisse all'uso ormai comune di accettare e anzi, incoraggiare, l'ingresso di fanciulle che portassero una dote cospicua.

Un'altra superiora, certo, avrebbe accolto Eleanor a braccia aperte e fatto di tutto perché non ritornasse sulla sua decisione affrettata.

Non lei.

«Hai sangue scozzese nelle vene, bambina» affermò. E si trattenne dallo sfiorarsi il velo, sotto il quale le rade ciocche color rame erano ormai quasi tutte d'argento.

«Da parte di mia madre, sì. Questi capelli sono stati la mia maledizione e sarò felice di liberarmene una volta per tutte.»

«Ah no! A questo non credo. Non dire bugie.»

Eleanor abbassò lo sguardo.

Suor Hilda represse un sospiro: capiva assai più di quanto l'altra potesse immaginare.

Lady Hildegarde, ultima figlia del conte Mowbray, non aveva amato sempre e solo il Signore. Per un certo tempo, anzi, lo aveva persino rinnegato, imputandogli la colpa di averla privata del suo Jerome. La pace era giunta solo dopo molti anni di amaro dolore e, alla fine, aveva lasciato il posto a una vocazione sincera: eppure, sapeva di aver donato a Dio solo la parte restante del suo cuore, perché l'altra era scesa per sempre nella tomba insieme all'amato.

Non voleva che la giovane Lyon patisse quelle stesse pene: non c'era nulla d'irrimediabile nella sua situazione, a meno che lei stessa non decidesse di voler soffrire per tutto il resto della vita. Uno spreco troppo grande e inutile.

Prendere di punta una testa rossa, però, non avrebbe portato ad alcun risultato. Elevò una preghiera a Santa Etheldreda perché la aiutasse a trovare le parole giuste.

«Vuoi prendere il velo. Chi sono io per oppormi al desiderio sincero di un cuore devoto? Pure, ti prego di rispondermi con tutta sincerità, figliola. Puoi mentire a me, ma non a Lui» puntò un dito verso il soffitto. «E sarebbe un pessimo inizio per la vita al convento. Dunque: la morte di tuo fratello ti ha lasciato un vuoto incolmabile nell'anima. Non hai più provato un dolce sentimento e sei certa di non poter amare nessuno. È così?»

Un lieve rossore tinse le gote di Eleanor. «Amavo lord D'Arcy» ammise a fatica. «Ma dopo quello che mi ha rivelato, io non riesco... non credo... non so più nulla.»

Quindi, le sue supposizioni erano giuste. La poverina era tanto, troppo confusa. E di sicuro ancora molto innamorata. Le occorreva solo un po' d'incoraggiamento per ammetterlo, ma toccava a lei farla arrivare a quella conclusione. Doveva solo fare attenzione a prendere una via un po' contorta.

«Posso capire la delusione che hai provato nello scoprire che ti aveva mentito con tanta spudoratezza. Come credere a un uomo simile?»

«Non è stata una vera menzogna. E, in fondo, avrebbe anche potuto tacere per sempre. In quel caso, non credo che sarei mai venuta a sapere la verità.»

«Perciò, non è questo il problema. Resta, comunque, il motivo più grave. Ha ucciso tuo fratello e in un modo a dir poco barbaro: si dicono cavalieri e non riescono neppure a governare il proprio cavallo!»

«Non è così: Oliver doveva dargli retta e restare nelle retrovie. Ma, colore dei capelli a parte, era caparbio quanto me, se non di più. E comunque, nessuno al mondo avrebbe potuto evitare quel terribile incidente.»

«E tu ci credi?»

Eleanor si morse un labbro. Rifletté un istante, poi assentì.

«Ah! Però lo odi, non è vero?»

Gli occhi verdi si colmarono di lacrime che le ciglia non riuscirono a trattenere. Un singhiozzo dolente le uscì dal petto, una resa terribile e sofferta. «No» ammise alla fine con voce chiara «non lo odio.»

«E lui ti ama?»

«Sì.» Deglutì e ripeté: «Sì, ne sono sicura.»

Suor Hilda alzò gli occhi al cielo. «Allora devi pensare a lui e a te stessa; lascia che l'anima del povero barone vada in pace e trasforma l'infelicità di due cuori in un'unione che, temprata dal perdono e dalla comprensione, produrrà i frutti più dolci.» Si chinò verso di lei e le prese le mani. Gliele accarezzò un poco, con tenerezza. «Dammi retta, figliola. L'amore è sempre il modo migliore per onorare la volontà di Dio.»

# *Capitolo 27*

Il centro del chiostro ospitava un piccolo giardino. C'erano silenzio e pace, poiché i vespri erano già stati recitati. «Fra poco suonerà la campana del refettorio.» Ailith distolse lo sguardo dalle aiuole delle piante officinali e le strinse un poco il braccio. «Sono contenta che abbiate preso questa decisione.» Sorrise, solidale. «Non stava a me dirvelo, anche perché non ho la minima esperienza in faccende del genere, ma vi vedevo soffrire ed ero tanto preoccupata.»

Eleanor la guardò con affetto. «Mi hai seguita per la seconda volta. Senza lamentarti e senza una critica, nonostante fossimo appena rientrate ad Arrowgate Manor. Sei l'amica migliore del mondo, lo penso davvero. La tua opinione è importante per me: avresti dovuto provare a farmi ragionare.»

«E ci sarei riuscita?» le chiese, divertita.

«Penso di no.»

Scoppiarono a ridere. Una risata liberatoria, dopo tanta tensione e amarezza. E anche se, alla fine, Eleanor si ritrovò con le guance bagnate, stavolta erano lacrime buone. «Che sciocca, sono!» Se le asciugò in fretta con il dorso della mano. «Di recente, non faccio che piangere. Una volta non mi capitava mai.»

«Sarà colpa dell'amore.» Ailith scrollò la testa. «È un sentimento che rende deboli, per questo gli uomini vi cedono di rado.»

Lei rifletté un poco su queste parole. L'esperienza le aveva dimostrato che non era così per tutti: Ralph, per esempio, adorava Fleur e non si vergognava di mostrarlo. Quanto a Richard... Il suo corpo reagì nel ricordare il modo in cui l'aveva amata, con le parole e con i fatti, e un dolce languore le riscaldò l'anima. Ailith, però, sembrava convinta della sua affermazione, quasi avesse fatto proprio il punto di vista maschile.

«Può farti soffrire in modo atroce, è vero, e io per prima ne so qualcosa, ma la felicità che regala è impossibile a descriversi. Tutto è più bello e ti senti migliore.»

Lo sguardo di Ailith si fece scettico. «Forse, ma una donna non è più padrona di se stessa. Che senso ha tutta la vita precedente se poi la metti nelle mani di un uomo che deciderà al tuo posto? Un estraneo, che non ti conosce e che non conosci. Chi può garantirti che sia, sul serio, come appare? E se fosse solo una maschera?»

Sembrava un discorso generico, ma Eleanor colse molto di più nella voce dell'amica. «Dovresti dargli una possibilità, sai» disse, decisa a parlar chiaro. «Forse messer Rob non è quello che sembra, ma nel suo caso la realtà potrebbe essere migliore della finzione.»

L'altra sobbalzò, sorpresa. Arrossì un poco, ma non negò. Tuttavia si affrettò a cambiare argomento. «Non è di me che dobbiamo parlare, adesso.» La tirò per la manica e riprese a camminare. «Che cosa avete intenzione di fare? Partiremo domani? Direi di andare subito a Evershine. Di sicuro, D'Arcy è già lì. Chissà in che stato, poveretto! Non trovandovi, avrà messo sottosopra il castello e sarà in preda all'ansia.»

Eleanor provò una fitta di rimorso. Si mordicchiò un'unghia. «Mi dispiace.»

La campanella del refettorio squillò, ma il richiamo argentino fu coperto da una gragnola di colpi impazienti contro il portone di quercia del convento. «Aprite!» sentì urlare. «Aprite, in nome del Cielo!»

Quella voce! Era mai possibile? «D'Arcy! È qui! Non può essere che lui.» Si volse verso Ailith, la cui espressione stupita era già mutata in una smorfia maliziosa.

«Potete scommetterci. Non so come abbia fatto, ma è chiaro che vi ha trovata.»

«Deve avergliélo detto Nan.»

«Ah! E la sgriderete per questo?»

Eleanor sentiva il cuore scoppiare. Un poco di timore e molto più di felicità. Si aggrappò al braccio dell'amica perché le gambe minacciavano di non sostenerla. «La abbraccerò, invece.» Deglutì la commozione che la soffocava. «Sempre che il Leone Bianco non decida di azzannarmi.»

«Mi avete costretta a una grave infrazione, lord D'Arcy. Il convento non apre le sue porte ai visitatori dopo i vespri.»

Richard osservò il volto della badessa; nonostante il tempo avesse lasciato il segno nelle palpebre appesantite e in un ventaglio di rughe attorno agli occhi e alla bocca, le tracce di un'antica avvenenza erano ancora evidenti. Né la mortificazione imposta dalla regola dell'obbedienza era riuscita a spegnere un carattere di certo volitivo ed energico. Gli venne in mente che, se Eleanor avesse pronunciato i voti, di lì a venti, trent'anni, avrebbe potuto trovarsi in quella stessa posizione e un brivido gelido gli ghiacciò la nuca.

Si schiarì la voce. «Eppure, non abbandonereste al suo destino un povero penitente che chiedesse aiuto.»

Lei gli lanciò uno sguardo severo. «Voi non siete un *penitente*, milord. E, di certo, non siete *povero*.»

«Vi sbagliate, madre. Sono entrambe le cose.»

Un sopracciglio, che un tempo doveva essere stato di un bruno rossiccio, scattò verso l'alto. «Che intendete?»

«Sono qui a supplicare il perdono della donna cui ho tolto la felicità. Perciò sono un penitente. E poiché senza di lei la mia vita non ha alcun valore, posso a ragione definirmi il più misero degli uomini.»

La superiora accarezzò il crocefisso che teneva al collo e intanto gli piantò in viso occhi di un pallido grigioverde. «Sono belle parole, ma il punto è questo: sono vere? Per quale ragione dovrei permettervi di turbare di nuovo l'anima di una giovane che ha deciso di cercare la pace del Signore? E se voi voleste arrecarle altro dolore? Vendicarvi, magari, della sua fuga?»

«Io l'amo. E desidero una sola cosa: sposarla al più presto. Ma questo, vedete, non sta né a me né a voi: Eleanor, e solo Eleanor, deciderà se accettarmi o meno come marito. Non forzerò in alcun modo la sua volontà.»

«E se vi rifiuterà?»

Lui allargò le braccia. «Me ne andrò per sempre.»

«Questo è giusto: ma sareste disposto a prenderla in moglie subito? Qui, nella cappella del convento? Rinunciando a una cerimonia fastosa?»

L'ansia che fino a quel momento gli aveva stretto il petto, lasciò il posto a una tenue speranza. La possibilità accennata dalla badessa gli lasciava intendere che non tutto fosse perduto. Non voleva, tuttavia, illudersi troppo presto. Perciò si limitò a rispondere: «Ne sarei felice, reverenda madre. E onorato.»

Suor Hilda lo fissò.

Un uomo maestoso, un cavaliere magnifico, che di sicuro poteva far sciogliere il tenero cuore di una fanciulla. Certo non quello di una vecchia come lei, che sapeva andare oltre le apparenze. Scrutò i suoi occhi blu, per arrivargli in fondo all'anima. Ne fu soddisfatta. Si alzò, a segnalare che il colloquio era terminato.

«Va bene. Dirò a milady di raggiungervi e potrete parlarle qualche minuto. Cercate di far fruttare bene il tempo a vostra disposizione, lord D'Arcy, perché non vi sarà data una seconda opportunità.»

«Lo so.»

Annuì. Poi, in silenzio, uscì dal parlatorio.

Un sorriso segreto le illuminò il volto.

Lui era intento a osservare il tramonto che s'intravedeva appena dalla stretta finestra a ogiva. Tuttavia, doveva aver avvertito la sua presenza, perché si voltò di scatto.

Eleanor avanzò nella stanza; a piccoli passi, un po' tremanti.

Era passato appena un giorno da quando si erano lasciati nel frutteto di Arrowgate Manor, ma le sembrava un secolo. In pochi spiccioli di ore i suoi sogni si erano infranti, eppure, ora esisteva la possibilità che un nuovo destino prendesse vita da quei frammenti. Sarebbe accaduto sul serio? Era il suo timore più grande: forse, era svanita per sempre la meravigliosa intimità di corpo e anima che entrambi avevano condiviso, la fiducia disinvolta e confidente dell'uno verso l'altra. La possibilità di ridere insieme. La gioia di appartenersi. Che cosa sarebbe rimasto? Un'unione come tante, eppure non riusciva ad accettare l'idea di doversi accontentare.

"Un vaso incrinato non sarà mai più bello come prima", aveva detto ad Ailith mentre attendevano l'esito del colloquio che si svolgeva fra D'Arcy e la madre superiora.

L'amica le aveva stretto la mano. "Io la vedo in un altro modo: una lama spezzata diventa più forte e lucente dopo che il fuoco l'ha fusa, il fabbro l'ha martellata sull'incudine e l'acqua gelida l'ha temprata."

Quell'esempio l'aveva rincuorata: eppure adesso, mentre fissava gli occhi in quelli di Richard, si sentì di nuovo afferrare dall'angoscia. Il discorso che aveva tanto accuratamente preparato, ripetendolo come una litania, le sfuggì dalla mente, lasciando al suo posto un vortice di sensazioni impossibile da dominare.

Non riuscì a proseguire e si fermò, il cuore in gola e le mani di ghiaccio, il respiro corto e affrettato.

In quel silenzio di gelo, le sovvenne di aver dato troppe cose per scontate: e se lui fosse giunto fin lì per troncare, una volta per tutte, il loro rapporto? Suor Hilda non le aveva detto nulla in proposito. Si era forse illusa? Sciocca, sciocca, sciocca Eleanor. Cercò, disperata, di formare una frase che salvasse, almeno in parte, la sua dignità.

In quell'istante, Richard spalancò le braccia, un'espressione d'amore dipinta sul viso, tanto intensa da spazzar via, in un attimo, tutti i suoi dubbi.

Le parole non servirono più. Con un grido gli corse incontro e gli si gettò sul petto. Lui la strinse, così forte da toglierle il fiato, ma non importava: non si era mai sentita così al sicuro.

«Lennie» le mormorò fra i capelli. «Lennie» ripeté mentre, con baci lievi, le asciugava le ciglia umide di lacrime non versate. «Mia Lennie!» Le sfiorò, appena, l'angolo della bocca.

Allora, Eleanor gli circondò il volto con le mani; cercò nella profondità dei suoi occhi, poi lo attirò verso di sé e lo baciò. Senza remore o timori. Senza pensare a nulla, perdendosi e ritrovandosi nell'intreccio ardente delle lingue, nel fondersi dei respiri.

Le mani di Richard scesero dalla vita ai fianchi, la premettero contro di sé per annullare ogni distanza. Ardenti, possessive e quasi disperate. «Non lasciarmi. Mai più.» La sua voce, bassa e roca, spezzata, le giungeva a tratti; attraversava la nebbia infuocata di desiderio, la sola sensazione che riuscisse a percepire. «Sei mia. Sono tuo. D'ora in poi e per sempre. Dimmelo: dimmi che sarà così.»

Un sospiro di dolce resa le si gonfiò in seno. «Sì. Per sempre.»

Solo allora, lui si scostò appena, ma continuò a tenerla fra le braccia. «Mi hai perdonato, dunque.»

Lei scosse la testa, poi vide l'espressione di allarme comparsa nel suo sguardo e si affrettò a spiegare: «Non c'è nulla da perdonare, Richard. È stata una tragica fatalità ed entrambi avremmo dovuto considerarla subito come tale. Invece, ci siamo lasciati trasportare dalle emozioni: il tuo rimorso è nato a causa di un silenzio che si è protratto troppo a lungo, mentre io non riuscivo ad accettare la morte di Oliver. Ho reagito fuggendo e me ne dispiace. Eppure, il distacco non è stato vano: la pace di questo luogo e la saggezza di suor Hilda mi hanno aiutata moltissimo: sono riuscita a guardarmi nell'anima e a capire ciò che desideravo sul serio.»

«E cos'è che desideri, Eleanor?»

«Te. Noi. Una vita insieme, lunga e felice se il destino, dopo tante prove, deciderà di accordarcela.»

«Mi sposerai, allora?»

«Sì.»

«Presto?»

«Sì.»

«Subito?»

Lei rise. «Subito? Be', mio caro, impaziente amore, questo, certo, non è il nostro caso.»

«Perché no?»

Eleanor lo fissò, stupita e divertita nello stesso tempo. Una luce di gioia maliziosa gli illuminava il blu delle iridi; le sue labbra erano piegate in un sorriso affascinante che lo rendeva irresistibile. Sembrava molto più giovane quando scherzava. «Forse hai scordato dove ci troviamo, cavaliere.»

«Per nulla, mia bellissima dama.»

Perplessa, aggrottò le sopracciglia. «Vuoi dire che partiremo al più presto per Evershine e che affretteremo per quanto possibile i preparativi per il matrimonio?»

Richard le spianò la fronte con un pollice. «No, amore. Ciò che intendo, è che quando lasceremo il monastero sarai già mia moglie. E io tuo marito.»

«Com'è possibile?»

Il suo dito scese lungo il naso e poi si fermò a stuzzicarle il labbro inferiore. «La madre superiora è una donna molto in gamba. Ha proposto che celebrassimo le nozze qui, nella cappella. Anzi» rise «l'ha posto come condizione per permettermi di parlarti. Una condizione che sono stato più che felice di accettare, dal momento che non vedo l'ora di legarti a me per sempre. Non credo che ti dispiacerà rinunciare a un matrimonio fastoso, non è vero?»

Eleanor avrebbe voluto ridere e piangere nello stesso istante. «Oh, Richard! » esclamò e dovette ingoiare la commozione prima di poter aggiungere: «È un'idea meravigliosa e non potrei essere più d'accordo. Soltanto, mi dispiace un po' per l'assenza di Fleur e Nan.»

Lui rifletté un attimo. «Una volta a Evershine, celebreremo le nozze con una festa magnifica, tesoro. E inviteremo tutto il mondo perché veda quanto siamo felici. Anche Redesdale, se ti fa piacere. Persino Warwick.»

Lei lo interruppe con un bacio.

«Adoro questo modo di dimostrarmi che sei d'accordo» commentò lui dopo lunghi attimi di passione. «Anche se mi costa da impazzire essere costretto a fermarmi qui. Ma di sicuro non possiamo...»

La allontanò un poco, le prese le mani fra le sue e si schiarì la voce. «Forse, è il caso di chiamare subito suor Hilda. Chissà che non riesca a organizzare tutto per domani stesso; già questa sola notte sarà abbastanza lunga da sopportare.»

Un colpo di tosse li fece sobbalzare.

La badessa rimase per un istante ferma nel vano della porta, poi entrò nella stanza con passo deciso, l'ampia veste che oscillava sul lucido pavimento di quercia. «Bene. Credo che sia tutto definito, dunque. E sì, sarà meglio che domani vi sposiate.» Si segnò in fretta.

Eleanor si sentì avvampare. Chinò la fronte. «Vi ringrazio, madre.»

«Avete un sacerdote, qui?» chiese Richard. «Così domattina, sul presto, si potrebbero celebrare le nozze.»

«No, milord. E voi correte troppo» lo ammonì la superiora. Non sembrava però seccata, ed era chiaro che doveva aver già analizzato e risolto il problema. «Tuttavia, siete fortunato» aggiunse con un pizzico di malizia «perché domani è mercoledì, cioè il giorno in cui riceviamo la visita di fratello Benedict, del Priorato di San Martin, per le confessioni e la Santa Messa. Sono sicura che sarà felice di unirvi in matrimonio.»

D'Arcy sorrise. «Una splendida coincidenza. Conosco bene quel sant'uomo che, fra l'altro, ha officiato le nozze di mio cugino con lady Fleur Fortescue.»

«Un vero segno del Cielo» assentì suor Hilda, compunta.

Lui si schiarì la voce. «Per questa notte, sia io sia Vernon ci affidiamo all'ospitalità del convento. È troppo tardi, ormai, per raggiungere San Martin.»

«Ah, no, mi dispiace. La regola ci vieta di accogliere uomini fra queste mura. È del tutto impossibile.»

Richard sembrò sul punto di protestare, poi si strinse nelle spalle. «Non importa» replicò con un sorriso un po' forzato. «Siamo soldati. Possiamo dormire accanto ai cavalli nella stalla. Se questo è permesso.»

Lei annuì, sul viso una strana espressione. «Temo, purtroppo, che non sia in ottime condizioni. Immagino che però siate in grado di adattarvi. In fondo, si tratta di una sola notte.»

«Ma certo!» Era un pensiero consolante. E il suo corpo reagì in modo entusiasta e del tutto inappropriato al parlatorio di un convento, al pensiero di come avrebbe impiegato le notti successive.

Nel suo letto, con Eleanor. Per fortuna, il mantello era lungo a sufficienza per coprire l'evidenza del desiderio, ma certo era il caso di affrettarsi ad andarsene, in modo che l'algida aria della sera potesse raffreddare gli inopportuni bollori.

«A domani, reverenda madre.» Si rivolse a Eleanor. «A domani, milady.»

Si inchinò in un saluto formale, quando avrebbe voluto stringerla fra le braccia e baciarla fino a toglierle il respiro.

*A domani*, ripeté a se stesso.

E sperò che lei gli leggesse nello sguardo la promessa che intendeva mantenere per *tutti i domani* della loro vita insieme.

«"Non in ottime condizioni", ha detto?» brontolò Ralph con una smorfia disgustata. «Che cosa faresti, eh, se le stalle di Evershine fossero in questo stato?»

«Licenzierei subito il capo stalliere» gli rispose Richard, tutto allegro. «Ma, diamine! Non farmi lo schizzinoso, adesso. In fondo, si tratta solo di poche ore. Piuttosto, diamoci da fare.» Si guardò attorno e appese il mantello a un chiodo che sporgeva da una trave sbilenca.

Lui sgranò tanto d'occhi. Poi si batté una mano sulla coscia e scoppiò a ridere. «Per San Dustano! Non avrei mai creduto di vedere questo giorno! Sei tanto innamorato che non ti fa effetto neppure l'idea di passare la notte insieme ai sorci, sulla paglia sudicia.»

Il cugino lo guardò accigliato, poi il suo volto si aprì in un sorriso. «Hai ragione!» ammise divertito. «Ma solo in parte: è vero che non m'importa di un topolino o due, ma non intendo puzzare come una capra proprio il giorno del mio matrimonio. Povero amore mio, ha già sofferto abbastanza.»

«Ah! E come pensi di fare?»

«C'è un pozzo, là fuori. E quelli» indicò «sono un secchio e un rastrello. Sul retro, poi, ho visto un paio di balle di fieno. Pulito e profumato. Non posso giurarci, ma credo che suor Hilda le abbia fatte mettere lì di proposito.»

«Quale onore!» replicò sarcastico. «Insomma: ti punisce, ma non troppo?»

«Forse. Eppure non mi dispiace.»

«Parla per te. Io penso a Fleur che mi aspetta, tutta sola ormai da giorni. E al mio comodo letto di piume. Per non parlare di un piatto di stufato cucinato a puntino: non ne posso più di pane, formaggio e birra tiepida! Ma è parlare al vento, vero? Basta guardarti per capire che saresti disposto anche a trascorrere la notte all'aperto e sotto un temporale pur di far arrivare presto domattina.»

«Non dirlo!» esclamò D'Arcy. E in quel momento un tuono rimbombò in lontananza.

«Non posso crederci.» Ralph guardò il cugino. La luce era ormai debole, ma non tanto perché non scorgesse sul suo viso un'espressione di pura felicità. Ricordò quanto avesse desiderato, durante quella durissima primavera, che tornasse a vivere e ad amare. «Ah, be'!» Raschiò la gola per nascondere la commozione. «Sarà meglio darsi da fare. Neanche io voglio sentirmi l'odore di stalla addosso. In fin dei conti, sono il tuo testimone.»

«Ben detto!» Richard afferrò il secchio e si diresse al pozzo.

A Ralph non restò che seguirlo.

# Capitolo 28

«Siete bellissima!» Ailith giunse le mani e le rivolse uno sguardo ammirato e sincero.

«Il merito è tutto tuo» le rispose Eleanor, commossa. «Hai operato un vero miracolo con i miei capelli.» Sciolti sulle spalle erano trattenuti da una coroncina di foglie che l'amica aveva intrecciato per ornarle il capo. Anche le pie sorelle, estasiate all'idea di assistere a una celebrazione che interrompeva la tranquilla e un po' monotona vita monastica, si erano date da fare in moltissimi modi: chi aveva rivestito l'altare con una tovaglia di pizzo finissimo e chi l'aveva adornato con i fiori raccolti nel piccolo giardino; nell'aria si diffondeva il profumo del pane appena sfornato e un delizioso sentore di miele e mandorle proveniva dai dolcetti per i quali le suore erano famose in tutta la regione. «Non piove, vero? Sono stata agitata tutta la notte, a causa dei tuoni.»

«No, state tranquilla. Molto rumore per nulla, neppure una goccia d'acqua. Il temporale dev'essersi spostato a sud e ora il cielo è limpido. Non fa neppure freddo: sembra quasi primavera.»

Eleanor si morse un labbro. «Pensi che fratello Benedict sia già arrivato?» chiese, almeno per la decima volta. «Il Priorato non è lontano e suor Hilda mi ha detto che di solito giunge al convento in tempo per celebrare le funzioni mattutine.»

«Ormai mancherà poco» la rassicurò Ailith.

Un bussare discreto la interruppe. Sulla soglia della cella comparve Augustine, una giovane conversa. «Milady, è ora: la reverenda madre vi attende nella cappella» disse, con un dolce sorriso e tutta orgogliosa dell'ambasciata. «Il vostro promesso sposo è già stato avvertito.»

Lei prese un respiro profondo; appoggiò la mano sotto il seno, con la speranza di fermare il battito impazzito del cuore. «Andiamo, Ailith.»

Si avviò dietro la suorina e domandò: «Fratello Benedict è già lì?»

«Si sta preparando» le confermò quella. Bisbigliò, rassicurante: «Andrà tutto bene, mia signora.»

«Oh! Sì, grazie. Purché riesca a pronunciare la formula matrimoniale. Mi sembra di avere la lingua legata.»

Ailith non disse nulla, ma le accarezzò il braccio. Attraversarono il chiostro, poi, finalmente, Augustine spinse il pesante portone intagliato della cappella.

All'interno, la luce soffusa proveniva dalle finestre dell'abside, formate da sottili lastre d'alabastro. Un enorme cero pasquale e molte candele spandevano un bagliore dorato e un lieve profumo.

I veli candidi e le vesti bigie delle pie sorelle contro il legno scuro dei banchi si confusero davanti agli occhi di Eleanor in un'immagine sbiadita, mentre il suo sguardo correva al fondo alla navata.

Richard la stava aspettando davanti all'altare. Magnifico. Alto e maestoso, le lunghe gambe appena divaricate, i capelli ravviati all'addietro che brillavano d'oro scuro.

Mosse i primi passi, lentamente dapprima, poi sempre più in fretta. Gli occhi di lui non la perdevano di vista un solo istante e sembravano chiamarla a sé.

Finalmente, gli fu a fianco.

«Mia signora.»

«Mio signore.»

Il fruscio di una veste li avvertì dell'arrivo di fratello Benedict e si voltarono insieme verso l'abside dalla cappella.

L'anziano uomo di Dio avanzò, rivestito di candidi paramenti e seguito da un giovane chierico a capo chino, che recava un turibolo d'argento e lo faceva dondolare, diffondendo nell'aria una nuvola d'incenso.

Attraverso il fumo bianco e profumato, Eleanor osservò il sacerdote anziano, poi il suo sguardo si concentrò sul più giovane.

No, non era possibile.

«Oliver! » gridò.

Per la prima volta nella sua vita, svenne.

Richard afferrò Eleanor tra le braccia prima che scivolasse in terra.

Il sangue che gli rombava nelle orecchie coprì la confusione generata dai sussurri spaventati dalle suore. «Qui, qui!» Ralph lo tirò per la manica e gli indicò una panca. Lui ve la adagiò, terrorizzato alla vista del suo viso esangue. Prese a chiamarla con insistenza, mentre le strofinava le mani.

Suor Hilda corse al suo fianco e gli porse il proprio fazzoletto inumidito nell'acquasantiera: «Male non fa» disse spiccia. «Bagnatele le tempie.»

Le sollevò il capo e sospirò di sollievo nel vedere che aveva perso quel pallore di morte. Le ciglia fremettero e alla fine si spalancarono: le pupille dilatate avevano inghiottito il verde delle iridi e la sua espressione era sconvolta.

«Oliver!» Si aggrappò al suo braccio e si rizzò a sedere. «Dov'è?»

Richard allora si spostò dal suo fianco e si voltò verso l'altare.

Il chierico era lì, immobile e pallido come una statua di sale, al punto che temette di doverlo soccorrere. Lo osservò con attenzione e s'irrigidì.

Aveva creduto a un'allucinazione di Eleanor, provocata dall'emozione e dal troppo incenso, e comunque correre in suo aiuto era stato l'unico pensiero.

Ma non era un'allucinazione «Lyon!» esclamò. «Siete proprio voi? E vivo, per l'amor del Cielo!»

«Io... Io...»

Oliver lasciò cadere il turibolo, che rotolò lontano con un tintinnio offeso.

Si prese la testa fra le mani e si chiuse le orecchie come a proteggersi dal rumore. I suoni si confusero in una stridente cacofonia, uno sciame impazzito gli ronzava nella mente. Serrò gli occhi con forza e sprofondò in un pozzo buio. Eppure, mentre cadeva, lampi di luce presero a striare l'oscurità. E a condensarsi nel fondo. C'era qualcosa, laggiù, qualcosa che iniziava a prendere forma. Non era possibile. Forse stava sognando. O delirando, in preda a una strana febbre. No, ecco di nuovo quella sensazione. Una figura, poi un'altra, iniziarono a emergere dal pulviscolo luminoso, poi gli sfuggirono. Erano state così vicine! Non voleva perderle di nuovo. Sconvolto, premette i polpastrelli sulle tempie.

Una voce, una voce dolce e cara, lo chiamò dal passato. «Oliver, fratello mio.»

Si aggrappò a quelle parole come a una fune e si lasciò tirare verso l'alto. Un poco, ancora un poco, fino a riemergere. Batté le palpebre, più e più volte, mentre la confusione si diradava a poco a poco, come la nebbia sul fiume al salire del sole.

«Lennie?» chiese. Il nome affiorò all'improvviso sulle sue labbra.

Le si avvicinò, lento e incerto sulle gambe come un bambino ai primi passi.

Lei annuì, si alzò e gli tese le braccia.

Vi si gettò, quasi con disperazione. E scoppiò a piangere.

«Va tutto bene, Olly. È tutto a posto, tesoro» gli ripeteva Eleanor, mentre gli accarezzava la schiena. «È un miracolo che tu sia vivo e questo solo conta.»

Una suora, intese quelle parole, si mise a ringraziare Santa Etheldreda, subito seguita dalle altre che s'inginocchiarono e presero a recitare alte lodi.

Ailith piangeva di commozione, Ralph cercava di spiegare a uno sbigottito fratello Benedict che il giovane barone era stato dato per morto ormai da diversi mesi.

La confusione divenne totale.

Richard si riprese per primo. L'accaduto era davvero prodigioso; tuttavia, la curiosità di conoscere al più presto tutta la storia lo pungeva meno dell'ansia di portare a termine il proprio matrimonio. La ragione gli suggeriva che non c'era nulla da temere, che il ritrovamento di Oliver non poteva cambiare nulla, tuttavia troppi erano stati gli imprevisti che avevano fino a quel momento ritardato le nozze. Non aveva intenzione di attendere ancora.

Si schiarì la voce. «Eleanor, tesoro. Fratello Benedict sta aspettando; possiamo proseguire con la cerimonia? Più tardi ci sarà tempo per tutte le spiegazioni.»

Lei si staccò dal fratello, ma gli accarezzò il viso, quasi volesse sincerarsi di non aver sognato. La sentì sussurrare: «Per te va bene, mio caro?»

Il cuore gli si fermò in petto.

Per fortuna, Lyon annuì; si passò una mano sugli occhi, poi si raddrizzò. Infine, si volse verso di lui. Un sorriso incerto gli si disegnò sulle labbra, poi un lampo di riconoscimento gli accese lo sguardo. «D'Arcy. Vi siete deciso, finalmente.» La voce si fece man mano più sicura. «Vi avevo detto che non mi sarei perso questo matrimonio per nulla al mondo, non è vero? Come vedete, sono stato di parola.» Gli tese la destra.

Lui la afferrò e il sollievo gli strappò un sospiro.

«Silenzio, sorelle! Tornate ai vostri posti.» Suor Hilda batté le mani e le lodi cessarono di colpo. Tonache e veli si spostarono subito, in un volo composto.

L'anziano ministro prese posto davanti agli sposi. «Chi dà in moglie questa donna?» chiese.

Eleanor chiuse gli occhi. Da quando non aveva avuto più notizie di suo fratello, ogni volta che aveva immaginato il proprio matrimonio, non era riuscita a proseguire oltre questo momento. La consapevolezza di essere sola al mondo era difficile da sopportare: si era figurata l'attimo di silenzio imbarazzato e poi il veloce proseguire delle formule.

«Io, Oliver Lyon, barone di Arrowgate, do in moglie questa donna a lord D'Arcy.» La voce, forte e chiara, molto più decisa di quanto l'avesse mai intesa, fugò ogni dubbio e incertezza. «Perché l'ami con il cuore e la protegga con il suo braccio» aggiunse. E poi, più piano: «Più a lungo e meglio di me.»

«Lo farò» rispose Richard. «Per tutti i giorni della mia vita.»

Fratello Benedict aggrottò le bianche sopracciglia a quella parte non prevista dal rito. «Posso procedere?» domandò, severo. Tuttavia, il suo sguardo non era privo di commozione.

Eleanor lanciò un'occhiata fugace ai due uomini che tanto amava, poi chinò il capo.

«*In nomine Patris...*»

«Non avevo la più pallida idea della mia identità. Non ricordavo il mio nome, né alcun particolare del passato.» Oliver afferrò le mani della sorella e le strinse con forza. «Non ti avrei mai abbandonata, lo sai. Mai avrei voluto farti affrontare, da sola, anche una parte dei tormenti che, in modo del tutto involontario, ti ho causato.»

Eleanor ricambiò la sua stretta. «Ne sono sicura, Oliver.» Sospirò. «Ti prego, raccontami tutto dall'inizio.»

«Anch'io mi unisco alla richiesta di lady D'Arcy» insistette il Leone Bianco. A nessuno poteva sfuggire l'orgoglio con il quale aveva pronunciato il nuovo nome di sua moglie. «Il rimorso di aver causato la vostra morte mi ha perseguitato a lungo.»

Lui sospirò. «Mi dispiace moltissimo, ma non potevo far nulla. Solo nell'istante in cui Lennie mi ha chiamato con il vecchio nome e ho fissato il suo viso, il velo che mi ottenebrava la mente si è squarciato e ho ricordato tutto. All'improvviso e dopo oltre cinque mesi. Fino a quell'istante, nulla mi apparteneva, nulla sapevo, nulla provavo, se non il desiderio di dedicare la mia vita al Signore. Era la mia unica certezza e l'avevo abbracciata con tutto il cuore.»

Eleanor si asciugò una lacrima con la punta dell'indice. «Una vocazione radicata nella tua anima fin dall'infanzia. L'avevi combattuta e soffocata in nome dei doveri e delle responsabilità che eri stato costretto ad assumere, ma mai dimenticata. E dopo tutto ciò che era successo...»

«Non so bene come accadde.» Cercò di concentrarsi, per rievocare i particolari di quel terribile venticinque aprile, ancora un poco imprecisi nella memoria appena ritrovata. «C'era il sole e la vostra armatura brillava come uno specchio, D'Arcy. Pensai che foste un magnifico condottiero, un esempio da imitare. Eppure, sentivo che non ne sarei stato capace e temevo che ve ne sareste subito reso conto. Avvertivo i miei limiti e mi disprezzavo per questo, così decisi di dimostrare a me stesso e a voi quantomeno che non provavo paura. È difficile da capire, lo so.»

«Comprendo benissimo, invece.» Suo cognato gli rivolse uno sguardo triste, ma scevro da compassione. «Non vi conoscevo abbastanza e commisi un grave errore a chiedervi di rimanere indietro.»

Lui scosse la testa. «No. Non addossatevi colpe che non avete, milord. Fui uno sconsiderato e la mischia portò alla luce il peggio di me. Non immaginavo che l'odore del sangue, le urla, riuscissero a cancellare la coscienza, al punto di far prevalere gli istinti peggiori, eppure è così: ho provato sulla mia pelle che le battaglie uccidono l'uomo e risvegliano la belva in ognuno di noi. Forse per questo l'ho rimosso dalla mente: so già che non farò mai abbastanza penitenza.» Tacque, sopraffatto. E poiché gli altri rispettarono il suo silenzio, dopo qualche istante riuscì a riprendere la narrazione.

Di nuovo calmo, quasi distaccato, come se stesse raccontando le vicende occorse a un altro. «I Lancaster ci stavano stringendo ai fianchi; combattevano in modo disperato, perché sapevano che non avrebbero ottenuto misericordia. Allora, sentii il vostro grido di battaglia, vidi il braccio teso e compresi che intendevate sfondare l'accerchiamento. Mi slanciai in avanti, ignorando le vostre parole e vi affiancai, spronando il mio generoso morello. Fu lui a pagare per primo, povero amico.»

D'Arcy s'incupì. «Il piede vi rimase impigliato nella staffa e voi non riusciste a liberarvene o a raddrizzarvi. Raziel si era impennato e non ci fu nulla, proprio nulla che potessi fare per fermarlo. Mio Dio! Com'è possibile che siate sopravvissuto? In fede mia, non dimenticherò mai il clangore degli zoccoli contro la vostra armatura.»

«Le cicatrici sul mio corpo mi accompagneranno per tutta la vita, tuttavia ringrazio il Cielo di non aver serbato memoria di quegli attimi. Rammento la sensazione di precipitare, un terrore senza limiti e poi il buio. Quando ho ripreso i sensi, avevo coscienza solo dell'essere vivo. E nient'altro. Ignoravo cosa fosse successo, non avevo la più pallida idea di quale fosse il mio aspetto: ero alto o basso, bruno o biondo? Di che colore erano gli occhi? Ero un uomo senza passato e senza nome. Parlavo inglese e amavo Dio: questo solo sapevo.»

«Se permettete» intervenne fratello Benedict «io posso, in parte, colmare queste lacune.»

«Fatelo, vi prego.» L'espressione decisa di Eleanor non riusciva comunque a mascherare il suo turbamento. Nel viso pallido, gli occhi brillavano di commozione. «Ho bisogno di conoscere nei particolari quel che accadde o non riuscirò ad accettare la realtà.»

«Uno dei nostri confratelli era a Hedgeley Moor, quel giorno. Seguiva le forze della Rosa Bianca, per espresso desiderio di lord Neville; il suo compito era di prestare assistenza spirituale ai feriti e ai moribondi, di assicurare che non rimanessero corpi insepolti dopo lo scontro. Un uomo solo, che doveva contendere i resti mortali dei coraggiosi uomini di York ai predoni che si affollano intorno ai campi di battaglia, più numerosi dei corvi.» S'interruppe, accorgendosi del colorito livido di Eleanor. «Mi dispiace, milady, non sarei dovuto scendere in dettagli tanto macabri.»

«Continuate» lo esortò lei. Rialzò in mento con un'espressione determinata, però afferrò la mano di suo marito e la strinse fino a farsi sbiancare le nocche.

«Come volete. Dunque: il buon frate giunse appena in tempo per sottrarre un giovane cavaliere a coloro che seppellivano i coraggiosi defunti; era stato denudato dell'armatura, del tutto privo di sensi e aveva il corpo segnato da terribili ferite. Eppure, respirava ancora e lui decise di provare a salvarlo. Gli prestò i primi soccorsi, lo caricò sul suo carretto e lo portò al vicino villaggio: lo assistette e lo curò fino a quando non giudicò che fosse in grado di intraprendere il viaggio verso sud. Arrivò a San Martin dopo diverse settimane: il fisico era ormai in via di guarigione, ma il poverino ancora non rammentava nulla. E così è stato fino a oggi.»

«Mio caro! Se solo avessi potuto immaginare! Sapevo che non eri morto, lo sentivo nel mio cuore e ho combattuto contro questa consapevolezza fino a quando non ho dovuto arrendermi.» Eleanor arrossì e indirizzò al marito un breve sguardo di scuse. «Ora, però, tutto è passato: ogni sofferenza è dietro di noi, tutto tornerà come prima e persino meglio di prima. D'Arcy e Vernon hanno salvato Arrowgate Manor dalle mire del perfido Sir Mortimer; ti ricordi del nostro vicino?»

Lui scosse la testa e provò a interromperla, ma la sorella era ormai in preda a una gioiosa euforia. «Non importa; è una lunga storia e te la narrerò più tardi. Ciò che conta è che tornerai a casa.»

«No.» Provò una fitta di dolore nel vedere gli occhi di lei sbarrarsi, increduli. Eppure, il momento di affrontare la verità era giunto e non poteva più essere rimandato.

«No? Ma, Oliver...»

Le s'inginocchiò accanto. «Lennie, ascoltami. Non devi più chiamarmi così: Oliver Lyon non esiste più. Per nessuno. È morto a Hedgeley Moor, combattendo per la causa di York e di re Edward.»

«Tu sei vivo!» ribatté lei con il pianto nella voce.

«Sono vivo, sì. Ma quel mondo ormai non mi appartiene o almeno non più di quanto io gli appartenga.» Chinò il capo e le mostrò la tonsura. «Thomas è il nome che il reverendo priore di San Martin mi ha assegnato, in ricordo di colui che mi ha salvato la vita. Ne sono profondamente orgoglioso.»

«E la tua gente? La tua casa? Io?»

Lui sorrise, commosso. «L'affetto che ci lega non cambierà a causa di un nome, non ti pare?» Tornato serio, rivolse lo sguardo su tutti i presenti: D'Arcy e Vernon, fratello Benedict e suor Hilda. Di nuovo, con tenerezza, su Eleanor.

Infine, indicò la cappella, di là del chiostro. «Questa è la mia casa, adesso. E i confratelli sono la mia gente. Ed è tutto quello che ho sempre desiderato. Ti prego di credermi, sorella.»

Una lacrima le rigò le guance e si fermò sulle labbra. «Io desidero solo la tua felicità, Ol... Thomas.»

«Lo so. Arrowgate Manor prospererà sotto la guida di lord e lady D'Arcy, assai più di quanto non avrebbe fatto per mano del barone Oliver Lyon. Lui è morto. Pertanto, mia signora, voi e il vostro sposo ne siete legittimi eredi. Eppure, anche se fosse vivo, sono certo che sarebbe felice e onorato di farvene dono. Per le vostre nozze.»

«Oh!» Lennie gli buttò le braccia al collo. «Potrò ancora chiamarti fratello?» chiese, con un piccolo singhiozzo.

«Ora più che mai.» Le accarezzò i capelli. «Diverrò fra' Thomas, non appena avrò pronunciato i voti definitivi.»

«Ma ti ho appena ritrovato! Non voglio perderti di nuovo.»

Lui si strinse nelle spalle. «Questo non dipende da me, ma dall'incarico e dal luogo cui sarò assegnato.»

Il viso di lei si tinse di tristezza.

D'Arcy lanciò uno sguardo a Vernon, che annuì. Si schiarì la voce. «Abbiamo giusto bisogno di un religioso che si prenda cura delle anime di Evershine. Accettereste, se vi venisse proposto?»

Thomas spalancò le braccia. «Una delle regole più importanti è quella dell'obbedienza, milord. Andrò dove il priore mi invierà.»

Eleanor si asciugò le lacrime con il dorso della mano.

Un sorriso le fiorì sulle labbra: fissò il marito e gli occhi le brillarono di un amore immenso. «Allora va bene.» Un sospiro di gioia le tremò sulle labbra. «Sì, sì. Va bene. Tutti i miei desideri si sono avverati e nulla, proprio nulla, potrebbe rendermi più felice di così.»

# *Epilogo*

*Evershine, 30 Aprile 1465*

«Ecco, questo è stato il mio regno per alcuni anni.» Lo sguardo di fratello Benedict osservò la stanzetta con tenerezza e una punta di malinconia. «Su quel banco, la piccola e vivacissima lady Fleur Fortescue ha imparato a leggere e scrivere e poi a riconoscere le piante officinali e a creare i primi distillati. Quale impegno vi metteva! L'allieva più volenterosa e brillante che abbia mai conosciuto. Eppure, i genitori e le sorelle non l'amavano, povera creatura.» Scosse la testa, commosso. «Vederla oggi, sposa felice e madre orgogliosa al battesimo del suo primo figlio, ha rasserenato il mio vecchio cuore.»

Thomas sfiorò i setacci allineati sugli scaffali, insieme ai vasi di ceramica, alle ampolle e agli alambicchi. Annusò l'aria. «Si sente ancora il profumo dei fiori.»

«Ah, sì. Ma voi, fratello, non siete interessato a diventare erborista, vero?» chiese, con un accenno di speranza nella voce.

«No, mi dispiace.»

«Lo immaginavo. Non importa: per fortuna, a Evershine c'è lady Fleur.»

Lui sorrise. «Mentre *madame* Vernon riempirà di fiori le aiuole del castello, io cercherò di trasferirne i colori sulle pagine. Il Priore mi ha concesso il grande onore di miniare alcuni testi per la biblioteca di San Martin: spero soltanto di essere degno della sua fiducia.»

«Certo che lo sarete! Il vostro tratto è preciso e delicato e ha suscitato l'ammirazione di tutti. Questo posto, poi, è perfetto: c'è molta luce e non vi mancherà la serenità. Sono felice che il nostro superiore abbia deciso di inviarvi qui, subito dopo che avrete pronunciato i voti definitivi. Manca poco, ormai.»

Thomas si fece serio. «Quest'anno è trascorso in fretta, ma se ripenso a come si è capovolta la mia vita in soli dodici mesi, mi sembra sia passata un'eternità. A Hedgeley Moor ero pronto ad affrontare il destino di un cavaliere, nonostante quella vita non mi fosse mai piaciuta. Poi, la perdita della memoria; ero felice di essere al Priorato, eppure mi sentivo incompleto, una pianta senza radici. Oggi posso solo benedire le sofferenze del corpo e della mente che mi hanno permesso di realizzare la mia vocazione.»

«*Quanto il cielo sovrasta la terra, tanto le mie vie sovrastano le vostre vie, i miei pensieri sovrastano i vostri pensieri*» recitò Fratello Benedict. Un dolce sguardo velò gli occhi saggi. «Siate lieto e siate grato.»

«Lo sono. Immensamente.» Thomas giunse le mani e sollevò lo sguardo verso l'alto.

«È una bella cosa che l'ultimo giorno della fiera coincida con la notte di Beltane. Un degno modo per celebrare la rinascita di Evershine oltre che della primavera, non trovi?» chiese Ralph. Batteva i piedi a tempo con i tamburi; il ritmico crescendo sottolineava gli sforzi degli uomini che rizzavano il palo ornato di nastri, proprio nel centro della corte.

«Mhmm.» Richard annuì, distratto. Con lo sguardo seguiva Eleanor, che insegnava una danza figurata ai bambini: in piedi dall'alba, non si era fermata mai, neppure un istante. Era una fortuna che i dieci giorni di festa fossero giunti al termine, altrimenti la nuova castellana ne sarebbe stata distrutta. Per amor di verità, doveva però ammettere che tutta quella frenetica attività sembrava averle fatto bene. Non gli era mai parsa tanto bella: la sua pelle aveva uno splendore di perla rosata e i meravigliosi capelli le incorniciavano il volto come fiamme di seta. Per non parlare del verde puro e trasparente degli occhi.

Il suo corpo fremette di desiderio e il cuore tremò di passione mentre la tenerezza gli addolciva l'anima: erano sposati ormai da molti mesi e ogni giorno si ripeteva che non era possibile amarla di più, solo per doversi smentire la mattina successiva. Sembrava che non ci fosse limite all'amore che provava per lei. E che lei, con altrettanto abbandono, gli restituiva.

«Sarai soddisfatto, credo» riprese Ralph, fregandosi le mani. «La fiera ha attirato persino più gente del previsto, perciò il benessere e la prosperità di Evershine cresceranno a dismisura. Abbiamo lavorato tutto l'inverno, è vero, ma con quali risultati! I raccolti sono stati prenotati, lana e pelli vendute fino all'ultimo esemplare, così come i manufatti dei nostri artigiani. Per non parlare dei preparati officinali di Fleur: un vero successo! Le occorrerà tutta l'estate per soddisfare le ordinazioni. Oltre al fatto che pensava di realizzare dei prodotti di bellezza: le donne trovano sempre il modo di spendere qualche soldo per una crema che sbianchi la pelle o una polvere che rinfreschi l'alito.»

Richard, adesso, era in grado di comprendere appieno i sentimenti del cugino. «Hai sposato una gran dama.» Sogghignò, divertito dalla propria scelta di parole. «E dico sul serio: la statura non conta.» Gli strinse un braccio con affetto fraterno. «Ti ha dato un figlio meraviglioso.»

«Hai ragione, vecchio mio. C'è chi dice che è dovere di una donna partorire un erede al proprio marito, ma è un'idea sbagliata. È un dono, un dono immenso.» Il viso di Ralph rifletteva la felicità e l'orgoglio di un padre il cui primogenito era stato battezzato proprio quella mattina.

La cerimonia aveva avuto luogo nella cappella di Evershine e a essa aveva fatto seguito un ricco banchetto. I festeggiamenti poi erano proseguiti e si erano intrecciati con quelli per la conclusione della fiera.

«Dedicherò la mia vita a meritare l'amore di Fleur» aggiunse, convinto. «E a guadagnarmi l'affetto del piccolo Edward e degli altri figli che verranno in seguito.»

Richard sorrise. «Non dovrai faticare affatto, sir Ralph. Proprio per nulla.»

«Non potevi scegliere un giorno più bello per il battesimo.» Eleanor, salita a cambiarsi d'abito, ne aveva approfittato per far visita al suo figlioccio. Fece oscillare la culla di vimini e osservò rapita il bimbo che dormiva sereno sotto la copertina ricamata a gigli azzurri. «Edward è stato buonissimo e non ha pianto nemmeno un po' quando l'acqua gli ha bagnato la testolina. Anzi: sembrava contento.»

«In questo, almeno in questo, mi assomiglia, dato che per il resto è identico a Ralph. Ma ti sembra giusto? Ho faticato per nove mesi e tutto quello che posso vantare, è che sembra amare l'acqua come me» le rispose Fleur, con un finto broncio. Tutti sapevano quanto fosse orgogliosa del fatto che il primogenito fosse l'immagine del padre.

«È un amore, ecco cos'è. Ed è anche tranquillo: non so come riesca a sopportare il frastuono. Mi auguro che la baldoria di questa notte e i canti attorno al falò non lo spaventino, povera creatura.»

«Figuriamoci! Dopo che ha preso il latte, sazio come un porcellino, nulla riesce a svegliarlo.»

Eleanor sfiorò con un dito la guancina paffuta. «È una fortuna» commentò.

Fleur le indirizzò un breve sguardo.

Nel tono della sua voce aveva colto una sfumatura diversa, ma preferì mordersi la lingua ed evitare una domanda indiscreta. Nulla poteva essere paragonato alla gioia di una madre per la nascita del proprio figlio e non voleva rischiare di ferire la sensibilità di sua cugina.

Preferì tornare a guardare fuori della finestra. «Sembra che tutti si stiano divertendo» commentò compiaciuta. «L'atmosfera è fin troppo allegra e il vino di trifoglio sta riscuotendo un grande successo. Stanotte, qualche coppia salterà il ceppo infuocato, vedrai. E nei prossimi mesi fratello Thomas si troverà a dover celebrare più di un matrimonio in gran fretta.»

«Capita, a Beltane. Per una notte, le ragazze sono più disponibili e i giovanotti, anche i più timidi, diventano audaci.»

«Già. A proposito, vieni qui. Non è Jack, quello?» Le indicò un ragazzo alto e magro, che indossava una tunica e calzebraghe a colori vivaci.

Eleanor si avvicinò alla finestra. «Proprio lui, anche se non l'avrei riconosciuto senza la sua divisa e con quello strano cappello. Sembra del tutto preso da quella civetta di Beth, la figlia del cardatore. E sì che avrà almeno cinque anni più di lui.»

«L'età non conta. Guarda là, Jody: è solo una bambina e sta giocando con le sue amiche, eppure non perde di vista lo scudiero un solo attimo. È chiaro che lo considera il suo eroe.»

«Hai ragione. Caspita!» Un sorriso soddisfatto piegò le labbra della castellana. «È da quando è iniziata la fiera che aspettavo di vederlo comparire, ma ormai avevo perso le speranze.»

«Che cosa? Di chi stai parlando?»

«Di Ailith. E del tipo che è al suo fianco. Lì, davanti al falò. Osservalo bene.»

Fleur appuntò lo sguardo. «Non riesco a vedere.» Si portò la mano alla bocca. «Credi sia *lui*?»

«Sì.»

«Come fai a esserne sicura? È molto diverso da come lo ricordavo.»

«Ho notato la reazione di Ailith. E mi basta.»

Lei scosse la testa. «Come sarei contenta se anche la nostra amica trovasse la felicità! È una ragazza bravissima e anche molto bella. Più di quanto avessi immaginato: sono felice che ti abbia dato retta e abbia indossato un vestito, almeno una volta.»

Sua cugina sorrise. «È merito di Edward, mia cara. Tuo figlio è appena nato e ha già conquistato il cuore di due donne. Non oso pensare a cosa combinerà quando sarà cresciuto.»

«Per quante avventure possa avere» le rispose, convinta «alla fine prenderà moglie. E come tutti i maschi della famiglia, si trasformerà nel più fedele dei mariti.»

«Una sposa per Edward. Sarebbe bello non dovesse cercarla troppo lontano.» La voce di Eleanor si abbassò in un sussurro.

Lei non commentò.

Sperò e pregò di non essersi sbagliata.

Ailith passò le dita sulle pieghe della veste. Aveva avuto intenzione di cambiarsi subito dopo il battesimo ma, per un motivo o l'altro, ancora non era riuscita a farlo. Sfiorò il pesante broccato azzurro e i ricami in filo d'oro pallido. Eleanor l'aveva fatta cucire apposta per lei e, quasi, gliel'aveva imposta.

*Quasi.*

Del resto, come avrebbe potuto rifiutarsi? "In onore di Edward", l'aveva pregata; e all'abito aveva aggiunto un paio di scarpette intonate e un cerchietto di seta e perle per fermare i capelli. Aveva *dovuto* accettare, anche se ammetteva con se stessa di aver provato una strana emozione nell'indossare, dopo tanto tempo, un abito femminile. Era cresciuta rifiutandosi di dare importanza all'apparenza e sdegnando tutto ciò che riguardava la moda, eppure, ora si sentiva diversa; di nuovo *donna*, una sensazione dimenticata o forse mai provata in tutta la sua pienezza. In fondo, era solo una bambina quando era stata costretta a rinunciarvi.

Determinata a non farsi sopraffare da un'emozione che non sapeva identificare, decise di accodarsi alla processione dei giovani che accompagnavano il fantoccio di paglia fino alla sua "pira funebre", il falò di mezzanotte.

Qualcuno le si affiancò.

Con la coda dell'occhio intravide stivali di cuoio che salivano a fasciare gambe muscolose e lunghissime. Il cuore perse un battito, eppure continuò a camminare e non sollevò lo sguardo. Non ne aveva bisogno.

«Quale sorpresa, Ailith.»

Quella voce! L'avrebbe riconosciuta ovunque, poiché l'aveva sentita risuonare molte volte nella sua testa. In sogno, soprattutto. Bassa e roca, quasi intima. Con, in più, un accenno che non riuscì a definire, ma che avrebbe potuto essere ironia.

«Non osate fare il minimo commento» borbottò, attenta a che nessun altro, oltre lui, potesse udirla.

«No? Non posso dire che questa fiera ha ottenuto un magnifico successo? O che non si vedeva, da anni, un Aprile tanto soleggiato?»

Lei si morse un labbro. Le stava facendo fare la figura della sciocca. Anzi, no: si era cacciata da sola in quella terribile situazione. Ecco cosa capitava a una cornacchia quando prendeva a prestito le piume del pavone: pensava solo al proprio aspetto e smetteva di ragionare in modo sensato.

«Bentornato a voi, messer Rob» si decise a salutarlo, pur continuando a guardarsi i piedi. «Certo che potete esprimere la vostra opinione. Riguardo alla fiera o alla primavera» aggiunse con un'acida dolcezza che non avrebbe ingannato nessuno e che, nel contempo, le consentiva di sottolineare che avrebbe accettato quelli, e *solo quelli,* come argomenti di conversazione.

Di sicuro, lui era abbastanza intelligente da cogliere al volo l'avvertimento. E se non fosse stato d'accordo, avrebbe sempre potuto lasciarla in pace. Evitarla, magari. In fondo, era ciò che aveva fatto per più di sei mesi; non c'era alcun motivo perché ora dovesse comportarsi in altro modo.

Invece, la sorprese.

Le afferrò la mano all'improvviso e se la posò sul braccio. «Così va meglio» disse prima che lei potesse protestare. «Potrete camminare più disinvolta, senza timore di pestare l'orlo. Capita, se la veste è troppo lunga o se non si è abituati a indossarne una.»

Per poco, non soffocò. Come osava, lo screanzato! La voglia di rimettere quell'impudente di un brigante al suo posto, la spinse a sollevare gli occhi.

Inciampò.

E se la presa di lui, forte e salda, non l'avesse trattenuta, sarebbe di sicuro finita in terra.

Senza fiato per lo stupore, lo osservò con attenzione e cercò di sovrapporre il suo nuovo aspetto con quello che le era rimasto scolpito nella memoria. Gli occhi: sì, gli occhi erano ancora quelli. Mobilissimi e scuri, anche se il sole del tramonto li accendeva di bagliori dorati. Anche la fronte e il naso, l'una aperta, l'altro importante, erano come li ricordava. Però era scomparsa la folta barba bruna, il profilo del volto era scolpito da una mascella volitiva, mentre l'assenza dei baffi rivelava una bocca ben disegnata. Labbra non troppo sottili, piegate in un sorriso che le fece tremare le gambe.

«Non osate fare il minimo commento» le rifece il verso. E le strizzò l'occhio per completare la presa in giro.

Ailith provò la tentazione di rispondergli per le rime. Dirgli che il suo modo di comportarsi era del tutto inappropriato, che lei non era lì per sopportare il suo sarcasmo e che, dopo tutto quel tempo, erano ormai divenuti due estranei. Aprì la bocca per dar voce al proprio sdegno.

Lui la prevenne. «Tacete, Ailith, e continuate a camminare.» Le strinse un poco la mano e aggiunse: «Ve ne prego. Non vorrei suscitare troppa curiosità in questa brava gente: sono in incognito.»

«Ah, davvero? Un'altra volta?» Sperò che l'ironia mascherasse l'emozione che le faceva stridere la voce come una ranocchia con il raffreddore. Al diavolo! L'aveva colta impreparata, quando ormai non sperava più di vederlo. Dieci giorni di delusioni erano stati più che sufficienti.

Le rispose un brontolio basso e cupo; lo guardò e si rese conto che stava trattenendo una risata. «Thornwood mi aspetta, sapete. E per qualche mese non avrò modo di radermi o di vestirmi in modo decente. Così, questa era l'unica occasione per mostrarmi a voi senza farvi strillare di paura.»

«Credete che lo avrei fatto?»

«No.» Era serio, adesso. «Venite, allontaniamoci un poco.»

Ailith lo assecondò. Era solo curiosità, si disse, non aveva nulla a che fare con lo sfarfallio che le agitava lo stomaco; quello dipendeva dal pasticcio di piccioni, senza dubbio. O dalla frutta confettata cui aveva ceduto per golosità. E comunque non gli avrebbe dato la soddisfazione di chiedergli qualcosa.

Invece, la domanda le sfuggì dalle labbra prima che se ne rendesse conto. «Perché tornate nella foresta? Credevo che il vostro compito fosse terminato con l'autunno.»

Lui scosse il capo. Anche i capelli erano più corti, le ciocche brune si arricciavano appena sulla nuca. «La missione dell'*Allegra Brigata* deve ancora iniziare.»

«E l'anno scorso?»

«Una specie di prova.»

«Capisco.»

«No. Non potete capire. Ed è molto meglio così. È più sicuro.»

Credeva sul serio che lei non avesse tratto le sue conclusioni? Che non sospettasse che tutto rientrava in un disegno concepito e guidato dal conte di Warwick? Eleanor l'aveva messa a parte delle proprie inquietudini, poiché un complotto di tale portata avrebbe di certo coinvolto il suo amato D'Arcy. Tuttavia, per il momento, poteva solo far finta di nulla. «Dunque. Se siete qui per...»

Lui le sigillò le labbra con un dito. «Sono qui per voi. Volevo vedervi: verificare se i vostri capelli fossero ancora corti come quelli di un garzone e biondi come il lino. Gli occhi proprio trasparenti come li ricordavo e quella bocca!» Sfiorò con il pollice il labbro inferiore e ne tracciò il contorno in una pigra carezza. «In un primo momento, non vi avevo riconosciuta. Cercavo un arciere, non una splendida dama.»

Ailith sentì le guance scottare. Sbatté le palpebre per snebbiare la vista. «Non dovreste parlare così.»

«Forse non dovrei parlare affatto. Ma poiché non posso permettermi di fare ciò che vorrei, questo è ciò che mi rimane.» Allargò le braccia. Il sorriso di scusa, però, non raggiunse gli occhi e la voce si fece grave. «Non so cosa accadrà questa primavera o quest'estate, Ailith. Tuttavia, se dovessi rimanere vivo, tornerò. Prima che cadano di nuovo le foglie.»

«Io sarò qui, in autunno.»

Lui le infilò dietro l'orecchio una ciocca sfuggita all'acconciatura. «Non salterete il tronco infuocato di Beltane, questa notte?»

«No, messer Rob.»

«Ailith.» Si avvicinò ancora, a un soffio dal suo respiro. «Non ho il diritto di chiedervelo, eppure lo farò lo stesso. Voglio sentire il mio nome, il mio vero nome, sulle vostre labbra: ditemi "Vi aspetterò, Christopher".»

Lei sgranò gli occhi, ma solo un poco.

Poi ripeté e scandì con chiarezza le sillabe. «Vi aspetterò, Christopher.»

Nell'aria umida e dolce si perdevano echi di risate lontane e il mormorio sommesso degli amanti in cerca di un angolo discreto. Insieme con le ultime scintille, il fumo del falò ormai esausto saliva fino al cielo.

Eleanor fissò la luna e le stelle, miriadi di puntini luminosi che il vento faceva fremere con la carezza di un amante. «Beltane» mormorò. «La notte più magica dell'anno.»

Richard le si avvicinò. Il suo torace nudo le premette contro la schiena e le inviò un fremito di deliziosa anticipazione. «Da quando sei mia moglie, tutte le notti sono magiche. Vieni a letto, amore mio. E cercherò di dimostrartelo.»

Le scostò i capelli e iniziò a baciarle il collo. «Vedi? Hai freddo» sussurrò, fingendo di equivocare i brividi che le increspavano la pelle. E intanto, si riempiva le mani dei suoi seni e li accarezzava. I capezzoli le si inturgidirono. Prese a lambirle il lobo dell'orecchio.

«Bella. Mia bella. Adorata. Mia rossa volpe adorata. Moglie. Mi hai reso l'uomo più felice del mondo: la coppa della mia gioia è colma oltre misura.»

Lei si voltò. Gli circondò il volto con le mani. «Non c'è spazio neppure per un'altra goccia?»

«Ti assicuro di no.»

«Neppure per una piccola piccola?»

Lui rise. «Quanto piccola?»

Gli prese una mano e se la portò sul ventre. «Minuscola, per ora. Ma crescerà nei prossimi mesi.»

Richard impallidì. Gli occhi si dilatarono, scuri e profondi, e un tremito gli attraversò le membra. «Non è possibile» balbettò, la voce strozzata.

Eleanor inghiottì una lacrima. «Ti assicuro di sì.»

«Ne sei certa?» insistette, incredulo.

Lei annuì. «Senza ombra di dubbio. Il prossimo battesimo nella cappella di Evershine sarà quello della nostra creatura. A Natale, magari. Che ne pensi?»

Le seppellì il volto sulla spalla e la serrò a sé, in un abbraccio di felicità disperata. «Lennie. Lennie. Dio, Lennie!» continuò a ripetere. Poi la stretta si allentò; prese a cullarla dolcemente e, intanto, le sfiorava la fronte con una pioggia di baci.

Ma lei voleva molto di più. Gli offrì le labbra e Richard le prese, avido e tenero. Come se quello fosse il primo bacio e l'ultimo. La passione che nutriva i loro sensi s'incendiò, ma in quelle fiamme vi erano la dolcezza dell'anima e la promessa di una devozione infinita.

Senza fiato, la testa che le girava, Eleanor si strinse al suo petto. «Dopotutto, amore mio, Fleur aveva ragione.»

«Sì.» Le accarezzò i capelli. «Quanto dolore avremmo risparmiato se le avessi creduto!»

«Eppure, non è stato inutile.»

«No, hai ragione. Non volevo innamorarmi di te, certo com'ero di non poterti rendere felice. Ma l'amore negato e combattuto diventa più forte e più tenace, impossibile da distruggere. E anche per te, mio tesoro, è stato lo stesso.»

«Non proprio.» Rialzò il viso. «Io ero già innamorata. *Disperatamente innamorata.* Di un cavaliere dall'armatura scintillante che aveva salvato una ragazza sconosciuta da un triste destino.»

Richard le chiuse le labbra con l'indice.

«Amore mio, è accaduto tutto ciò che doveva accadere. E ora benedico ogni goccia di amara sofferenza, perché si è trasformata nel miele più dolce.» La scrutò, gli occhi che le cercavano l'anima. «Sul serio saremo in tre?»

Eleanor sorrise. «Sì, mio signore. Evershine diverrà una magnifica tana per il nostro cucciolo. Il primo, mi auguro, di molti altri piccoli del Leone Bianco.»

«E della sua leonessa.»

«Non una volpe?» lo stuzzicò.

Lui rise, felice. La prese fra le braccia, la sollevò come una bambina e la portò verso l'enorme letto.

«La mia leonessa di fuoco.»

Poi la baciò.

# *Nota dell'Autrice*

***Nella tana del Leone*** è il secondo dei due romanzi che ho ambientato durante la lunga lotta dinastica inglese nota con il nome di "Guerra delle due Rose".

La storia d'amore di Eleanor Lyon e Richard D'Arcy, soprannominato "Leone Bianco" per la sua fedeltà alla casa di York, si svolge in questo contesto storico; in parte a Evershine, luogo immaginario che i lettori hanno avuto modo di conoscere in ***Biancospino***, in parte a Warwick, uno dei castelli più interessanti e ben conservati di tutta l'Inghilterra.

Richard Neville, conte di Warwick, è passato alla storia con l'appellativo di "Kingmaker" ("Creatore di re"), per il ruolo avuto nella politica di quel tempo travagliato, segnato dall'alternarsi sul trono di Henry VI Lancaster ed Edward IV York. Il potere del conte era immenso ma, forse proprio per questo, destinato a incrinarsi dopo l'incoronazione del giovane Edward. Intrighi di palazzo e il favore accordato dal sovrano alla famiglia di sua moglie, Elizabeth Woodville, disgustarono Warwick e lo spinsero al tradimento.

Il conte organizzò in segreto ribellioni nel nord del paese. La più importante di queste fu guidata nel 1469 da Robin di Redesdale ("Robin-Mend-All" o "Aggiustatutto"), un presunto brigante, forse membro della famiglia Conyers.

Uno sguardo agli altri due romanzi
della trilogia di Evershine di
Linda Kent

# *Biancospino*

e

# *Nobile guerriero*

## *Biancospino*

Evershine 1

*Fleur. Il suo nome era un soffio di primavera. Il profumo che aveva avvertito entrando nella sua stanza non era dovuto agli alambicchi o ai setacci. Era la sua stessa essenza, e Ralph non avrebbe permesso a nessun altro di cogliere quel bocciolo perfetto.*

Inghilterra, A.D. 1464

Ralph Vernon è il cugino e luogotenente del nuovo lord del castello di Evershine, che ha riportato una grave ferita in battaglia. L'unica persona in grado di curarlo, è Fleur, una giovane guaritrice dagli occhi d'oro e dal carattere pungente come i rami del biancospino, dalla quale Ralph è inesorabilmente attratto. La ragazza ha motivi profondi e inconfessabili per voler fuggire da Evershine, ma non sa opporsi alla propria vocazione e alle insistenze di quel gigante presuntuoso, arrogante e... magnifico. Conquistare Fleur è un'impresa più ardua delle tante battaglie che Ralph ha combattuto per York durante la Guerra delle due Rose, e se la passione è un'arma più affilata della spada, altrettanto mortali si rivelano la gelosia, l'odio e la sete di potere che contrastano la felicità di due cuori innamorati.

## *Nobile Guerriero*

Evershine 3

*Ailith era il suo sogno proibito. Aveva rinunciato a lei per non metterla in pericolo, si era mangiato il cuore per non cedere alla tentazione di rivederla. Era riuscito a resistere per tre lunghi anni, ma il destino aveva rimescolato le carte.*

Inghilterra, A.D. 1468

Chi è davvero Christopher? Un gentiluomo o il *Fantasma delle foreste*, il fuorilegge Robin di Redesdale? Da tre anni, Ailith continua a domandarselo. E per quanto l'orgoglio ferito dal suo abbandono le ordini di dimenticarlo, il cuore non si arrende. Per questo, quando scopre il grave pericolo che si addensa sulla testa dell'affascinante brigante della foresta di Thornwood, decide di metterlo sull'avviso.
Chris, dal canto suo, non ha dubbi di aver agito per il meglio. Intrighi e vendette, il potere del potente Warwick, l'ombra di un tradimento e la minaccia rappresentata dalle bande degli Incendiari che devastano l'Inghilterra, mettono a repentaglio non solo la sua vita, ma quella di chi ama. Rinunciare alla fanciulla che gli ha rubato il cuore è la scelta più saggia, l'unica possibile. Chris è determinato a seguirla, ma il destino e il coraggio di una bellissima guerriera bionda dagli occhi di ghiaccio hanno già deciso altrimenti.

**Elenco completo dei romanzi di Linda Kent**

IL PROFUMO DELLE ROSE SELVATICHE
Bath e Londra, 1828
Il primo libro della serie "Un amore a Bath"

SOLE NELLA BRUGHIERA
Bath e Cornovaglia, 1831
Il secondo libro della serie "Un amore a Bath"

UNA NOTTE D'AUTUNNO
Inghilterra e Spagna, 1839
Spin-off della serie "Un amore a Bath"

COME SETA (Novella)
Oxford, 1644
Il primo libro della serie "Pendennis"

VENTO DI CORNOVAGLIA
Pendennis, 1646
Il secondo libro della serie "Pendennis"

LA MASCHERA DI VELLUTO (Novella)
Londra, 1815
Il terzo libro della serie "Pendennis"

LO SA IL MARE
Londra e Cornovaglia, 1816
Il quarto libro della serie "Pendennis"

BIANCOSPINO

Inghilterra, 1464

Il primo libro della trilogia "Evershine"

NELLA TANA DEL LEONE

Inghilterra, 1464

Il secondo libro della trilogia "Evershine"

NOBILE GUERRIERO

Inghilterra, 1468

Il terzo libro della trilogia "Evershine"

GELSOMINO INDIANO

Calcutta e Londra, 1851

L'ALBERO DEI DESIDERI

Londra e Calcutta, 1863

Il sequel di Gelsomino Indiano

L'AZZURRO OLTRE LE NUBI

Inghilterra, Irlanda 1861

LA VALLE SEGRETA

Scozia, 1692

Il primo libro dei "Custodi di Scozia"

IL CAVALIERE DELL'UNICORNO

Francia e Scozia, 1695

Il secondo libro dei "Custodi di Scozia"

LE STELLE DELLE HIGHLANDS

Scozia, 1745
Il terzo libro dei "Custodi di Scozia"

ORGOGLIO E SENTIMENTO
Inghilterra, 1813

IL FARO SULLA SCOGLIERA
Inghilterra, 1814

UNA PERFETTA LADY INGLESE
Inghilterra, 1893
Il primo libro della serie "Three Willows"

UNA LADY COME NESSUN'ALTRA
Inghilterra e Scozia 1895
Il secondo libro della serie "Three Willows"

NON ANCORA UNA LADY
Inghilterra e Stati Uniti 1896
Il terzo libro della serie "Three Willows"

SARAI LA MIA LADY
Inghilterra e Francia 1898
Il quarto libro della serie "Three Willows"

**Tutti i romanzi sono autoconclusivi.**

Printed by Amazon Italia Logistica S.r.l.
Torrazza Piemonte (TO), Italy

58254293R00170